Schatten im *Silsersee*

Christine Neumeyer, geboren in Wien, ist Schriftstellerin und Organisationsassistentin der Universität Wien. Als Regioschwester von Österreich im Netzwerk der »Mörderischen Schwestern« verwirklicht sie seit 2017 gemeinsam mit österreichischen Autorinnen Projekte zur Förderung der von Frauen verfassten Kriminalliteratur. Sie schreibt historische Romane und Kriminalromane sowie Kurzgeschichten.

Dieses Buch ist ein Roman. Die Handlung ist frei erfunden, inspiriert durch die Lebensgeschichte des Malers Giovanni Segantini.

CHRISTINE NEUMEYER

Schatten im *Silsersee*

HISTORISCHER KRIMINALROMAN

emons:

Bibliografische Information der Deutschen Nationalbibliothek
Die Deutsche Nationalbibliothek verzeichnet diese Publikation in der Deutschen Nationalbibliografie; detaillierte bibliografische Daten sind im Internet über http://dnb.d-nb.de abrufbar.

FSC
www.fsc.org
MIX
Papier aus verantwortungsvollen Quellen
FSC® C083411

Umschlaggestaltung: Nina Schäfer, unter Verwendung eines Motivs von mauritius images/Gdefilip/Alamy
Gestaltung Innenteil: DÜDE Satz und Grafik, Odenthal
Lektorat: Nadine Buranaseda, typo18
Druck und Bindung: CPI – Clausen & Bosse, Leck
Printed in Germany 2022
ISBN 978-3-7408-1477-9
Historischer Kriminalroman
Originalausgabe

So kämpfen wir weiter,
wie Boote gegen den Strom,
und unablässig treibt es uns zurück
in die Vergangenheit.

F. Scott Fitzgerald,
»Der große Gatsby«

1

Savognin, März 1894

Während des Aufstiegs war die Kälte kaum spürbar. Erst im Schatten des Gipfels verriet die Sonne ihr trügerisches Spiel. Eisig blies der Wind von den Bergrücken über die Ebene. Es war das Besondere an dem Licht, das ihn in die Höhe trieb.

Giovanni Segantini zog den Holzrahmen mit der Leinwand, das Malerbrett und die Pinsel aus dem schmalen Holzkoffer und betrachtete prüfend die Umgebung. Hinter den Bergrücken warf die Morgensonne goldenes Licht in den Himmel. Ein einzelner Baum hob sich knorrig vom bläulich schimmernden Schnee ab.

Mit Vergnügen verfolgte er, wie Barbara Uffer versuchte, eine gefällige Pose einzunehmen. Sein Blick glitt über ihre Hüften, die langen Beine, das zurückgebundene helle Haar. Langsam formte sich ein Bild vor seinem inneren Auge. »Baba, hättest du etwas dagegen, dich freizumachen?«

»Freimachen, Signore?« Ihre Augen weiteten sich.

»Als würde dich der Dottore Bernhard mit dem Stethoskop abhören. Stell dir vor, ich wäre dein Arzt.«

»Aber es ist kalt, Signore.«

»Nur für ein paar Minuten. Ich bitt dich recht schön.«

Zögernd glitten ihre langen Finger über Brust und Bauch. Sie schämt sich, dachte er, wie dumm von mir zu glauben, sie würde mein Ansinnen richtig zu deuten verstehen.

»Wenn ich male, bin ich ohne Interesse für deinen Körper, Baba. Einzig das Motiv sehe ich vor mir.«

Wie konnte er es am besten erklären? Er war Künstler. Sie eine Magd.

Und als er schon abwinken und sein Vorhaben zurücknehmen wollte, da schien Baba zu begreifen.

»Meister, so wie wenn ich einen Husten habe und der Dottore mich untersuchen will?«

»Genau so, liebe Baba.« Giovanni lächelte.

Sie zuckte mit den Achseln und knöpfte ihre Weste auf, strich das wollene Gewand von den Schultern, dann die hochgeschlossene Bluse, das Trachtenkleid, das Unterhemd aus grober Baumwolle, und zum Schluss legte sie auch den Büstenhalter ab.

Er musterte ihre kräftige Statur, die kaum je von einem Sonnenstrahl berührte Haut, fast so weiß wie der Schnee im Hintergrund, und die Brüste von üppiger Festigkeit. In Unterhosen, Strümpfen und derben Bergschuhen stand sie vor dem kahlen Baum.

»Brr, kalt.« Bibbernd schlang sie die Arme um den Oberkörper.

»Ich mache schnell!«, rief Giovanni. »Jetzt öffne bitte dein Haar, lockere es mit den Händen und lehne dich an das Holz hinter dir. – Noch ein bisschen zurück, drück dich gegen den Stamm. – Ja, so. Und den Kopf nach hinten. – Ja, das ist gut, und bitte den Oberkörper nach links dehnen. Das machst du gut, Baba.«

Sie folgte den Anweisungen ohne Scheu. Der Wind spielte mit ihren Strähnen, die sich im toten Geäst verfingen. Ein Sonnenstrahl tanzte über ihre Brüste.

»*Che bello*, einfach grandios. Danke, Baba!« Giovanni tupfte den Pinsel in die Farbe auf dem Brett.

»Mir ist so kalt, Meister!«

»Nur ein paar Minuten!« Seine Hand bewegte sich wie von selbst, der Pinsel wanderte über die Leinwand. Da ergriff ihn ein erregender Schauer. Weniger lag es an der Kälte oder an der Schönheit der weiblichen Blöße, nein, vielmehr spürte Giovanni eine seltsame und unerklärliche Furcht in sich hochsteigen. Während seine Hände mit beginnender Unruhe ihr Werk vollbrachten, umklammerte in seinem Innersten eine Klaue seine Brust. Es war, als drückte ihn etwas gegen eine Wand. Er schnappte nach Luft, krümmte sich und hustete.

»Ist alles in Ordnung, Signore?«

Vielleicht war es die Sorge in ihrer Stimme, die den Druck von ihm nahm. Plötzlich löste sich die Beklemmung, und er konnte wieder ruhig atmen.

»Alles in Ordnung, Baba. Gleich bin ich fertig.« Mit einem Tuch zum Entfernen von überschüssiger Farbe wischte er sich die Schweißperlen von der Stirn.

»Mir ist wirklich sehr kalt, Meister!«

»Ich bin fertig, du kannst dich anziehen. Aber pass auf, deine Haare haben sich in den Zweigen verfangen.«

»Oh!« Sie griff hoch, befreite sich vorsichtig, machte einen Knicks und bückte sich nach der Kleidung.

Giovanni packte die feuchten Pinsel in das Schweißtuch und verstaute alle Utensilien im Rucksack. »Du warst wunderbar, hast dir einen heißen Tee mit Rum verdient.«

Beim Abstieg schwieg er die meiste Zeit, hörte kaum hin, wenn Baba ihm den neuesten Tratsch aus dem Dorf erzählte. Der Gedanke an jenes beklemmende und atemraubende Gefühl beim Malen ließ ihm keine Ruhe. Wie heiße Wellen im Körper. Hoffentlich waren es nicht wieder die Lungen. Vor einigen Wochen hatte er nach einem schlimmen Husten den Hausarzt konsultiert. Der riet ihm zur Schonung und Meidung der Höhenluft. Doch nur dort oben fand er das Licht, das er für seine Bilder brauchte.

An der südseitigen Mauer des Hauses war das zu kleinen Spalten geschnittene Holz bis zum Dachstuhl hochgestapelt. Der Mischlingsrüde Fingal sprang einem flatternden Insekt hinterher. Die Sonne stand tief und blendete. Luigia Bugatti beschattete die Augen mit der Hand. Dabei bemerkte sie eine rundliche Gestalt. Mit gestrecktem Arm winkte ihr eine Frau zu. Sie erkannte die alte Bäuerin aus dem Volk der Jenischen, das man in Graubünden vor einigen Jahrzehnten angesiedelt hatte, um den umherziehenden Menschen eine Heimat zu geben.

»Grüezi, Nachbarin! Was machst du für a schwere Arbeit? Lass das Holz dei Magd schleppen. Die isch viel kräftiger als du.«

»Signora Grubi, guten Morgen«, erwiderte Luigia höflich. »Die gute Baba hilft mir, wo sie kann. Aber heute ist sie mit meinem Liebsten auf den Berg gestiegen.«

Die Alte zog die Brauen hoch. »Nur die zwei, ganz allein? Da oben auf der Höh? Machst dir keine Sorgen?«

»Das ist nicht ungewöhnlich, Signora Grubi. Ich muss doch bei den Kindern bleiben.«

»Ich will ja nit sticheln.« Die Alte legte den mit einem bunten Tuch verhüllten Kopf schief. »Oba hast nit Angst um den Liebsten, wenn er stundenlang auf die Berg herumkraxelt?«

Luigia runzelte die Stirn. »Weshalb sollte ich Angst haben? Er ist ein guter Bergsteiger.«

»Nit wegen der Felsen, wegen der schönen Magd.« Die Alte grinste. »Zwei Menschen, Weib und Mann, ganz allein in der Natur. Da könnt so einiges geschehen bei einem Mann, der sich gar so geheimnisvoll gibt wie der deinige.«

»Mein Giovanni ist nicht so einer!« Mit aufsteigendem Zorn protestierte Luigia. Was nahm sich diese Person heraus?

»Ja, wenn du dir seiner Treu so sicher bist, dann wird schon nix sein«, sagte die Alte mit durchtriebenem Blick. »Ich jedenfalls würd für kein Mannsbild der Welt die Hand ins Feuer legen. Erst recht nicht für einen, der mir nicht einmal durch das Heilige Sakrament vor dem Herrgott zugesprochen worden ist.«

Luigia verschlug es die Sprache. Was für eine Unverschämtheit!

Die Alte zog weiter. Mit offenem Mund starrte Luigia ihr hinterher. Jetzt erst fielen ihr die Worte ein, die sie der Frau hätte nachschreien sollen. Und es wären, bei Gott, keine freundlichen Worte gewesen! Nur langsam beruhigte sich ihr Atem. Am besten nahm sie das dumme Geschwätz nicht ernst.

Mit einem Seufzer hob sie den Korb mit dem Holz und trug ihn ins Haus. Vor dem Kamin bückte sie sich nach den Scheiten, um sie an der Wand zu stapeln. Dabei stieß sie mit der Fußspitze gegen die Einfassung aus Stein und stürzte nach vorne auf die Knie. Ein schmerzvoller Fluch wollte über ihre Lippen kriechen, da fiel ihr Blick durch den Türspalt in die Stube auf die drei Söhne und die Tochter. Artig und still saßen sie am Tisch, malten oder schrieben. Luigia presste die Kiefer aufeinander, wischte mit einem Lappen die Blutstropfen von den Knien und machte sich daran, ein Feuer im Ofen zu entfachen. Alsbald schlugen die Flammen knisternd hoch. Eine wohlige Wärme breitete sich aus. Die Nächte in den Alpen waren im März oft noch bitterkalt.

Wenige Minuten später erlöste der schrille Glockenton der Eingangstür sie von der Hausarbeit. Als sie öffnete, stand ein Mann in der grauen Uniform der Landjäger vor ihr, den Tschako tief in die Stirn gezogen, das Gewehr an der Schulter. Das Herz schlug Luigia fest gegen die Brust.

»Bedaure, Signore, mein Gefährte ist nicht zu Hause.« Hastig zog sie an der Türschnalle, doch der Mann setzte blitzschnell einen Fuß in die Öffnung.

»Signora, das Gesetz verlangt von Personen, die sich hier länger niederlassen wollen, gültige Papiere.«

Luigia reckte das Kinn und stemmte die Arme in die Hüften. »Haben Sie eine schriftliche Genehmigung für eine Durchsuchung? Falls nicht, bitte ich Sie zu gehen!«

Der Landjäger glotzte. »Signore Segantini soll uns einfach ein Dokument vorbeibringen, das sein Bürgerrecht bekundet.«

»Und ich will Ihre Durchsuchungsgenehmigung sehen«, insistierte Luigia kühn und wunderte sich, dass ihr dieser Begriff gerade eingefallen war. Vermutlich hatte sie ihn in einer Kriminalgeschichte gelesen.

»Ein ständiger Aufenthalt ist nur mit gültigem Pass möglich. Dies ist die letzte Ermahnung, Signora Bugatti.«

Energisch zog Luigia an der Tür.

Da nahm der Mann den Fuß zurück. »Das verlangt das kantonale Gesetz, Signora. Ich kann da leider nicht nachsichtig sein.«

Mit klopfendem Herzen lehnte sie sich gegen die kühle Mauer im Flur und schloss die Augen. Die Behörde der Eidgenossen würde sich nicht noch einmal zum Narren halten lassen. Am Ende kamen sie das nächste Mal tatsächlich mit einem richterlichen Schreiben und würden sie und ihre Familie aus dem Haus werfen. Ihre Hände zitterten. Sie lebte mit einem staatenlosen Künstler und den gemeinsamen vier Kindern ohne Verehelichung unter einem Dach. In keinem christlichen Land der Welt würde man sie in Frieden lassen. Nicht in Österreich, nicht in Italien, nicht in der Schweiz. Ein Wunder, dass sie unbehelligt die Grenzen passieren konnten. Wie Diebe im Schutz der Dunkelheit. Luigia stieß sich von der Mauer ab. Tränen stiegen ihr in die Augen. Sie hatte gewusst, dass sie sich mit Giovanni auf ein Abenteuer einlassen würde. Sie tat es aus innigster, unstillbarster und gewiss bis zu ihrem letzten Atemzug währender Liebe.

»Mama, wir haben Hunger!«

Die Stimme von ihrem Ältesten riss sie aus den Gedanken. Gottardo war in diesem Jahr zwölf Jahre alt geworden. Alberto war elf, Mario neun und die Jüngste, Bianca, zarte sieben. Sie wollte keine Kinder mehr, wenngleich Giovanni nichts gegen neuerlichen Zuwachs einzuwenden hätte. Nach der vierten Niederkunft hatte sie zu lange im Kindbett gelegen und fürchtete, jede weitere Geburt würde ihren Körper zu sehr schwächen. Sie brauchte ihre Kraft für die Familie. Luigia errötete, da ihrem Liebsten die Zurückhaltung leider gar nicht leicht fiel.

»Herrgott, das Abendbrot!« Sie trödelte schon wieder.

Eilig durchquerte Luigia die Diele zur Vorratskammer.

Weder Schinken noch Fleisch noch Käse oder Wurst fand sie dort, bloß einen halben Sack Kartoffeln, rote und weiße Rüben, ein Happel süßes Kraut und eine angebrochene Packung Hirse. Daraus ließe sich eine reichhaltige Suppe zubereiten. Brot war auch noch da. Luigia packte die Reste an Essbarem und ging zurück in die Küche. Die Kinder am Tisch waren ruhig. Von dem unliebsamen Besuch des Landjägers dürften sie nichts mitbekommen haben. Erleichtert machte sich Luigia an die Arbeit.

Etwa eine Stunde später stürmte Giovanni mit fliegenden Mantelschößen in die Küche. Hintendrein polterte Baba auf ihren Holzschuhen. Als Luigia in die leuchtenden Augen ihres Geliebten blickte, waren alle Sorgen vergessen. Giovannis Wangen glühten, und in seinen dunklen Augen funkelte es vor Lebendigkeit. So war er immer, wenn er von den Bergen kam. Innig küsste sie seine von der frischen Luft gekühlten Lippen.

2

Savognin, Mai 1894

Der dumpfe Ton eines Horns meldete die Ankunft der Postkutsche. Nur wenige Meter betrug die Entfernung von der Haltestelle an der Passstraße zu ihrem Anwesen am Rande des Waldes vor einer herrlichen Alpenkulisse.

»Nonna, Nonna!« Die Kinder stürzten auf die schlanke Gestalt zu, als wäre sie viele Jahre fort gewesen und nicht bloß wenige Monate.

Ein süßlicher Geruch drang aus den hübschen bunten Schachteln, die sie aus ihrer großen Tasche fischte. Als die Kinder aufgeregt die Deckel hoben, entströmte ein betörender Duft nach Rosenblüten.

»Aus eigener Zucht in unserem Mailänder Garten«, sagte Luigias Mutter und zog eine Puppe hervor mit Gliedmaßen aus Porzellan und mit blonden Zöpfen, in einem Kleid aus rot-weiß kariertem Stoff, dazu eine Schürze. »Weil Bianca im Mai Geburtstag hat, bekommt sie ein Extrageschenk.« Sie hielt die Puppe lachend hoch. »Das ist Heidi aus den österreichischen Alpen, der Heimat deines Papas, und sie trägt ein Dirndl.«

Bianca wiegte das Geschenk wie einen Säugling und zupfte an der Schürzenschleife.

»*Grazie mille.* Was ist ein Dirndl, *cara* Nonna?«, fragte sie mit runden Augen.

»So nennt man die Tracht der Frauen in Österreich, Liebes.«

»Krieg ich auch so ein Dirndl, Mama?«

»Wenn wir mal nach Österreich fahren, bestimmt.« Luigia lächelte gequält.

Die drei Knaben und das Mädchen klammerten sich an

die kräftigen Arme der Großmutter und zogen und zerrten wild an ihr. Luigia wollte eingreifen, doch ihre Mutter wehrte ab und versprach mit vergnüglicher Miene, später mit ihnen draußen zu spielen, jetzt wolle sie mit ihrer Tochter in Ruhe plaudern. Nach einem letzten maulenden Protest, den Luigia mit energischem Ton unterbrach, liefen die Buben mit dem Rüden Fingal nach draußen. Nur Bianca blieb, setzte sich mit der Puppe an den Tisch und versenkte das Gesicht in eine der Rosenschachteln.

Lächelnd nahm Luigias Mutter das Hütchen ab und begann, vom prächtigen Gedeihen der beiden Kinder des älteren Bruders Carlo zu erzählen. Ihre Augen sprachen von der Sehnsucht, die gesamte Familie am liebsten ständig um sich zu haben, und eine hörbare Wehmut lag in ihrer Stimme, als sie vom Befinden des Vaters sprach. Er ziehe sich immer mehr in das Arbeitszimmer zu seinen Forschungen zurück und biete ihr kaum Abwechslung vom eintönigen Alltag. Sie machte keinen Hehl daraus, wie sehr sie die einzige Tochter vermisste, und erkundigte sich nach deren Glück.

»Ich versichere dir, Mama, auch ohne Trauschein kann sich eine Frau an einen Mann gebunden fühlen.«

»Wir sind keine strengen Katholiken, aber kann man daran wirklich nichts ändern?« Sie seufzte.

»Für mich gibt es nur ein Leben mit Giovanni. Nichts anderes kann ich mir vorstellen.« Luigia war es gewohnt, ihre Entscheidung, die sie noch nie bereut hatte, vor ihrer Mutter zu verteidigen.

Die taxierte Luigia mit hochgezogenen Brauen. »Ich glaube, du achtest nicht mehr auf dich, seit du Mailand verlassen hast. Dein Haar hat Glanz verloren, und deine Garderobe ähnelt der von Bauersleuten. Ach, wenn ich daran denke, was für ein ausnehmend hübsches Mädchen du gewesen bist.« Ihr Blick glitt über Luigias Figur. »Wenn du ahntest, wie exquisit sich Carlos Gattin kleidet. Sie trägt neuerdings diese weiten, fließenden Kleider aus Paris, die den Körper kein bisschen einengen. Na ja, ich würde mich niemals in solch schriller Kleidung in der Öffentlichkeit zeigen, im Garten hingegen stelle ich mir solche Gewänder äußerst praktisch vor. Die schrecklich harten Mieder gehören endlich in den Abfall.«

»Ich bin keine Puppe wie die Gattin meines Bruders!« Luigia unterbrach brüsk den Redefluss ihrer Mutter. »Meine Aufgabe sehe ich nicht im Herausputzen unwichtiger Äußerlichkeiten. Vielmehr will ich meinen Kindern eine Beschützerin und Giovanni eine leidenschaftliche Frau sein.«

Luigias Mutter verdrehte die Augen und strich ihrer Enkelin über die Locken. »Ein sorgsames Äußeres schadet keiner Frau.« Sie hob den Blick. »Wenn es am Geld mangelt, deine Eltern würden aushelfen.«

»Danke, Mama, aber du weißt, wie wir darüber denken.« Luigia stand vom Sofa auf. »Darf ich dir das Arbeitszimmer von Giovanni zeigen? Dort bewahrt er seine Bilder auf, bevor er sie nach Mailand zu Signore Grubicy bringt. Es sind ausnehmend schöne Gemälde. Die Gelegenheit ist günstig, denn er ist gerade zum Einkaufen im Dorf.«

»Wie du meinst.« Ihre Mutter nahm Bianca an der Hand und folgte ihr.

»Weißt du, die Agentur in Mailand ist viel zu kritisch mit der Kunst von Giovanni und auch recht geizig bei der Honorarabrechnung. Doch Giovanni schätzt die Gebrüder Grubicy und mag es nicht, wenn ich deren Arbeit beanstande.« Luigia bückte sich und fischte den Schlüssel unter dem Fußabtreter hervor. Die Tür öffnete sich knarrend.

»Soll ich deinen Vater bitten, mit den Brüdern ein ernstes Wort zu wechseln? Du kennst seinen Einfluss in der Stadt.«

Luigia schüttelte den Kopf. »Danke, aber Giovanni will keine Protektion. Das weißt du.«

Ihre Mutter seufzte vernehmlich.

»Was sagst du zu diesen Bildern? Ist Giovanni nicht ein äußerst talentierter Künstler?«

Ihre Mutter spitzte die Lippen. »Auf den meisten Bildern ist eure Magd zu sehen. Dich scheint er gar nicht zu malen.«

»Papa malt sehr schöne Berge.« Bianca schmiegte ihr Köpfchen an die Hüfte der Großmutter und zeigte mit dem Finger auf die bäuerlichen Darstellungen.

»Das kann ich dir erklären.« Luigia ließ sich die Kränkung nach Mutters scharfer Kritik nicht anmerken. »Baba verkörpert das Engadin. Kraftvoll und ursprünglich. Ihre Erscheinung ist wie geschaffen für die Darstellung dieser ländlichen Gegend. Sieh mich an. Ich bin eine Frau aus der Stadt. Zart und schmal.«

»Vielleicht solltest du dich auch so kleiden wie deine Magd. Mit Tracht und himmelblauen Schürzen. Aber wer ist das denn?« Ihre Mutter war weitergegangen und vor einer mit Tüchern halb verdeckten Staffelei stehen geblieben. Sie zog den Stoff zur Seite. »Die ist ja fast nackig!« Mit empörter Miene drehte sie sich zu ihr um.

Luigia verbarg ihre Überraschung, sah sie ja selbst dieses Bild zum ersten Mal. Es war anders als alles, was Giovanni bisher gemalt hatte.

»Nach eurer Magd sieht diese Frau nicht aus.« Ihre Mutter furchte die Stirn.

Luigia trat einen Schritt zurück und betrachtete das Bild in seiner Ganzheit. Zwischen den dunklen Zweigen eines kahlen Baums in einer von Schnee bedeckten Ebene hing eine weibliche Gestalt. Um ihre Hüften ein knöchelumspielender Stoff. Ein Säugling lag an ihrer Brust. »Diese Frau ähnelt unserer Magd tatsächlich nicht.«

Ihre Mutter hielt die freie Hand an Biancas Ohr. Die Kleine gähnte.

»Seit wann malt dein Giovanni entblößte Weiber? Ist das die neueste Mode in den Alpen?«

Luigia kämpfte mit den Tränen. »Es gibt sicher eine Erklärung, Mutter, ein Bild als Vorlage vielleicht.«

»Hör auf zu trutzen, Luigia. Wir fragen die Magd. Vielleicht weiß sie, wer diese Fremde ist.«

»Das ist nicht möglich. Baba ist vor ein paar Tagen abgereist. Eine Tante von ihr ist überraschend krank geworden.«

»Eine Tante? Soso. Darf ich offen zu dir sprechen, mein Kind?«

Luigia seufzte. »Natürlich.«

»Ich will eurer Magd gewiss nichts unterstellen oder sie gar beschuldigen, doch in mir regt sich ein Verdacht.«

»Was für ein Verdacht?«

»Denk nach.« Ihre Hand lag noch immer an Biancas Ohr, die inzwischen schläfrig mit den Fäustchen über die geschlossenen Augen rieb. »Womöglich ist deine Magd nicht so keusch, wie du denkst. Kann es sein, dass sie wegen einer Schwangerschaft abgereist ist? Ich meine, hier draußen gibt es ja niemanden, der so etwas macht, du weißt schon«, sie flüsterte, »Abbrüche.«

»Niemals! Unsere Baba geht regelmäßig in die Kirche. Sie ist anständig!« Was für verdorbene Gedanken ihre Mutter hatte!

»Ach, Kind«, bohrte sie unerbittlich weiter. »Ist sie nicht oft stundenlang mit deinem Giovanni allein in den Bergen?«

»Das … Das würde er niemals tun … Und auch Baba wäre nicht imstande …«

»Luigia.« Ihre Mutter seufzte. »Du bist viel zu gutgläubig. Wenn sie von ihrem angeblichen Verwandtschaftsbesuch zurückkehrt, beobachte sie. Prüfe, ob sie sich verändert hat. Denk an meine Worte. Jeder Frau sieht man an, wenn sie ein Kind abgetrieben hat. Glaub mir.«

»Woher willst du das wissen?« Kopfschüttelnd drängte Luigia ihre Mutter mit Bianca zur Tür. Rasch verschloss sie das Atelier. »Die Kleine ist müde. Ich bringe sie in ihr Zimmer. Hattest du nicht den Buben versprochen, mit ihnen draußen zu spielen?«

»Ja, richtig. Wo sind sie denn?« Ihre Mutter hob den Kopf und spähte durch die Fenster.

»Auf der Wiese an der Rückseite des Hauses. Dort sind sie meistens zum Fußballspielen.«

»Oh, Fußball habe ich schon lange nicht mehr gespielt.« Sie streichelte lachend der Enkelin über den Scheitel und ging.

Das Mädchen winkte der Nonna hinterher.

»Wir sehen uns später zum Abendessen, Mama.« Nachdenklich beobachtete Luigia den noch immer federnden Gang ihrer Mutter.

Als sich Giovanni spätabends zu ihr legte, schnupperte sie verstohlen an seinen Kleidern und suchte nach dem Geruch der Magd oder dem einer fremden Frau. Doch ihr Liebster roch wie immer, nach öligen Farben und Terpentin.

3

Savognin, Mai 1894

An einem der nächsten Tage standen sie frühmorgens leise auf, um die Kinder und deren Großmutter nicht zu wecken. Heute würde Giovanni mit Luigia auf eine Anhöhe steigen. Er würde malen und sie ihm vorlesen. So wie sie es oft getan hatten vor der Geburt der Kinder. Mit besonderer Vorsicht schlichen sie die bei kräftigem Tritt knarrende Treppe ins Erdgeschoss hinab, wo der Koffer mit den Malutensilien bereitstand. Luigia legte die neueste Ausgabe der italienischsprachigen »Gartenlaube« und ein gebundenes Buch mit Werken Shakespeares hinzu. Gebannt starrte sie auf den braunen Holzkoffer vor der Haustür. Wie immer hatte Giovanni eine aufgespannte Leinwand hineingepackt, an der er oben am Berg arbeiten wollte. Ob es das Bild mit der unbekannten Frau im Baum war? Sie fragte nicht.

Nebelschwaden hingen über den Wiesen und zwischen den Felsen. Ein intensiver Tannenduft zog von den Wäldern her, und an den Grashalmen glänzte im anbrechenden Licht der Tau. Die Vögel sangen, und aus der Ferne erklang das Glockengeläut der Kühe auf den Weiden.

Kaum eine Pause gönnte Giovanni ihr. Luigia war außer Atem, als sie die Hochebene erreichten. Der Ausblick entschädigte sie für den anstrengenden Aufstieg. Weit unter ihnen zog jetzt der Nebel entlang. Die Gipfel hingegen gleißten in der Morgensonne wie Silber.

»*Fantastico*, nicht wahr?« Giovanni entpackte den Malkoffer und stellte den Schemel vor die Staffelei.

Noch bevor er die Leinwand hervorholte, drehte sich Luigia um und suchte bei den windgeschützten Felsen ein sonniges, schneefreies Fleckchen. Mit innerer Unruhe setzte sie sich auf den Stein und schlug die »Gartenlaube« auf. Rasch überblätterte sie einen Artikel über Florence Nightingale, wissend, dass Giovanni keine kämpferischen Frauen wie die Nightingale leiden konnte, und blieb bei einem Gedicht von Ricarda Huch über die Schönheiten der Natur hängen.

»›Um Haus und Stamm und Fels drängt sich Holunder‹«, las sie, »›von allen Mauern stürzt sich die Akazie in rosigen Kaskaden …‹«

Giovanni grunzte zufrieden, hob den Pinsel, tupfte Farbe von der Palette und begann unter dem Klang ihrer Stimme zu arbeiten.

Nachdem Luigia das Gedicht zu Ende gelesen hatte, konnte sie nicht länger an sich halten. Die Neugierde brannte zu stark in ihr. Sie stand auf, ging über die Wiese und trat hinter Giovanni.

»Wer ist diese Frau in dem Baum, Giovanni?«, fragte sie beherrscht.

Mit fragenden Augen sah er sie an. »Wer soll sie schon sein? Baba natürlich.«

»Das bezweifle ich, mein Liebster. Weder hat unsere Magd braunes Haar noch ein rundliches Gesicht.«

»Es steht dem Künstler frei, seine Phantasie mit der Realität zu mischen, Liebste.«

»Bisher hast du sie immer in ihrer Tracht und mit blonden Haaren gemalt.«

Giovanni drehte sich um und warf Luigia einen langen dunklen Blick zu. »Warum setzt du dich nicht wieder auf den Felsen und liest mir weiter vor?«

»Giovanni, kann es sein, dass du die Frau deiner Träume gemalt hast? Liebst du sie?«

»Mein Schatz, was geht nur in deinem süßen Köpfchen vor?« Giovanni ließ die Hand mit dem Pinsel sinken. »Du bist die Einzige für mich.«

»Ach wirklich? Warum malst du mich dann nicht mehr?«

Er seufzte. »Bitte lass uns später reden.«

»Liebst du mich nicht mehr, Giovanni?«

»Aber ich sagte doch gerade, du bist alles für mich.«

»Erinnerst du dich an den Rosengarten meiner Eltern an jenem Sommertag, als du mich zum ersten und zum letzten Mal gemalt hast?«

»Natürlich erinnere ich mich.«

»Du sagst mir nicht die Wahrheit. Du verbirgst etwas vor mir.«

»Nein, Luigia, du täuschst dich.« Er schüttelte den Kopf. »Ich würde jetzt gerne zu Ende arbeiten. Bitte setz dich wieder in den Schatten und lies mir vor!«

Gekränkt schleuderte sie die »Gartenlaube« zu Boden. So sehr hatte sie sich auf den heutigen Tag mit ihm auf dem Berg gefreut. Nun war alles verdorben. Wegen einer fremden Frau. Hatte die alte Bäuerin vor zwei Monaten ins Schwarze getroffen, als sie behauptete, Giovanni sei ein Mann voller Lügen und finsterer Geheimnisse?

»Bitte, Luigia, setz dich! Ich will weitermalen.«

Unüberhörbar war die Ungeduld in seiner Stimme. Er dachte nur an das Bild, nur an seine Arbeit. Merkte nicht einmal, wie sehr er sie verletzte. Luigia drehte sich um und lief davon. Nahe dem Abgrund hielt sie inne und blickte in die von der Sonne beschienenen Felsen. Da hörte sie seine Schritte im Rücken. Reglos verharrte sie und wartete auf eine Erklärung, eine Entschuldigung, bereit, ihm zu verzeihen, wenn er nur endlich die Wahrheit sprach.

»Vor einigen Tagen bin ich bei einer Wanderung bis zu einem Pass hochgestiegen«, hörte sie seine tiefe Stimme. »Die Landschaft dort ist atemberaubend schön, die Luft unglaublich frisch und rein, klarer noch als hier unten in Savognin.«

Sein Atem strich über ihren Nacken. Sie schloss die Augen.

»Dort spiegelt sich das Sonnenlicht in vielen kleinen Tümpeln«, fuhr er flüsternd fort, »gespeist von kristallklar sprudelnden Quellen. Du und die Kinder, ihr sollt an dem schönsten Ort der Welt wohnen. Dort werden wir glücklich sein.« Er schlang seine Arme um sie. »Ich liebe dich über alles.«

»Ach, Giovanni!« Luigia drehte sich um. »Wieder müssen wir weiterziehen. Ist es das, was du mir nicht sagen wolltest? Dass wir nicht in Savognin bleiben können?«

»Staatenlose sind unerwünscht.« Er lächelte gequält. »Ich habe alles versucht.«

»Ist das gerecht, Giovanni? Wir haben niemandem etwas getan.«

»In Maloja werden wir glücklich sein, Luigia. Das verspreche ich dir.«

»In Maloja? Warum soll es da anders sein? Wo werden wir wohnen? Schon die Miete für das Haus in Savognin konnten wir uns kaum leisten. Und wenn sie uns dort auch wieder vertreiben? Was soll aus uns werden?«

»Vertrau mir, Liebes.«

»Es fällt mir schwer, wenn ich nicht weiß, wie wir im nächsten Monat das Essen für die Kinder bezahlen sollen.«

Eine tiefe Falte grub sich zwischen seine Brauen. »Luigia, hör mir zu.«

Sie löste sich aus der Umarmung.

Er sah sie stirnrunzelnd an.

»Ach, Giovanni. Lass uns zurück nach Mailand gehen. In der Stadt ist alles einfacher. Auch für die Kinder.«

»Niemals!«, donnerte er, dass sie zurückschreckte. »Ich kann nicht atmen, ich kann nicht arbeiten in der Stadt. Das weißt du genau.« Seine Augen glühten im Sonnenlicht, dann wandte er sich ab, ließ sie stehen und rannte zurück zur Staffelei. In Windeseile packte er den Koffer und eilte mit wehendem Mantel den Pfad abwärts ins Tal.

Was hatte sie getan? Mit bangem Herzen lief sie hinterher. Ihre kleinen Füße fanden kaum Halt in dem Geröll. Ein paarmal rutschte sie aus, wäre fast gefallen. Dornenzweige kratzten über ihre Waden. Doch Giovanni drehte sich kein einziges Mal nach ihr um. Irgendwann verlor sie ihn aus den Augen.

Als Luigia den Hof erreichte, fuhr Giovanni gerade mit der Kutsche und zwei vorgespannten Pferden los.

Die Mutter schien an ihrer Miene sofort zu erkennen, dass es mit Giovanni Streit gegeben hatte. Sie sah es in ihrem Blick, noch bevor sie etwas sagte.

»Das Licht auf dem Berg hat ihm nicht gefallen«, murmelte Luigia mit gesenktem Kinn.

»Das ist alles?« Nonna schüttelte den Kopf und ging hinein.

Da ertönte von der Passstraße das dumpfe Horn und kurz danach die Stimme von Gottardo. »Unsere Baba ist zurück!«

Luigia trocknete verstohlen ihre Tränen und trat vors Haus. Ja, ihr Ältester fasste es trefflich in Worte. Baba war eine von ihnen, sie gehörte zur Familie.

Die Kinder liefen der Magd entgegen, Baba ging in die Knie, breitete ihre Arme aus und versuchte, alle vier auf einmal zu umarmen, was ihr nicht gelang. Gottardo drängelte am meisten und küsste sie ungestüm auf beide Wangen.

Luigia wechselte einen tiefen Blick mit ihrer Mutter. »Ich sehe keine Veränderung bei Baba. Sie wirkt genauso unbeschwert und fröhlich wie vor ihrer Abreise. Du hast dich in ihr getäuscht.«

Ihre Mutter zuckte mit den Schultern. Luigia begrüßte Baba herzlich und fragte nach dem Befinden der Tante. Die Magd berichtete lachend, dass es ihr dank ihrer Hilfe nun besser gehe.

Und dann überreichte sie einen Brief aus Mailand, den der Kutscher ihr für die Herrschaft mitgegeben hatte. Er war von Vittore Grubicy. Luigia, die für Giovanni alle an ihn adressierte Post öffnete und meist auch vorlas, überflog neugierig die Zeilen. Der Brief brachte gute Nachrichten und die Aussicht auf eine hohe Geldsendung. Wie der Agent schrieb, war eines der Alpenbilder zu einem guten Preis an den österreichischen Kaiserhof verkauft worden. Der Kaiser liebe Giovannis Naturdarstellungen der Berge.

Luigia ließ den Brief sinken. Sie war überaus erleichtert

und stolz auf Giovanni. Doch dann ärgerte sie sich wieder, weil ihr Liebster bestimmt längst von dem Verkauf an Seine Majestät Kaiser Franz Joseph gewusst hatte, ohne ihr davon zu erzählen. Warum musste er sie so quälen?

Etwa eine Stunde später kehrte Giovanni mit zwei Säcken teurer Lebensmittel zurück. Kein Wort verlor er über den Streit auf dem Berg. Baba und Luigia trugen die Delikatessen in die Küche, während sich Nonna mit den Kindern zum Spielen auf die Wiese hinter dem Haus begab. Der Nachmittag verlief ohne weitere Zwischenfälle.

Zum Abendessen gab es Perlwein, gebratenen Fasan und Hühnchen, rote Weintrauben, Graubündner Alpenkäse und weichen Honigkuchen. Luigia hatte lange nicht so feudal gespeist. Es war beinahe wie früher in der herrschaftlichen Villa ihrer Eltern in Mailand. Zum krönenden Abschluss schüttete Giovanni aus dem Korb bunt verpackte Bonbons über den Tisch. Mit Begeisterung stürzten sich die Kinder darauf. Das Papier raschelte in ihren kleinen Händen, und es knackte, wenn sie in die Bonbons bissen. Luigia freute sich mit ihnen, ermahnte sie jedoch, dass sie heute vor dem Schlafengehen die Zähne ganz besonders gründlich putzen mussten.

Nach dem vergnüglichen Abendessen und der erfreulichen Post aus Mailand hoffte Luigia, Giovanni würde zu ihr kommen und ihr endlich die Wahrheit über die fremde Frau auf dem Bild mit dem Baum offenbaren. Doch als er kurz vor Mitternacht noch immer nicht neben ihr im Bett lag, gab sie die Hoffnung auf ein versöhnendes Tagesende auf. Erst gegen drei Uhr früh fiel sie in einen unruhigen Schlaf.

4

Maloja, Mai 1894

Am nächsten Tag nahm Luigias Mutter die erste Postkutsche, um nach Mailand zurückzukehren. Wenige Minuten nach ihrer Abreise bat Giovanni Luigia, die Koffer zu packen. Er habe ein neues Heim in Maloja gefunden, das Chalet Kuoni. Sie war seine spontanen Entscheidungen gewohnt, so rasch hätte sie jedoch nicht mit dem Umzug gerechnet.

Prächtige Lärchen reihten sich auf ihrer Reise entlang sanft geschwungener Straßen. Weiße Ziegen und gefleckte Kühe grasten in friedlicher Eintracht. Als der Wind die Wolken vertrieb, funkelten die Farben der Natur in der sonnigen Höhe an den Ufern des Sees von Silvaplana wie kostbare Steine.

Luigia sah Giovanni das Glück an, das er empfand, als er die Zügel zog und ihr mit der Hand von der Kutsche half.

Mit wehendem Mantel spazierte er umher und hob immer wieder die Arme, vergnüglich jauchzend. »*Fantastico!* Hier werde ich arbeiten. Hier werden wir unser Glück finden.«

Luigia schaute ihm belustigt zu und lächelte.

»Im Westen liegt Sankt Moritz«, sagte Giovanni, »das Paradies für die Reichen und Adeligen.«

Er bat Luigia, den Blick nach Osten zu drehen, auf fünf einsame Steinhäuser vor einem schroffen Felsen, auf dessen Gipfel Schnee lag, eingebettet zwischen Wiesen und den breiten Furchen fruchtbarer Äcker. Dunkle, in der feuchten Luft duftende Nadelhölzer grenzten an die Häuser und dehnten sich nach Süden zu einem Wäldchen.

»Hinter dem Silsersee liegt unser neues Heim am Rande von Maloja. Doch zuerst fahren wir nach Sankt Moritz, um den Mietvertrag zu unterschreiben.«

Sie nickte und nahm einen tiefen Atemzug der frischen Luft.

»Ist diese einsame Landschaft nicht einfach wunderschön, Luigia?«

Sie nickte abermals. Die Worte fehlten ihr, um zu beschreiben, was sie in diesem Moment fühlte. Auf jeden Fall war Sorge dabei.

Die Kinder hingegen hüpften wie ihr Vater ausgelassen über die Wiesen und neckten einige Schafe.

Nach ein paar Minuten stiegen sie wieder auf die Kutsche, und Giovanni trieb die Pferde an.

In St. Moritz ging es auf direktem Weg zum Rathaus, wo sie die Adresse eines gewissen Signore Menozzi, Vermittler des ehrenwerten Hausbesitzers Signore Kuoni, ausfindig machten. Unverzüglich suchten sie den Signore in seiner eleganten Stadtwohnung auf. Der freundliche Herr war offenbar nicht nur vom Besuch unterrichtet worden, sondern auch mit allen Vollmachten ausgestattet. Er verkündete in italienischer Sprache, dass sich der Besitzer des aus Holz und Granitstein gebauten Chalets freue, an eine Künstlerfamilie zu vermieten. Der Signore nannte den Mietpreis und legte ihnen den Mietvertrag vor.

Luigia schluckte, als sie die Höhe der Kosten erfuhr, doch Giovanni unterschrieb, ohne die Miene zu verziehen, und leistete widerspruchslos die geforderte Anzahlung.

Signore Menozzi übergab den Schlüssel für das Anwesen mit den Worten: »Häuser sollen bewohnt werden, am besten von glücklichen Familien mit vielen Kindern.«

Luigia stieg zunehmend die Hitze in den Kopf. All die Veränderungen und neuen Eindrücke ängstigten sie. Sie war bei Weitem nicht so spontan wie ihr Liebster und brauchte Zeit, sich auf neue Verhältnisse einzustellen. Und dann hing da auch noch die ständige Frage der Finanzierung wie ein Damoklesschwert über ihnen. Giovanni schien sich darüber überhaupt keine Sorgen zu machen. Dann musste sie auch noch mit anhören, wie er Signore Menozzi beim Abschied unverblümt nach einem Wagen zum Vorspannen von sechs Pferden fragte. Dem nicht genug, wollte er auch noch wissen, ob die Erweiterung an der Südseite des Anwesens zu einem Atelier möglich sei. Luigia bekam rote Wangen allein vom Zuhören. Wer sollte das alles bezahlen? Zu ihrem Erstaunen zeigte sich Signore Menozzi von der Idee eines Anbaus begeistert, natürlich müsse er zuvor mit dem Besitzer Rücksprache halten, aber das sei reine Formsache. Luigia traute ihren Ohren kaum, versprach er Giovanni gar, noch heute mit dem Ingenieur zu sprechen, der das Haus entworfen und gebaut hatte. Eine Köchin und einen Hauslehrer wollte er auch vermitteln.

Nachdem sie sich von Signore Menozzi verabschiedet hatten, um zum neuen Heim aufzubrechen, saß Luigia neben Giovanni in der Kutsche und brachte kein Wort hervor. Ihre Kehle war wie zugeschnürt.

Erst als sie kurz darauf die Sonne im silbrigen Wasser des Silsersees glitzern sah, wich ihre Beklemmung. So viel Schönheit empfing sie hier. Am Ufer thronte ein prächtiges Gebäude mit glatten Fassaden und eleganten Zierleisten an schier unzähligen Fenstern. In goldfarbenen Lettern über gläsernen Schwingtüren stand »Hotel Kursaal de la Maloja« geschrieben. Bei näherer Betrachtung wirkte der fünfstöckige Komplex verlassen. Der Schatten einer gelösten Dachrinne warf sich über den Eingang, an den Fensterrahmen klebten braune Schlieren. Es gab keine Gardinen, kein sichtbares Leben, bis auf den Nistplatz einer Schwalbenfamilie in einer Mauernische.

Luigia fragte eine Bäuerin, die neben dem See das hohe Gras einer Wiese mit der Sense bearbeitete, was es mit dem seltsamen Gebäude auf sich habe. Die Frau erklärte in einer Mischsprache, dass sich ein Herr Graf mit den Kosten des Hotels verschätzt und sich nach dem Ruin das Leben genommen habe.

»Der Geist des toten Grafen treibt in den leeren Hallen nachts sein Unwesen.« Ihre Augen waren weit aufgerissen, die Stimme flüsternd. »Niemand traut sich seither, dort zu übernachten, man sagt, der tote Graf spuke herum mit einem blutigen Dolch in der Hand.«

Als sie den Schrecken in den Gesichtern ihrer Kinder sah, lachte Luigia. »Es gibt keine Geister, gute Frau, aber vielen Dank für die nette Auskunft.«

Die Bäuerin zuckte mit den Schultern und fuhr fort, mit ihrer Sense das Gras zu harken.

Giovanni lenkte das Gefährt an dem kastenförmigen Hotel vorbei. Nach einem kurzen und steilen Abschnitt erreichten sie eine kleine Ebene, wo Giovanni die Kutsche an einem wuchtigen Gebäude aus Holz mit einem Sockel aus Stein zum Stehen brachte.

»Das ist unser neues Heim«, eröffnete er mit schallender Stimme.

Nach einem Rundgang gestand sich Luigia ein, dass zumindest eine Sorge unbegründet war. Das Haus war den Mietpreis ohne Zweifel wert. Es erwies sich nicht nur als geräumig, sondern auch als geschmackvoll mit Holzmöbeln eingerichtet und blitzsauber. Die Lage am Waldrand, umrahmt von saftigen Weiden, war einzigartig. Vom Balkon aus sah man weit bis in die Alpen hinein, und in der Ferne lag das Wasser des Silsersees im späten Sonnenlicht.

Die Kinder stürmten mit Fingal jauchzend durch die Räume. Giovannis Gesicht strahlte vor Freude. Luigia wünschte sich trotzdem, dass ihr Liebster etwas mehr Sinn für Sparsamkeit zeigen würde.

Am nächsten Tag läutete es um kurz nach acht Uhr an der Tür. Fünf Männer und sieben Frauen berichteten, von Signore Menozzi geschickt worden zu sein, weil es hier Arbeit gebe. Giovanni holte sie einzeln in den Salon und bat Luigia, dabei zu sein. Einige sprachen ein hartes Rätoromanisch, das zwar dem Italienischen ähnlich war, dennoch für ihn schwer verständlich. Luigia hatte ein besseres Gehör für Sprachen. Ab und an musste sie ihm übersetzen. Die Unterredungen dauerten nicht lange. Giovanni entschied spontan. Nach wenigen Minuten hatte er eine magere Frau und ihren nicht minder schwächlich erscheinenden Sohn eingestellt. Sofia sollte kochen und Jakob im Stall und im Garten helfen. Luigia hätte andere dem seltsamen Paar vorgezogen, wollte ihrem Liebsten aber nicht widersprechen. Er wirkte so sicher in seiner Beurteilung.

Wenig später besprach Giovanni mit dem Baumeister den Plan für einen Arbeitsbereich, vom Hauptgebäude abgetrennt, wo er seinen Künsten nachgehen wollte. Ein runder Anbau aus Holz mit spitzem Dach und eine Reihe kleiner Glasfenster sollten das Licht ungehindert einlassen, dennoch mithilfe von beweglichen Stoffbahnen im Sommer genügend Schatten spenden. Nach dem Mittagessen lieferte ein Händler aus Zürich eine stattliche, vor Sauberkeit blitzende und mit dunklem Leder verkleidete Kutsche samt sechs kräftigen Freiberger Pferden. Mit freundlichem Gruß von Signore Menozzi. Zum Glück waren die Nebengebäude hinter dem Haus für die Aufnahme von Gefährt und Tieren groß genug. Jakob erwies sich als Pferdekenner, und er erwies sich auch geschickt im Handwerk.

Am späten Nachmittag sprach ein pensionierter Universitätsprofessor aus St. Moritz vor. Auch er kam mit Empfehlung von Signore Menozzi. Der Professore trug einen lustigen Schnauzbart, dessen Spitzen über das Kinn hinabhingen. Er beherrschte Rätoromanisch genauso wie Italienisch und Deutsch. Die Kinder mochten ihn auf Anhieb, und da Signore Boldoni vorgab, keinerlei Verpflichtungen zu haben, wollte er bereits am nächsten Tag mit dem Unterricht der Kinder in deutscher Grammatik, Mathematik, Physik, Chemie, Geschichte und Italienisch beginnen. Abgestuft und angepasst an das jeweilige Alter.

In nur fünf Tagen war der Rohbau des runden Anbaus

fertiggestellt. In zwei weiteren Tagen wurde das spitze Dach mit der Fensterreihe befestigt, und Giovanni schickte nach dem Tischler, der die Wände des Ateliers mit Bücherregalen verkleiden sollte.

5

Maloja, Juli 1894

Mit dem anbrechenden Hochsommer erwies sich Maloja als ein Quell üppig gedeihender Natur. Auf der Rückseite des Anwesens blitzten weiße Gänseblümchen und gelber Löwenzahn auf hügeligen Weiden, Büsche von Wildkräutern und Alpenrosen wucherten neben Farnen und Veilchen.

Vom Balkon aus konnte Luigia den sich im sanften Wind bewegenden Wellen des Silsersees, der von den Gletschern gespeist wurde, beim Funkeln zusehen.

Sie mochte die neue Umgebung. Das Licht war in der Tat atemberaubend, selbst wenn sich die Sonne hinter den Wolken versteckt hielt. Auch an das Rätoromanisch der Bauern und Hirten, das in Maloja noch mehr nach einem seltsamen Kauderwelsch klang als in Savognin, gewöhnte sie sich langsam. Nur die sauerstoffarme Luft bereitete ihr auch noch nach Wochen Probleme. Nach wenigen Schritten über steiles Gelände begann sie zu keuchen. Auch das würde sich mit der Zeit bessern. Am meisten freute sie sich darüber, dass die Landjäger des Kantons dem Chalet fernblieben. Vielleicht, so hoffte Luigia im Stillen, war Giovanni durch das Interesse des Kaiserhofs in Österreich an seinen Bildern über die Grenzen hinweg bis in die Schweiz bereits so bekannt geworden, dass keine Behörde mehr nach seinen fehlenden Dokumenten zu verlangen wagte. Sie sehnte sich so sehr nach einem Leben in Frieden und Ruhe.

Maloja war in vielerlei Hinsicht bemerkenswert. Trotz der wenigen Menschen gab es zwei Gotteshäuser in unmittelbarer Nähe. Das eine, freundlich mit weißem Anstrich und einem weit sichtbaren roten Turm, das andere düster, aus Stein gebaut, mit einem Dach aus schwarzen Schindeln. Luigia hatte wegen ihres christlichen Glaubens eine Vorliebe für Kirchen, außerdem schätzte sie den Weihrauchgeruch und die Stille und Kühle der sakralen Gebäude. Doch seit sie mit Giovanni aus Mailand abgereist war, hatte sie keine Kirche mehr von innen gesehen. Sie nahm sich vor, demnächst mit ihm über einen gelegentlichen Besuch der Heiligen Messe zu sprechen. Allein der Kinder wegen. Vielleicht verriet er ihr ja endlich, woher seine Abneigung gegen Gotteshäuser rührte, denn beten hatte sie ihn schon gesehen, in Momenten, in denen er sich unbeobachtet fühlte.

An einem sonnigen Julimorgen stand Giovanni gedankenversunken in seinem neuen Atelier. Der Ingenieur hatte es exakt nach seinen Vorstellungen erbaut. Der breite Tisch aus Holz, die Regale für seine geliebten Bücher und Malutensilien – alles perfekt. Endlich war er in einer Höhe mit atemberaubenden Licht- und Schattenverhältnissen angelangt, wie geschaffen für die Freiluftmalerei, und dennoch wähnte er sich weit entfernt von seinem Ziel. Obwohl die günstigen Entwicklungen ihn vorantreiben sollten, spürte er nicht die Schaffenskraft, die er durch die Umsiedelung erhofft hatte. Gefühle wollte er mit dem Pinsel auf der Leinwand zum Leben erwecken. Emotionen, die der Betrachter unvermittelt nachempfinden sollte. Als Künstler sah er sich den Menschen verpflichtet, das Göttliche als eine ewige Wahrheit zu zeigen. Sosehr er sich jedoch anstrengte, es wollte ihm nicht gelingen. Er war bei Weitem nicht zufrieden mit dem, was er seit dem Wegzug aus Mailand hervorgebracht hatte. Giovanni raufte sich die Haare, legte den Kopf in den Nacken. Vittore Grubicy, seinem Agenten, hatten die letzten Bilder nicht besonders gefallen. Zu schwer, zu dunkel, zu trist fand der italienische Freund die Darstellungen der Berge und Täler.

Mehr denn je zweifelte Giovanni an seinen Fähigkeiten. Wütend ballte er die Hände zu Fäusten. Genug Kühe, Schafe, Wiesen und Bauern hatte er gemalt. Etwas Neues wollte er kreieren. Etwas Leichtes und Helles, etwas Höheres, etwas, das dem Göttlichen noch näherkam als Natur, Mensch oder Tier. Ja, das Licht war wichtig. Aber da war noch etwas!

Mit einem tiefen Atemzug griff er nach dem letzten seiner Werke. Er hob den Holzrahmen mit der Leinwand hoch und hievte ihn auf die Staffage. Dann trat er drei Schritte zurück und betrachtete kritisch das knorrige Geäst, in dem die halb nackte Frau mit ihrem Kind in seltsamer Verrenkung gefangen war. Der Ansatz stimmte. Da lag etwas in diesem Bild, das man nicht mit dem Verstand erfassen konnte, nur mit der Emotion. Würden die Menschen erkennen, was er als Künstler ausdrücken wollte? Den unberührten Schnee der Unschuld, die zerklüfteten Felsen, das strahlende Morgenlicht genauso wie das Symbol der Bestrafung? Die Füße der Sünderin schwebten in der Luft, das vom Wind zerzauste Haar verwob sich mit dem toten Holz zu einem Teppich. Eine für immer Gefangene. Würden sie ihren Schmerz fühlen können, ihre Schuld nachempfinden? War die Menschheit überhaupt dazu in der Lage, die Gefühle anderer wahrzunehmen, als wären es die eigenen? Giovanni seufzte und zweifelte.

Bis vor wenigen Tagen hatte er dieses Werk als sein bestes eingeschätzt. Wie würde es sein Freund Vittore aufnehmen? War er als Künstler auf dem falschen Weg? Verrannte er sich? Sollte er weiter liebliche Landschaften, Tiere, Hirten und Bauern ohne besondere Hintergründigkeit malen? Giovanni massierte sich die Schläfen. Es quälte ihn der Mangel an Zeit. Seit Tagen dachte er über die Bewerbung für die Weltausstellung in Paris im Jahr 1900 nach. Mit einem Panorama der Engadiner Natur von dreidimensionaler Optik, ergänzt durch Gottes Kreaturen aus Fleisch und Blut, wollte er sich dort zeigen. Paris war das Tor zur Welt. Es verlangte nach dem Außergewöhnlichen. Knapp sechs Jahre bis zur Schwelle einer neuen Zeit.

Er presste die Kiefer aufeinander, fuhr sich mit den Fingern durchs Haar, zog und zerrte, bis es schmerzte. Sollte er sich mit Tradition auf Paris fokussieren oder es wagen, mit etwas Neuem seine Entwicklung voranzutreiben? In jedem Fall musste er etwas Spektakuläres schaffen. Nur dann würde er Aufmerksamkeit und in der Folge Ruhm ernten. Nur dann würde er genug Geld verdienen, um Luigia und den Kindern das Leben zu bieten, das sie verdienten. Er musste nach Mailand.

6

Maloja, Juli 1894

»*Allegra*, Nachbarin! Eure Familie geht nicht gerne in die Kirche, gell? Seid ihr keine Christen?«

Die unverblümte Frage des Käsebauern traf Luigia wie ein Dolchstich mitten ins Herz. Nun ging es also auch in Maloja los mit den misstrauischen Blicken, mit der Ablehnung und dem Hass gegen die Fremden.

»Wir gehören einer anderen, seltenen Religion an«, log sie. »Wir beten allein. Nur für uns.«

»Ist schon recht«, brummte er und zog mit eingezogenem Kopf weiter. »*Viva*, Frau Nachbarin.«

Der Käser duzte sie, so wie hier jeder auf der Straße ungefragt geduzt wurde. Sie tat sich noch immer schwer, es den anderen gleichzutun. Seufzend blickte sie hinter dem alten Mann her. Schwerfällig bewegte er sich auf seinen kurzen, krummen Beinen. Obwohl sie ihn nicht ausstehen konnte, tat er ihr leid. Ob sein strenger Körpergeruch von dem Käse herrührte?

Schulterzuckend wandte sie sich wieder der Wäsche zu und befestigte mit Klammern die Laken an dem gespannten Strick. Der warme Wind würde sie innerhalb einer Stunde trocknen. Luigia bückte sich nach dem leeren Korb und ging auf das Haus zu, da kam Baba seitlich aus der Tür. Eine wie zu einem Bumerang gebogene Holzstange ruhte auf ihren Schultern. An jedem Ende hing mit Lederriemen befestigt ein großer Keramiktopf. Baba lief zum Brunnen, ging in die Knie und schöpfte Wasser in die beiden Töpfe. Trotz des Gewichts lag keinerlei Anstrengung auf ihrem Gesicht. Mit erstaunlicher Leichtigkeit bewegte sie sich unter der schweren Last.

Luigia löste sich von der Betrachtung, drehte sich um und ging mit dem Korb in die Stube, wo sie sich zu den Kindern an den Tisch setzte. Sie waren mit Schreibaufgaben und Malarbeiten beschäftigt und so vertieft, dass sie der Mutter kaum Aufmerksamkeit schenkten. Kurz darauf traten Baba und Sofia laut tratschend ein. Als sie Luigia mit den Kindern am Tisch sitzen sahen, verstummten sie und widmeten sich mit gesenkten Köpfen ihren Aufgaben in der Küche.

Luigia musste beim Anblick der beiden Frauen in der Tracht an die Worte ihrer Mutter denken, sie achte nicht genügend auf ihr Äußeres. Mein Gott, sie hatte sich um vier Kinder und das Haus zu kümmern! Aber vielleicht hatte ihre Mutter nicht ganz unrecht, die Graubündner Kleidung sah tatsächlich sehr hübsch aus. Ob ihr weiße, über das Haar gebundene Tücher zu Gesicht stehen würden? Und die weiten weißen Ärmel zu dem frischen Blau des Schürzenkleids? Ein Farbton wie der Himmel von Graubünden. Luigia lächelte still vor sich hin.

Nach ihren anfänglichen Befürchtungen hatte sich Sofia als ausgesprochen tüchtig erwiesen. Aus ärmsten Verhältnissen stammend, vermochte sie mit wenigen Zutaten himmlisch schmeckende Gerichte zuzubereiten. Auch Jakob, der Sohn, war Luigia inzwischen ans Herz gewachsen. Giovanni hatte wieder einmal gute Menschenkenntnis bewiesen.

Luigia stand auf und trug den leeren Wäschekorb in den Vorratsraum. Anschließend ging sie vor die Tür, streckte den Rücken und ließ den Blick über den Horizont gleiten. Wahrlich hatte Giovanni ihr und den Kindern ein Paradies vor die Füße gelegt. Zur linken Hand ragten dunkle Tannenwipfel, zur rechten schneebedeckte Alpengipfel in den blauen Himmel, dazwischen schmiegten sich sanfte Hänge über grau schimmernde Felsen. Giovannis Schwärmerei in Savognin für die besonderen Farben auf der Passhöhe von Maloja war keineswegs übertrieben gewesen. Das Blau der Alpenveilchen und des Enzians, das Rot der Mohnblüten, das Grün der Weiden glühten in diesem Licht wie nirgendwo sonst.

Luigia atmete die würzige Luft ein und ordnete das aus dem Knoten gelöste Haar. Schön wäre es, wenn ihr Liebster sie vor dieser prachtvollen Kulisse malen würde. Mit Wehmut erinnerte sie sich an den Rosengarten des elterlichen Anwesens in Mailand. Noch heute spürte sie die prickelnde Aufregung, das Zittern ihrer Hände und Lippen, als sie vor den süß duftenden gelben Rosenbüschen vom Freund des Bruders, dem kräftig gebauten österreichischen Maler, zum gefälligen Posieren aufgefordert worden war. Für einen Moment fühlte sie sich, als wäre sie noch so jung und schön wie damals. Mit einem Seufzer senkte sie das Kinn und ließ den Blick prüfend über ihren Körper gleiten. Der dunkle Stoff des schmucklosen Kittels faserte unschön und war an manchen Stellen durchgewetzt. Die Schoß hing in schlampigen Falten bis zu den Knöcheln hinab. Das Leder der festen Schuhe hatte schon vor langer Zeit den letzten Glanz verloren. Was war nur aus ihr geworden?

Vielleicht konnte sie ihren Alltag mit etwas Farbe auffrischen. Mit einer Graubündner Tracht. Sie dachte an die weit geschnittenen Blusenärmel in weißer Baumwolle und an Spitzenverzierungen am Ausschnitt. Ob Baba ihr zeigen würde, wie man die Nähmaschine in der Kammer bediente? Womöglich war es gar nicht schwer, ihre unansehnlich gewordenen Kleider mit ein paar Handgriffen zu verändern. Für neue Garderobe fehlte das Geld. Der Umbau des Hauses hatte viel gekostet, und der Privatlehrer … na ja.

Energisch kehrte Luigia zurück ins Haus. Die Tür zu Babas Kammer war unverschlossen. Zögerlich trat Luigia ein. Neben Bett und Schrank stand der Tisch mit der Nähmaschine. Trüb fiel das Tageslicht über das schwarze Eisen. Neugierig tastete sie mit den Fingerspitzen über das kühle Metall. Eine Garnspule steckte auf der Spindel. Ein blauer Faden war eingefädelt. Als sie hochblickte, erstarrte sie in der Bewegung. Gegenüber hing ein Spiegel, und eine überraschte Luigia blickte ihr entgegen. Unvorstellbar alt kam sie sich vor. Sah sie wirklich so aus, oder täuschte und verzerrte der fleckige Spiegel? Luigia griff sich an den Hals. Der braune Stehkragen machte sie blass. Warum trug sie ständig dunkle Farben? Ja, weil braun nicht so schnell verschmutzte. Vielleicht konnte sie mit etwas weißer Spitze am Kragen das Kleid aufhübschen. Das ließe sich mit der Hand leicht bewerkstelligen.

Behutsam stieß Luigia mit der Ferse die Tür hinter sich zu und knöpfte das Kleid auf. Der schwere Stoff fiel zu Boden. Wie rau sich ihre Finger auf der Haut anfühlten. Sie dachte an die Nächte voller Leidenschaft mit Giovanni und errötete. Wie spürte er ihre Finger auf seiner Haut? Luigia streifte das Unterhemd ab und griff an den Verschluss des Büstenhalters. Zuletzt rutschte die Unterhose über die Knie. Zittrig löste sie die Nadeln aus dem Haarknoten. Erschrocken zuckte sie zusammen, als sie das helle Lachen ihrer Tochter vernahm. Dann fasste sie sich und atmete durch. Schließlich mochte kein Weib immer nur Mutter sein. Prüfend betrachtete sie ihren nackten Körper, das offene Haar, tastete über Brüste, Bauch und Nabel. Ihre Beine waren zwar nicht so schön lang und die Hüften nicht so rund wie bei Baba, doch ihre Gestalt war immer noch ansehnlich. Sie strich über ihre kleinen Brüste. Keine Frau könnte nach vier Kindern straffere haben.

Luigia stieg wieder in die Unterwäsche, setzte sich an den Tisch, griff nach der Schere und schnitt den Stehkragen ihres Kleides ab. Rasch hatte sie Nadel und Faden gefunden und den Rand mit der Hand eingesäumt. Anschließend heftete sie mit wenigen Stichen einen Streifen weiße Spitzenbordüre, die sie in Babas Nähkorb gefunden und am oberen Ende gekräuselt hatte, an den Saum. Was für ein Effekt! Hauchzart bauschte sich der weiße Kragen um den Ausschnitt. Wenn Giovanni aus Mailand zurückkehrte, würde er staunen. Luigias Herz klopfte vor Freude und Aufregung, da näherten sich polternde Schritte. Geschwind warf sie sich das Kleid über und verschwand aus der Kammer, bevor die Magd um die Ecke bog.

7

Mailand, Juli 1894

Vittore Grubicy lehnte sich in dem ledernen Armstuhl zurück. Mit geneigtem Kopf blickte er seinem Gast aus halb geschlossenen Augen entgegen. Mit der Linken umfasste er eine langstielige Pfeife, mit der Rechten hielt er den Trichter ans Ohr, ohne den er so gut wie nichts mehr hören konnte. Der wuschelige Bart reichte bis zur Brust. Während er das Gemälde vor ihm musterte, zog er von seiner Pfeife und schickte mit gespitzten Lippen den Rauch in kleinen grauen Kringeln zur Decke.

Giovanni wartete reglos, den Blick gespannt auf das Mienenspiel seines Agenten gerichtet.

»Böse Mütter sind das also. Soso.« Endlich erhob Vittore seine sonore Stimme, wobei er die Luft mit einem leisen Pfeifton einsog. »Mütter böse darzustellen, ist ungewöhnlich. Aber na ja, meinetwegen. Das Bild ist kraftvoll. Ja, kraftvoll. Und gänzlich anders als alles, was du bisher gemalt hast.«

Giovanni hüstelte verlegen hinter vorgehaltener Hand. Der Rauch aus der Pfeife reizte seine Kehle. »Ja, es ist anders. Ich versuche, mich weiterzuentwickeln. Es ist eine Allegorie des Bösen, Vittore. Eine Bestrafung der Sünden. Ein sehr christliches Motiv, das auch im katholischen Österreich auf Gefallen stoßen würde.«

Vittore richtete sich auf und legte das Horn auf den Tisch.

»Ich werde mein Bestes geben. Die Entwicklung gefällt mir, mein Lieber«, sprach er langsam und in seiner Schwerhörigkeit sichtlich bemüht, der eigenen Stimme Kraft zu geben. »Damit rückst du in die Nähe der Art nouveau, des Jugendstils, der gerade von Klimt in Österreich populär gemacht wird.«

Erleichtert ließ Giovanni die Schultern sinken. Nun sah er den idealen Moment gekommen, das Projekt für die Weltausstellung anzusprechen. Mit zittrigen Fingern kramte er die erste Skizze, die nur annähernd seine Vorstellungen wiedergeben konnte, aus der Tasche, legte sie vor Vittore auf den Tisch und strich mit der Handkante über den Papierbogen. Schwer atmend trat er zurück und suchte nach den richtigen Worten.

»Hier möchte ich dir zeigen … Ich …«, stammelte er, »möchte ein Panorama der Alpen so breit und so hoch wie ein Schloss bauen. In einem Gerüst aus Eisen, mit realistischen Darstellungen der schneebedeckten Gipfel, davor lebende Kühe … und … und Schafe und Ziegen neben aufgetürmten Heuballen und Tieren aus den heimischen Wäldern, Bauern in Graubündner Tracht. Stell dir die gebauschten Ärmel vor, die spitzen Hüte, die Butten, gefüllt mit Obst, die zerfurchten und glücklichen Gesichter. Ein Schauspiel, eine Komödie der Lebendigkeit …«

»Halt, nicht so schnell!« Vittore hob die Hand. »Was soll das werden? Ein Panorama der Berge mit echten Menschen und Tieren? Du meine Güte! Gerade hast du mir ein leichtes und elegantes Werk gebracht. Wieso der Rückschritt?«

»Ja, ich arbeite in zwei Richtungen. Dieses Alpenpanorama könnte mich und das Engadin bis in den letzten Winkel der Erde bekannt machen«, redete Giovanni unbeirrt weiter, »und deine Agentur wird ebenfalls Ruhm und Reichtum erlangen.«

Vittore stützte das Kinn auf die Hände und runzelte die Stirn. »Mit einem riesigen Alpenpanorama willst du uns berühmt machen?« Grunzend neigte er den Kopf. »Du hast sogar Skizzen angefertigt. Das hast du bisher nicht getan.« Er kratzte sich an der Nase. »Du möchtest dich für die Pariser Weltausstellung bewerben, nicht wahr?«

Giovanni nickte.

Mit langsamer Hand führte Vittore die Pfeife an die Lippen. »An und für sich eine nette Idee.«

Nett! Hatte er gerade seinen Plan als »nett« bezeichnet? Giovanni schluckte. Sein lieber Freund, der sich selbst gelegentlich und gar nicht mal schlecht als Maler versuchte, musste doch wissen, welche Bedeutung die Beschreibung »nett« für einen Künstler hatte – im besten Fall langweiliges Mittelmaß. Uninteressant!

»Ich bitte dich, Vittore«, krächzte Giovanni heiser. »Ich schätze deine Meinung sehr, aber ›nett‹ ist wohl nicht der passende Ausdruck für … nun ja, für die Darstellung der einmaligen Pracht der Engadiner Landschaft in der Dreidimensionalität.«

»Lieber Giovanni«, erwiderte Vittore mit einem beschwichtigenden Lächeln, »gewiss hast du dir Gedanken zur Finanzierung gemacht. Solch ein aufwendiger Kuppelbau mit Eisengerüst und einer Staffage im Ausmaß von«, er beugte sich über die Skizze, »Donnerwetter, im Ausmaß von dreitausendachthundertfünfzig Quadratmetern, dazu lebendige Tiere, eigens anzuheuernde Schausteller und das andere Drum und Dran, benötigt honorige Geldgeber, ohne deren Unterstützung dein Vorhaben zweifelsohne ein finanzielles Desaster werden wird.«

»Selbstverständlich habe ich mir Gedanken gemacht!«, ereiferte sich Giovanni. »Besonders im Winter wimmelt es in Sankt Moritz von kapitalschwerer Aristokratie. Ich gedenke, mein Werk nach der Weltausstellung in verkleinerter Form in meinem Atelier auszustellen. Gewiss werden durch mich viele Kunstbegeisterte nach Graubünden gelockt. Ich sehe keine Schwierigkeiten, Gönner für diese Idee zu gewinnen.«

»Nun denn, wenn dem so ist …« Vittore nahm einen tiefen Zug und blies den Rauch aus dem Mundwinkel zur Seite. »Ich sehe, du glaubst fest an den Erfolg. Solltest du die Vorfinanzierung zustande bringen, werden mein Bruder und ich dein Projekt gerne unterstützen.« Er beugte sich vor. »Weißt du, mein Freund, wir hätten deine Betreuung damals nie übernommen, wären wir nicht von deinem Genie überzeugt gewesen.« Er lehnte sich zurück. »Wir sind nicht enttäuscht worden, im Gegenteil. Du hast dich in kurzer Zeit enorm entwickelt. Für die Technik der unterschiedlich starken Pinselstriche in konträren Farben, wodurch der Eindruck von Licht und Schatten entsteht, wie es nie zuvor beeindruckender geschehen ist, verdienst du größte Bewunderung.« Sein Freund nahm einen weiteren Zug aus der Pfeife, bevor er fortfuhr. »Mitunter versperren Träume die Sicht auf die Realität. Vielleicht wäre es gescheiter, den ganzen Firlefanz, die Tiere und Menschen, wegzulassen. Deine Bilder brauchen diesen Hokuspokus nicht.«

Er lehnt es ab, es gefällt ihm nicht. Giovanni mahlte mit den Kiefern und wollte einen weiteren Versuch starten, da hörte er die helle Stimme des Bruders im Rücken.

»*Buon giorno*, Giovanni! Ein neues Bild hast du uns mitgebracht. *Che carino!*«

Giovanni fuhr herum. Alberto Grubicy schüttelte seine Hand fest, bevor er den Blick auf das Gemälde mit dem Motiv der bösen Mütter legte. Mit einer fahrigen Bewegung führte er den gekrümmten Zeigefinger an die Unterlippe, wie immer, wenn er über etwas nachdachte.

»Es ist ungewöhnlich und modern. Gefällt mir. Es wird sich verkaufen. Damit werden wir gutes Geld verdienen.« Der jüngere der Grubicy-Brüder hob sein hübsches Gesicht mit den weichen, beinahe weiblichen Zügen. »Machen wir einen Vertrag.«

»*Grazie mille*, Alberto. Ich bin hocherfreut und habe deinem Bruder bereits eine Idee für ein weiteres Werk vorgestellt, das ich …«

»Darüber sprechen wir ein andermal«, bremste Alberto ihn. »Jetzt setzen wir den Vertrag für ›Die bösen Mütter‹ auf. Sagen wir, mit einem Vorschuss von tausend Lire? Wir haben leider wenig Zeit, erwarten Gäste zum Mittagessen.« Er trat milde lächelnd zur Seite. »Aber mein Bruder Vittore ist der Padre. Was er wünscht, das geschieht.«

»Ja, machen wir den Vertrag noch vor dem Mittagessen fertig.« Vittore zog an der Pfeife.

Giovanni würgte an der Enttäuschung. Dennoch wagte er nicht zu widersprechen, wollte nicht unhöflich sein. Er brauchte den Vorschuss, auch wenn er es hasste, unter Druck gesetzt zu werden.

Alberto fischte einen Bogen Papier aus der Schreibtischlade und schrieb mit Feder und Tinte. Dann hielt er inne, als würde er sich erst jetzt der Leseschwäche seines Gastes bewusst, und las den Vertragstext laut vor.

Giovanni hörte zu, nickte verhalten, nahm den Griffel und setzte seine kritzelige Unterschrift ans Ende des Papiers. Nach der Geldübergabe verabschiedete er sich kühl und wollte gehen, doch Vittore hielt ihn zurück und fragte, ob er nicht zum Mittagessen bleiben wolle. Giovanni lehnte dankend ab. So rasch wie möglich wollte er der bürgerlichen Enge des Hauses entfliehen. Zudem verspürte er wenig Lust auf langweilige Gespräche mit den illustren Gästen der beiden. Mit Befriedigung bemerkte er den Anflug einer kleinen Demütigung in den Mienen der Brüder, die es offenbar nicht gewohnt waren, dass ihre Einladungen abgelehnt wurden. So hatte er sich wenigstens revanchiert.

Auf der Straße blickte er sich mit einem tiefen Seufzer um. Er würde wiederkommen, es noch einmal versuchen. Vittore und Alberto mussten sein Pariser Projekt finanzieren. Die Agentur würde schließlich auch von seinem Erfolg profitieren. Das mussten sie doch erkennen! Besonders auf Vittore hoffte er. Sein alter Freund konnte nicht so blind und engstirnig und ohne jeden Weitblick sein. Er wischte sich mit dem Ärmel den Schweiß von der Stirn.

Brütende Hitze hing zwischen den schmalen Häusern. Der Gestank nach Unrat mischte sich mit der feuchtschwülen Luft. Mit gerümpfter Nase eilte Giovanni weiter bis zum Domplatz. Mit einem Teil des Vorschusses wollte er ein Geschenk für Luigia kaufen. Er fand sich jedoch nur schlecht zurecht, die Innenstadt hatte sich verändert. Eine krächzende, an elektrischen Leitungen hängende Straßenbahn hatte die Pferdekutschen abgelöst. Als sich ihm eine Bahn näherte, sprang er erschrocken zur Seite. Misstrauisch musterte er die Drähte der Oberleitung und stellte sich vor, wie der Strom durch die schwarzen Schläuche schoss. Ängstlich wartete er auf ein Funkensprühen, doch nichts dergleichen geschah. Der Waggon fuhr gemächlich weiter. Mit Bedacht trat Giovanni näher und wich erneut zurück, als sich die nächste Straßenbahn polternd näherte. Schließlich wagte er sich mit hochgezogenen Schultern weiter ins Zentrum.

Es wurde immer belebter. Das Geplapper der Menschen und der Lärm der Elektrischen verstörten ihn zusehends. Schweißperlen benetzten seine Stirn. Am liebsten wäre er dem Getümmel entflohen. Da, endlich ein Laden, in dem es Schmuck zu kaufen gab. In der Auslage sah er eine Halskette mit blaugrünen Steinen. Sie hatten die Farbe ihrer Augen. Die Kette kostete die Hälfte des Vorschusses. Giovanni ging in den Laden und erstand das Schmuckstück. Wenige Schritte weiter kam er an einem Geschäft für Musikinstrumente vorbei. In der Auslage ein sehr günstiges Angebot speziell für Kinder. Das ideale Geschenk für seine vier Kleinen. Und es blieb sogar noch ein Rest vom Vorschuss übrig. Wieder draußen auf der belebten Straße, tropfte der Schweiß über seine Schläfen und Wangen bis in den Hemdkragen. Giovanni kramte nach einem Taschentuch und wischte über die feuchte Stirn. Es war unerträglich heiß. Er wollte seinen Mantel abstreifen, da wurde ihm schwarz vor Augen. Giovanni wankte, brach in die Knie.

Als er wieder zu sich kam, lag er in den Armen eines Fremden. Verwundert blickte er auf große Zähne und dunkle, freundlich blickende Augen.

»*Ciao*, Signore! Ja, was für ein Zufall, oder ist es göttliche Fügung?«, vernahm er eine Stimme mit österreichischem

Klang. »Da bedränge ich meinen Freund Carlo die längste Zeit, mir seinen berühmten Schwager vorzustellen, und da fällt mir der begnadete Lichtmaler buchstäblich auf der Straße in die Arme. Es is net zu glauben.«

»*Scusi*, Signore«, murmelte Giovanni verwirrt. »Ein Schwindel packte mich, die Hitze, Signore, ich vertrage die Hitze schlecht.«

»Ja, der Sommer des Südens hat so seine Tücken. Haha.« Der Fremde half ihm hoch. »Darf ich Sie zum Mittagessen ins Restaurant meines Hotels einladen? Es sind nur ein paar Schritte, wenige Meter hinter dem Domplatz. Der Koch dort ist Österreicher und ein Meister seines Fachs.«

»Äh, *scusi*?« Giovanni hob verwundert die Brauen.

»Oh, pardon. Gustav Klimt ist mein Name.«

»Gustav Klimt aus Wien?«

»Genau, der bin ich, habe zufällig geschäftlich in Mailand zu tun, und da fallen Sie mir in die Arme. Herrlich, nicht wahr?« Er konnte es offenbar immer noch nicht glauben.

Giovanni vergaß seine Kopfschmerzen und strahlte. »Sehr gerne komme ich mit Ihnen. Obwohl, Hunger verspür ich keinen.«

»Macht nichts, dann trinken wir eben ein Glaserl Wein miteinander. Das wird Ihrem Kreislauf guttun. Haha.«

»Was für eine … unverhoffte Ehre.«

»Die Ehr ist vielmehr auf meiner Seite, Kollege.«

»Wissen Sie«, sagte Giovanni, »gerade hat mich mein Agent kritisiert, und auch ich zweifle momentan an meinen Fähigkeiten.«

»Kommen S', mein Freund.« Klimt deutete mit dem ausgestreckten Arm Richtung Hauptplatz. »Essen S' und trinken S' mit mir. Danach haben S' Ihre Selbstzweifel vergessen.«

Das Restaurant des feinen Hotels war mit eleganten Möbeln aus hellem Holz eingerichtet. Das Personal eilte in schwarzen Anzügen und weißen Handschuhen hin und her.

Sie setzten sich an einen Tisch in einer ruhigen Ecke, und

Klimt bestellte allerlei Spezereien, die Giovanni nur vom Hörensagen kannte. Leberknödelsuppe, Tafelspitz, Forelle mit Buttergemüse, Schokoladetörtchen mit Erdbeermus.

Giovanni bekam nun doch Hunger und entschied sich für den Tafelspitz mit einem Glas italienischen Rotwein.

»Wissen S', ich bewundere seit Langem Ihre Arbeit«, begann Gustav Klimt. »Sie haben die alten Holländer, die Belgier, die Italiener und sogar die Franzosen überflügelt. Besonders Ihre pointierten Schneebilder beeindrucken in Wien über alle Maßen. Verdammt, wo haben Sie so malen gelernt?«

»Oh, danke.« Giovanni war gerührt. »Kurze Zeit verbrachte ich in einer Mailänder Akademie. Die Lehrer dort widerten mich an. Kunst kann man nicht lehren. Wer nicht als Künstler geboren ist, wird nie Künstler.« Er räusperte sich. »Aber ich denke, ich verdiene Ihre Bewunderung nicht. Es gelingt mir momentan gar nichts. Meine Bilder sind so ... so unwirklich.«

»Für die Wiedergabe der Realität ist der Fotograf zuständig«, erwiderte Klimt, »der Maler hat Größeres zu schaffen. Er darf sich von der scheinbaren Schönheit der Natur nicht irreleiten lassen. Ein Künstler muss hinter die schöne Fassade blicken, er muss bis zum Ursprung allen Lebens vordringen. Denken Sie an die Guckkastenbilder, mein Freund. Sie stellen eine Welt dar, die dem Untergang geweiht ist. Diese Geräte bilden nur die Oberfläche ab, die vorgeführt wird, schöner, als sie in Wirklichkeit ist. Wissen Sie, wie diese Guckkastenbilder funktionieren oder besser: nicht funktionieren?«

Giovanni schüttelte den Kopf, von Klimts Redeschwall verwirrt und beeindruckt zugleich.

»Der Künstler sucht sich beim Schauen in den Kasten einen Punkt in der Natur, von dem aus sich der Ausschnitt der Wirklichkeit am stimmungsvollsten und eindringlichsten darstellt. So entsteht eine künstliche Schönheit, die Andeutung einer romantischen Stimmung. Die Ansicht ist die Aussicht.«

»Aha«, sagte Giovanni, ohne zu verstehen.

Der Kellner brachte die Suppe. Klimt legte sich eine Stoffserviette über die Knie und löffelte.

»Ich plane ein riesiges Alpenpanorama für die Weltausstellung«, führte Giovanni aus. »Es soll eine Traumwelt werden, die Menschen und Tiere als Fabelwesen darstellen.«

»Das klingt hochinteressant.« Klimt schmatzte. »Ich bin selbst ununterbrochen am Experimentieren, und nicht immer gelingt mir, was ich mir vornehme. Zurzeit beschäftige ich mich mit japanischen Farbholzschnitten. Ich finde, die asiatische Kunst ergänzt wunderbar die österreichische, aber ich grüble noch, wie ich am besten …«

Der Kellner servierte den Tafelspitz mit gerösteten Kartoffeln, frisch geriebenem Kren und Spinat. Klimt reichte dem Kellner den leeren Suppenteller, nahm Gabel und Messer und zerteilte hektisch das mürbe Fleisch.

»Ach, bringen Sie bitte die Torte auch gleich vorbei!«, rief er.

Giovanni fragte sich insgeheim, wie es Klimt fertigbrachte, solche Unmengen zu essen und trotzdem schlank zu bleiben. Oder verbarg sich hinter dem weiten Kaftan mehr Bauchfett, als es den Anschein hatte?

Nach etwa einer Stunde, Klimt erwies sich als äußerst eloquenter Erzähler, gelangte Giovanni zu der Erkenntnis, ein Künstler dürfe niemals aufhören, über sein Schaffen nachzudenken. Er hätte gerne länger mit dem charismatischen Mann aus Wien geredet, doch sie wurden unterbrochen. Plötzlich stürmte eine Dame in einem golddurchwirkten Kleid in den Salon und steuerte von vielen Blicken begleitet auf ihren Tisch zu. Eine Wolke edlen Parfüms hinterließen die Bewegungen ihres grazilen Körpers. Sehr vertraut beugte sie sich zu Klimt und lispelte ihm ins Ohr. Mit ihrem Gemurmel veränderte sich der Ausdruck im Gesicht des Malers. Mit strahlendem Lächeln sprang Klimt hoch.

»Verzeihen Sie, mein Lieber. Ich muss weiter. Besuchen Sie mich unbedingt mal in Wien. Dann stell ich Ihnen meine

Freunde vor, insbesondere Sigmund Freud, der ohne Umwege direkt in Ihr Unterbewusstsein schauen kann.« Er lachte schallend.

Giovanni wollte sich für das vorzügliche Essen, das Gespräch und die Ratschläge bedanken, doch Klimt war schon mit der Dame durch die Glastür des Restaurants verschwunden.

Verdutzt blieb Giovanni zurück. In der Furcht, das üppige Mahl bezahlen zu müssen, wurde ihm heiß und kalt auf einmal. Als er sich ängstlich umsah, kam der Kellner und flüsterte ihm diskret zu, Signore Gustav Klimt aus Wien werde die Rechnung beim nächsten Besuch bezahlen.

Nach dem Essen spazierte Giovanni durch die weniger belebten Gassen von Mailand. Dabei landete er, wie es ihm erschien, ganz ohne Absicht in der Via San Simone. Hier hatte er nach dem Tod der Eltern einige Jahre bei seiner Halbschwester Irene verbracht. Unverwandt loderte die Erinnerung an eine wenig freudvolle Kindheit auf. Rasch ging er weiter bis zum prächtigen Tor der »Galleria«. Dort warf er einen flüchtigen Blick durch die Fensterscheiben des Cafés »Stocker«. Hier hatte er die ersten Worte mit Luigia gewechselt. Wehmütig betrachtete er die dunklen Tische und Stühle. Unschlüssig, was er mit der restlichen Zeit bis zu seiner Abfahrt von der Mailänder Postkutschenstation anstellen sollte, entschied er sich, dem Haus von Luigias Familie am nördlichen Stadtrand einen kurzen Besuch abzustatten.

Der Weg dorthin war wenig beschattet. Das Gehen in der Hitze ermüdete ihn nach dem schweren Essen. Schon wieder begann er zu schwitzen. Doch als er durch die kupfernen Stäbe der Einfriedung die schlanke Gestalt und das hochgesteckte dunkle Haar seiner Schwiegermutter Amalia Bugatti erblickte, zweifelte er nicht mehr daran, die richtige Entscheidung getroffen zu haben. Laut rief er einen Gruß in den Garten. Amalia drehte sich um. Freudestrahlend kam sie mit einem Strauß gelber Rosen auf ihn zu. Sie küsste Giovanni auf beide Wangen und begleitete ihn in das Haus zu Carlo, der in seinem Arbeitszimmer am Schreibtisch saß. Mutter und Sohn lachten herzlich, als sie erfuhren, dass Giovanni Gustav Klimt auf der Straße buchstäblich in die Arme gefallen war. Carlo wollte gerade zu einer Ausstellungseröffnung in das Möbelgeschäft der Familie in die Innenstadt aufbrechen und bat den unerwarteten Gast, ihn zu begleiten. Giovanni wurde hellhörig, als Carlo ihm erzählte, einen jungen, talentierten Maler aus der Schweiz eingeladen zu haben.

Am Gartentor bedauerte Amalia Bugatti die Kürze des Besuchs, und Giovanni versprach, das nächste Mal länger zu bleiben und ganz bestimmt Luigia und die Kinder mitzubringen.

Als sie wenig später das Möbelgeschäft nahe der »Galleria« erreichten, waren einige der prominenten Gäste bereits eingetroffen. Giovanni trottete hinter Carlo her und fühlte sich unter den forschenden Blicken unwohl. Er wollte sich unter einem Vorwand zurückziehen, da wurde er auf die ausgestellten Landschaftsbilder von beeindruckender Schlichtheit und Schönheit aufmerksam. Giovanni hatte zwischen den Möbelstücken seines Schwagers die Werke eines Anfängers erwartet, doch die Bilder jenes jungen Schweizers waren von erstaunlich ausgereifter Technik. Ohne Zweifel war dieser Giacometti eine Entdeckung. So war er freudig erregt, als Carlo ihm den Künstler vorstellte. Nach lobenden Worten und kurzem Hin und Her schlug Giovanni dem zarten Jüngling unverblümt vor, sein Schüler zu werden. Mit ihm gemeinsam würde er das kühne Vorhaben des gewaltigen Alpenpanoramas für die Pariser Weltausstellung im Jahr 1900 verwirklichen.

Es bedurfte wenig Überredung. Giovanni Giacometti fühlte sich sichtlich geehrt und sagte nach wenigen Minuten zu, bereits am nächsten Tag mit ihm nach Maloja zu reisen. Er wollte sofort in seine Untermietwohnung, um alles Formale zu klären und einen Koffer zu packen. In den leuchtenden braunen Augen des jungen Mannes entdeckte Giovanni die gleiche Besessenheit, die ihn selbst zum Arbeiten antrieb. Sein Traum, etwas ganz Großes, etwas Weltbewegendes zu schaffen, schien mithilfe dieses jungen Talents greifbar nahe. Zuversichtlich wie schon lange nicht mehr blickte Giovanni in eine rosige Zukunft.

8

Maloja, Juli 1894

Während Giovanni in Mailand von seinem Durchbruch als international anerkannter Künstler auf der Pariser Weltausstellung träumte, litten in Maloja Luigia, Baba und die Kinder unter einer ungewöhnlichen Frühsommerhitze. Die Schweizer Alpen hatten selten so hohe Temperaturen erlebt wie dieser Tage. Stunde um Stunde rückten Schnee und Eis in die Schattenwinkel der Gipfel zurück. Die Kinder flohen nach dem Mittagessen am liebsten ins Atelier, wo es dank der Holzverschalung und der herabgezogenen Stoffbahnen an den Fenstern noch am kühlsten war. Luigia ermahnte die Kinder, die Unordnung des Vaters nicht durcheinanderzubringen und keinesfalls die Leinwände anzufassen.

Am späten Nachmittag, die Hitze wich nur langsam, machte sich Luigia zu einem prüfenden Rundgang auf. Sie erwartete ihren Geliebten bald zurück und wollte alles blitzblank sauber wissen. Wie Luigia befriedigt feststellte, übersah Baba bei der Putzarbeit kaum ein Staubkorn. Nur selten musste sie nachwischen. Nach dem Inspizieren des Wohnhauses ging Luigia ins Atelier. Einige Spielsachen der Kinder lagen verstreut auf dem Boden, ansonsten herrschte das gewohnte Durcheinander an Pinseln, Rahmen, Leinwänden, Kübeln und Tuben.

Luigia ließ die Augen über das dunkle Holz der Bücherregale schweifen. Obwohl Giovanni kaum lesen konnte, liebte er es, von Literatur umgeben zu sein. Gerne ließ er sich von ihr in italienischer Sprache vorlesen. Luigia strich mit den Fingerspitzen über einen edlen Einband und schnupperte an dem braunen Leder. Ihr Liebster hatte so viel Sinn für das Schöne und Edle und so wenig Sinn für Sparsamkeit.

Nach einem letzten Rundblick verschloss sie das Atelier und wollte in die Küche zurückkehren, da kam ihr ein Beitrag in der letzten Ausgabe der »Gartenlaube« in den Sinn. Er handelte von den neuen kompakten Fotoapparaten. Mit solch einem Gerät könnte Giovanni Fotos seiner Werke anfertigen und damit den Handel mit seinen Bildern selbst in die Hand nehmen. Dann wäre er nicht mehr auf die Vermittlung durch die Mailänder Agentur angewiesen und bräuchte keine Provisionen mehr zu zahlen. Auf dem Weg in die Küche sinnierte Luigia über den Preis eines solch vermutlich viel zu teuren Geschenks und lief dabei an der Kammer der Magd vorbei. Seit einigen Tagen sah sie Baba gerne bei der Arbeit an der Nähmaschine zu. Baba wusste die Funktionen von Schwingschiffchen, Tretkurbel und Fadenspuler so gut zu erklären, dass Luigia es auf Anhieb verstand. Sogar den komplizierten Ketten- und Doppelsteppstich mit Ober- und Unterfaden hatte sie sich inzwischen angeeignet. Luigia seufzte. Oh, wie sie die dunklen, schweren Stoffe ihrer Garderobe satthatte. Verlangte ein Sommer nicht nach hellen, zarten Tüchern? Sobald sie etwas Geld gespart hatte, wollte sie Jakob bitten, sie in ein Geschäft zu fahren, um Stoffballen zu kaufen. Wenn nicht in Sils, in St. Moritz oder in der Hauptstadt Chur gab es sicher solche Läden.

Luigia horchte an der Tür zur Kammer der Magd. Dumpf ratterte die Nähmaschine. Sanft drückte sie die Klinke und schlich auf Zehenspitzen hinein. Baba saß mit dem Rücken zu ihr vor dem Nähtisch. Das einfallende Licht traf auf ihr strohhelles, im Nacken straff gebundenes Haar. Eine Stoffbahn mit Karomuster fiel seitlich über den Tisch bis zum Boden hinab. Baba nähte an neuen Vorhängen.

Luigia trat näher und beugte sich über das feste Gewebe. »Ein schöner Stoff. Baba, sag, was denkst du? Gibt es die wahre Liebe?«

Die Schultern der Magd zuckten. Ihr Fuß glitt vom Pedal. Das Rattern verstummte.

»Verzeih. Habe ich dich erschreckt?«

Baba winkte ab. »Ich finde es lustig, dass Sie mich so mir nichts, dir nichts nach der wahren Liebe fragen, Signora.« Sie kicherte.

»Entschuldige. Ich wollte dich nicht stören.«

»Ach wo.« Baba lehnte sich zurück. »Wenn ein Mann mich in den Arm nimmt und schwört, dass er mich mehr lieb hat als alles andere, mehr noch als sein eigenes Leben, dann ist das wahre Liebe.«

»Und wie merkst du, dass er dabei nicht flunkert? Du weißt schon, wie Männer sein können, wenn sie nur an das eine denken.«

»Ich zwinge ihn, auf die Bibel zu schwören. Da traut sich keiner zu lügen. Sonst droht ihm das ewige Fegefeuer.«

Luigia schmunzelte. Wie einfach die Welt für Baba war.

»Giovanni sagt mir nie, dass er mich liebt«, murmelte sie. »Trotzdem spüre ich es.«

»Das ist doch schön, Signora.«

»Er malt mich schon lange nicht mehr«, setzte Luigia nach. »Ich würde ihm so gerne wieder Modell stehen. So wie früher.«

»Ja, dann sagen Sie es ihm einfach.« Baba furchte die Stirn.

»Das sollte ich vermutlich tun. Weißt du, als er mich zum ersten Mal gemalt hat, war mein Korsett so eng geschnürt, dass ich kaum atmen konnte. Ich musste eine Stunde ruhig sitzen. Nach zwanzig Minuten dachte ich, in Ohnmacht zu fallen.«

Baba kicherte.

»Ich wäre eher erstickt, als mich zu beklagen.«

»So schüchtern, Signora?«

»Ich wurde erzogen, meine Gefühle nicht sofort zu zeigen.«

»Ach, das war bei mir nicht so. Ich hab immer sagen dürfen, wie ich mich fühle. Nur letztens, oben am Berg …« Baba stutzte. »Ich weiß nicht, ob ich es erzählen darf.« Sie senkte das Kinn. »Besser nicht.«

»Raus damit, Baba. Mir kannst du alles sagen.«

Die Magd verdrehte die Augen. »Der Meister hat meinen nackerten Busen gemalt.«

Luigia spürte einen Stich in der Brust. Der Qualen nicht genug, griff die Einfältige auch noch an die Schnürung ihrer Tracht, öffnete die Bluse, hob den dünnen Büstenhalter und zeigte zwei rosige, perfekt geformte Brüste.

»Zuerst wollte ich nicht. Der Meister meinte, ich soll mir denken, ich wäre beim Dottore zum Lungenabhören. Der darf meine Brüste auch anschauen, ist nichts dabei.«

Fassungslos starrte Luigia auf die entblößte Oberweite der Magd. Augenblicklich kam ihr das Gemälde der spärlich bekleideten Frau in dem dürren Baum in den Sinn. Wenn auch jenes Gesicht umrahmt von braunen Haaren nicht wie das von Baba aussah, die Herrlichkeit ihres festen, wie zwei pralle Melonen geformten Busens war zweifellos mit dem auf dem Gemälde vergleichbar.

»Signora?« Baba schien Luigias Entsetzen zu bemerken und schloss mit flinken Fingern die Bluse. »Der Meister hat darauf bestanden.«

»Bist du die Frau in dem kahlen Baum auf dem Schneegemälde, die mit dem Säugling? Du weißt schon, das Bild, das Giovanni mit nach Mailand genommen hat.«

Baba zuckte mit den Schultern. »Erst dachte ich, ich wär's. Aber als ich es später angesehen habe, konnte ich mich nicht erkennen. Ich glaube, Signora, der Meister hat eine fremde Frau gemalt.«

Also doch, dachte Luigia und verspürte einen Kloß im Hals. Es gab eine andere. Eine Heimliche. Die Magd war nur Modell für den ersten Entwurf gewesen. Bei der Ausarbeitung hatte er jemand anders im Sinn gehabt. Seine Geliebte! Sie hatte es geahnt. Unvermittelt erinnerte sich Luigia an den Namen, den Giovanni ab und zu im Schlaf mit unruhigen Seufzern ausspuckte. Irene! War sie die heimliche Geliebte? Eifersucht brannte ihr wie Feuer in der Brust. Schnaufend fuhr sie herum und verließ die Kammer der Magd.

Am Abend brachte der Nachbar, Emilio Vito, einen Korb mit Käse vorbei. Das tellergroße Stück mit dem bräunlichen Rand roch süßlich nach frischer Heumilch. Langsam war Luigia das zutrauliche Du des alten Bauern gewohnt. Aus reiner Höflichkeit bat sie ihn auf ein Glas Wein herein. War er doch der Einzige in Maloja, der Kontakt zu ihr und der Familie suchte. Der alte Mann ließ sich nicht lange bitten und trat dabei so nah an sie heran, dass sie seinen muffigen Atem riechen konnte.

»Gott sei's gedankt, Nachbarin.«

Gib ihm zu trinken und sage ihm nach ein paar Minuten, wie unwohl du dich fühlst, dachte sie und verzog das Gesicht zu einem Lächeln.

Im Salon musterte der Nachbar die schräg hängenden Gemälde an den Wänden, Giovannis spezielle Technik, und setzte sich auf einen der mit Brokat bespannten Stühle an den breiten Tisch. Luigia holte aus der Küche ein Tablett mit zwei Gläsern und einer Flasche von dem billigen roten Landwein. Dann nahm sie ihrem Gast gegenüber Platz.

»Was ich Sie fragen wollte, Herr Nachbar«, fing sie an, »wissen Sie, wer die schöne helle Kirche mit dem roten Turm auf dem Hügel erbaut hat? Ich wundere mich deshalb, weil es auch noch eine aus Stein in der Nähe des großen Hotels am See gibt, das momentan geschlossen ist. Die Besiedlung hier oben ist so spärlich. Würde da nicht ein Haus Gottes für alle Gläubigen ausreichen?«

In Emilio Vitos dunklen Augen blitzte etwas auf. Bevor er zum Reden ansetzte, trank er den Inhalt des Glases mit einem Zug aus und schenkte sich selbst ungefragt nach.

»Vor Jahren ist ein gewisser Graf Renesse aus Belgien in unsere Gegend gekommen«, erzählte er auf Italienisch. »Unser schönes Land hat ihm gefallen, und er hatte wohl zu viel Geld. In Maloja wollte er ein ›Monaco der Alpen‹ erschaffen, ein Ferienparadies für die Aristokratie, mit einer Bahnstrecke nach Sankt Moritz. Der Graf ließ also für seine wohlhabenden Gäste aus England eine zweite Kirche bauen. Auch seine anglikanischen Gäste sollten am Sonntag ihre Messe haben. Das Hotel ›Kursaal‹ am Ufer des Silsersees hätte das Zentrum werden sollen, das Schlösschen Belvedere mit dem Aussichtsturm sein privater Palazzo, Nachbarin.«

»Was ist geschehen?«

»Wenige Tage nach der Eröffnung des Hotels brach im Königreich Italien die Cholera aus, woraufhin der Staat die Grenze schloss. Der Graf war ruiniert und soll sich vom Turm des Belvederes in den Tod gestürzt haben.« Vito riss die Augen auf. »Vielleicht ist der Graf aber auch im kalten Silsersee ertrunken. Seine Leiche ist nie gefunden worden. Man sagt, sein Geist schwebe in den Raunächten durchs Tal. Warte nur, bis es Winter wird am Pass. Du wirst es erleben.« Er grinste verschmitzt.

»Hier scheinen viele Geister zu sehen«, sagte Luigia trocken. »Vermutlich liegt es an der dünnen Höhenluft.«

»Oje, ich hab ganz die Zeit vergessen.« Vito fuhr hoch. »Ich will nicht unhöflich sein, doch ich erwarte Besuch.«

Luigia begleitete ihn bis zur Tür und verabschiedete ihn.

Im Laufe des nächsten Nachmittags fand Luigia, es wäre Zeit für einen Gegenbesuch bei Emilio Vito. Seit über zwei Monaten wohnten sie Hof an Hof mit dem Käsebauern. Besonders die Kinder freuten sich über seine wohlschmeckenden Käsegeschenke, für die er partout keinen Franken annehmen wollte. Von flüchtigen Höflichkeitsfloskeln abgesehen, pflegten sie noch immer wenig Kontakt zu den Menschen in Maloja. Vito war der Einzige, der sie bisher zu sich eingeladen hatte.

Die Hausarbeit war erledigt, und so stieg Luigia kurzerhand über die Wiese mit den Apfelbäumen zu seinem Anwesen hoch. Aus dem Schornstein der Scheune kräuselte ein dünner Rauchfaden, ein schwarzes Fahrrad stand neben der einen Spaltbreit geöffneten Tür des steinernen Wohngebäudes.

Luigia blieb trotzdem draußen, läutete und wartete, bis der alte Mann aus dem Haus trat.

»*Allegra*, Nachbarin!«

Offenbar freute er sich sehr über ihren Besuch. Vito wollte ihr sofort die Scheune für die Zubereitung des Käses und danach sein Wohnhaus zeigen.

»Die Kühe sind tagsüber auf der Weide.« Er führte sie zu dem Kupferkessel, der an einem eisernen Haken in einem festen Holzbalken über einer glimmenden Feuerstelle hing.

Ein Schornstein lenkte den Rauch durch das Dach. Daneben, an der Holzwand, sah Luigia verschiedene Bürsten und Gefäße aus Glas, gefüllt mit weißen Kristallen.

»Das ist bestes Meersalz für die Rinde des Käses.« Vito bewegte einen Holzstab durch die milchige Masse. Ein strenger Geruch stieg hoch. »Bürsten und Salzen sind das A und O. Meinen Labkäse müsst ihr auch einmal probieren. Dabei wird der Magen eines Kitzleins mitsamt der Muttermilch drinnen getrocknet, bis die Milch zu Käse gerinnt.«

Luigia verspürte wenig Lust, jemals von diesem Labgemisch zu kosten, und war froh, dem Geruch im Stall zu entkommen.

Im Flur des Hauses roch es nach Bohnerwachs. Die Oberflächen der schweren Möbel waren blank poliert. Spitzendeckchen zierten das dunkle Holz der Nebenzimmer. Sogar die Waschküche, mit einem Zuber auch als Bad nutzbar, wie er ihr erklärte, war mit dunklem Holz ausgestattet.

»Trinken wir etwas.« Emilio Vito führte Luigia ins Haus zu einem Raum mit einem schweren Eisenofen und hoher Decke, von der ein achtarmiger Leuchter mit Öllichtern über einer Bauernsitzecke baumelte. Auch hier bedeckten dunkle Holzpaneele die Wände. Am Fensterbrett reihten sich abgebrannte Kerzen in unterschiedlicher Höhe aneinander. Wohl ihren forschenden Blick bemerkend, brummte er: »Die Elektrizität kommt auch bald nach Maloja. In Sankt Moritz und anderen Städten gibt es schon elektrisches Licht. Als Erstes sind die

Hotels dran, dann die Einkaufsstraßen. Wir Bauern sind die Letzten.«

Luigia nickte. »Elektrisches Licht wäre praktisch. Die Nächte sind in der Tat unheimlich düster hier. Ich will gar nicht an den Winter denken.«

Sie ließ sich auf der gepolsterten Holzbank am Fenster nieder. Vito ging zu einer Kommode, bückte sich und holte eine Flasche Wein hervor, von einem Regal darüber nahm er zwei langstielige Gläser. Hinter den blanken Scheiben bewegte der Wind den Wipfel einer Lärche. Die Nadeln kratzten über das Glas. Ansonsten war es still. Luigia dachte an die Kühe, die sie morgens oft muhen hörte. Jetzt waren sie auf der Weide. Der Käser brachte sie jeden Abend in den Stall.

Vito nahm ihr gegenüber Platz. Hinter ihm hing ein Kreuz mit einer Jesusfigur aus hellem Holz. Darunter stand auf einem Brettchen an der Wand eine rote Vase mit grünen Zweigen. Ein Herrgottswinkel, durchfuhr es Luigia. Er sollte Dämonen abhalten, das hatte sie kürzlich in der »Gartenlaube« gelesen. Luigia stellte sich eine ans Kreuz genagelte Figur in ihrem Haus zwischen Giovannis Landschaftsgemälden vor. Der Gedanke ließ sie schmunzeln. Hier hing nur ein einziges Bild an der Wand. Eine Fotografie eines Mannes im feinen Anzug vor dem Kurhotel am Silsersee. Glucksend floss der Wein in die Gläser.

»Viva!« Vito prostete ihr auf Rätoromanisch zu.

»Viva!« Luigia nahm einen Schluck von dem schweren Roten. Der Alkohol kitzelte am Gaumen. Sie hüstelte verlegen. »Schön haben Sie es hier«, krächzte sie.

»Nicht wahr?« Der alte Mann grinste. »Und sind wir nicht per Du? Früher hat meine Frau alles auf Trab gehalten. Seit ihrem Tod muss ich allein zurechtkommen.« Sein Blick erhellte sich. »Aber ich werde mich wieder mit jemandem zusammentun. Bald, ja sehr bald ist es so weit.«

Luigia wusste nicht recht, was sie sagen sollte. Keineswegs wollte sie mit ihm über die Liebe reden.

»Ich lebe gerne in den Bergen.«

»Ja, die Alpen sind wunderschön, besonders in dieser Höhe, Herr Nachbar.«

»Bitte, wir duzen uns hier alle.« Er hob das Glas.

»Es ist so friedlich hier, Emilio.« Sie prostete ihm zu und trank.

»Habt ihr euch schon eingewöhnt in Maloja?«

»Es ist nicht leicht. Manchmal vermisse ich die Stadt.«

»Ich glaub, wir haben uns an euch schon längst gewöhnt.« Er zeigte zwei Reihen erstaunlich intakter Zähne.

»Wirklich?« Sie lächelte. »Das ist schön. Die Kinder brauchen die Gesellschaft anderer.«

»Ist der Maler der Vater aller vier Kinder?«

Luigia spürte, wie ihr die Schamesröte in die Wangen stieg. »Natürlich ist er das.«

»Verheiratet seid ihr nicht, nicht wahr?«

»Das geht leider nicht, weil Giovanni kein Bürgerrecht besitzt.« Sie trank vom Wein.

Emilio zog die Stirn in Falten. »Wieso hat er denn kein Bürgerrecht? Das verstehe ich nicht. Jeder ist doch irgendwo geboren worden.«

»Die Sache ist ein wenig kompliziert. Seine Geburtsstätte ist Arco, ein Ort in Österreich.«

»Auch in Österreich bekommt meines Wissens jeder ein Bürgerrecht und ist damit seinem Kaiser verpflichtet.«

»Emilio, darf ich Sie ... dich etwas fragen?« Wenn er jetzt auch noch vom Militärdienst und von den Pflichten gegenüber seinem Kaiser anfängt, geh ich, dachte Luigia und wechselte rasch das Thema. »Verstehst du vielleicht etwas von Fotoapparaten? Ich möchte meinen Liebsten gerne mit einem Geschenk überraschen, weiß aber nicht, welchen Apparat ich wählen soll.« Sie zog die Mundwinkel hoch.

»*Scusi*, Luigia. Davon verstehe ich leider nichts.« Emilio schüttelte den Kopf. »Für so etwas habe ich keine Zeit.«

»Das ist schade, Emilio.« Sie trank hastig den Rest vom

Roten und verabschiedete sich mit dem Vorwand, Giovanni komme gleich nach Hause und würde nach ihr suchen.

Emilio brachte sie zur Tür, und wieder empfand sie seine Nähe und seinen Körpergeruch als unangenehm. Ich fürchte, mit der Anfreundung wird es nichts werden, sinnierte sie beim Weg hinab zu ihrem Haus. Tut mir leid, Signore Vito, ich habe es wirklich versucht.

9

Maloja, Juli 1894

Spätabends kehrte Giovanni mit seinem Schüler Gio nach Maloja zurück. Als er freudig durch die Tür kam, starrte er im Flur auf die Reihe fein säuberlich abgestellter Schuhe seiner Kinder.

Wie ein Schlag traf ihn die vergessen geglaubte Erinnerung an seine Halbschwester Irene. Unachtsam hingeworfene Schuhe hatten genügt, um ihre Hand gegen den jüngeren Bruder zu erheben.

Wütend trat Giovanni in das Schuhwerk, bis es sich zu einem Haufen türmte.

»Giovanni!«, rief Gio. »Was tust du?«

Er taumelte und stieß mit dem Rücken hart gegen die Wand. Der Schmerz brachte ihn zur Besinnung. »*Scusi*, Gio.«

»Schon gut. Die lange Reise, die Anstrengung.«

»Ja, ich bin wirklich sehr müde.« Giovanni straffte sich. »Gehen wir in den Salon.«

Kaum ausgesprochen, stürmten die vier Kinder in Nachthemden durch die offene Tür. »Papa! Papa!«

Luigia folgte ihnen.

Lachend umarmte Giovanni seine Kinder. »Ihr seid noch wach. Na, dann möchte ich euch meinen Freund Giovanni Giacometti vorstellen. Er ist ein äußerst talentierter Absolvent der Akademie in Mailand und wird bei mir weiteren Unterricht nehmen.«

»Wird er auch so ein berühmter Maler wie du, Papa?«, fragte Bianca mit sanfter Stimme.

»Ganz gewiss.« Giovanni lachte und küsste Luigia.

»Papa, hast du uns Geschenke mitgebracht?«

»Aber ja doch, Bianca.« Giovanni öffnete die große Tasche

und kramte Geige, Gitarre, Flöte und ein mit goldfarbenen Schellen bestücktes Tamburin hervor.

Seine Tochter stürzte sich mit Begeisterung auf das Tamburin und schüttelte die Trommel mit den Schellen. »Wie lustig!«

Giovanni nahm die Kleine hoch.

»Schau, so macht man es.« Er bewegte das kreisrunde Instrument im sanften Rhythmus. Die Schellen bimmelten.

Bianca quietschte vor Vergnügen.

»Morgen fahre ich nach Sankt Moritz«, sagte Giovanni, nachdem er sie abgesetzt hatte. »Ich werde mich dort nach einem Musiklehrer für die Kinder umsehen.«

»Das brauchst du nicht. Professore Boldoni kann sie unterrichten. Er beherrscht die Noten und spielt mehrere Instrumente.«

Giovanni runzelte die Brauen. War ihm beim Vorstellungsgespräch mit dem Professore dessen Musikbildung entgangen? »Wenn du meinst, Liebes.«

»*Buona sera*, Signore«, begrüßte Luigia den Gast. »Bitte, dürfte ich Sie Gio nennen? Zwei Männer mit demselben Namen im Haus. Das bringt mich durcheinander.«

»Selbstverständlich, Signora. Meine Eltern kürzen den Namen auch gerne ab.« Gio verbeugte sich.

»Wir machen Musik, hurra, wir machen Musik!«, riefen Gottardo, Alberto, Mario und Bianca im Chor.

Mario klemmte sich die Geige an die Schulter und strich mit dem Bogen über die Saiten. Über die grässlichen Geräusche, die er hervorbrachte, lachte er.

»Du wirst es noch lernen, mein kleiner Schatz.« Giovanni fuhr seinem Sohn über das Haar. Und an Luigia gewandt, sagte er: »Die allerliebsten Grüße von deinen Eltern und Carlo. Sie sind wohlauf, und deine Mama hat versprochen, im Herbst wieder nach Maloja zu kommen.« Er zog die flache hölzerne Schachtel aus der Manteltasche und hob den Deckel ab. »Ich habe auch für dich etwas mitgebracht, Liebste.«

»*Che bello!*« Luigia nahm das silberne Geschmeide und legte es sich um den Hals. »Was für traumhafte Steine. *Grazie mille.*«

»Ich habe nach einem Schmuckstück in der Farbe deiner Iriden gesucht, meine Liebste. Aber es gibt keinen Stein, der nur annähernd dein wunderschönes Grünblau treffen könnte.« Er trat zurück und betrachtete sie. »Du siehst verändert aus. Ist es dieses Kleid? Es ist hübsch.«

»Baba hat mir gezeigt, wie ich es mit etwas weißer Spitze aufhübschen kann.« Luigia errötete unter seinem Blick. »Gefällt es dir?«

»Es ist gelungen.« Das nächste Mal bringe ich ihr ein neues Kleid aus Mailand mit, eines aus hellem Stoff, dachte er. Warum trägt sie nur immer diese dunkle Garderobe?

Luigia stellte sich auf die Zehenspitzen und küsste ihn auf den Mund.

Als die Kinder in ihren Betten waren, besprach er mit ihr, wo Gio künftig wohnen solle. Luigia schlug das Gästezimmer hinter der Küche vor, dort stehe ein Bett, und es sei halbwegs aufgeräumt. Ihm behagte dieser Vorschlag nicht. Dort war es viel zu laut. Außerdem wollte er Gio möglichst nahe beim Atelier haben. Luigia meinte, die Kammer müsste erst hergerichtet werden. Nach einigem Hin und Her bezog Baba für diese eine Nacht die Laken in dem Zimmer neben der Küche. Giovanni gefiel die Lösung nicht, doch da er zu müde war für weitere Diskussionen und erst recht für die Entrümpelung eines der Zimmer, willigte er ein. Vorerst.

10

Maloja, Juli 1894

Luigia wurde durch lautes Gebrüll aus dem Schlaf gerissen. Blinzelnd spähte sie durch die Fensterscheibe den Hügel hoch. Im diffusen Licht der Morgenröte stand Giovanni in seinem weißen Nachthemd zwischen den Apfelbäumen. Offenbar hatte ihn der Lärm auch geweckt.

Sie öffnete die Fensterläden. »Giovanni! Ist etwas mit den Kühen vom Käser nicht in Ordnung?«

»Was soll schon sein?«, rief er zurück. »Eine wird kalben.«

»Willst du nicht nachsehen? Vielleicht braucht unser Nachbar Hilfe.«

Giovanni winkte. Sie schloss die Läden und ging hinunter in die Küche. Baba war ebenfalls aufgestanden. Als der Tisch mit Butter, Brot und warmer Milch gedeckt war, trat Giovanni zur Tür herein.

»Alles in Ordnung bei Emilio?«, fragte Luigia.

»Oh, ich war nicht bei ihm.« Er griff zu Brotlaib und Messer.

»Aber Giovanni, drüben stimmt etwas nicht. Die Tiere haben noch nie so laut geschrien.«

»Mich hat der Lärm auch geweckt.« Baba gähnte. »Die Viecher sind wie verrückt heute Morgen. Ich dachte schon, ein Wolf hätte eines der Kälber gerissen.«

»Was redest du da von Wölfen, Baba!« Luigia schüttelte den Kopf.

»Habt ihr nicht von den Wölfen gehört? Sie sind in die Wälder von Graubünden zurückgekehrt. Kürzlich wurde ein Schaf auf einer Weide gerissen.«

»Also gut.« Brummend schlurfte Giovanni nach draußen. »Schau ich halt nach. Wenn es euch beruhigt.«

Nach einiger Zeit hörte Luigia seine Schritte im Flur, und als sie sich umdrehte, erschrak sie über sein leichenblasses Gesicht.

»Emilio ist tot«, presste er hervor.

»Der Käser ist tot? Du meine Güte!«, rief Luigia.

Sie und Baba schlugen die Hände zusammen.

»Ich muss sofort zur Polizeidienststelle nach Sankt Moritz.«

»Sollten wir nicht Dottore Bernhard holen?«, fragte Luigia.

Doch Giovanni hatte sich schon umgedreht. Sie hörte ihn die Treppen hochlaufen. Wenige Minuten später kehrte er in Hosen, Hemd und im weiten Mantel zurück. An seiner Seite stand Gio.

»Luigia, ich habe den Kühen Heu hingeworfen. Jetzt sind sie still. Später müssen sie gemolken werden. Ich kümmere mich darum, wenn ich zurück bin. Gio bleibt bei euch und passt auf.«

»Aber ich versteh nicht. Warum die Polizei?«

»Emilio ist erstochen worden, Luigia. Er liegt tot in seiner Küche.«

»Oh mein Gott! Erstochen? Der Herrgott steh uns bei!«

»Ich spanne die Pferde vor die Kutsche und fahre los.«

Luigia starrte Giovanni durchs Fenster hinterher, bis das Fuhrwerk nach einer Kurve außer Sichtweite war.

»Der Mörder läuft vielleicht noch hier herum. Was, wenn er zu uns herunterkommt?«

»Sei still, Baba«, mahnte Luigia, »wenn dich die Kinder hören, kriegen sie Angst.«

»Der Emilio ist gestorben«, sagte sie trocken, als sich die vier mit verschlafenen Mienen zum Frühstück einfanden.

»Gibt es jetzt keinen guten Käse mehr?«, fragte Mario gähnend. »Och, wie schade.«

»Es ist noch genug von dem Käse da.« Luigia goss Milch in die Gläser. »Esst und trinkt. In einer Stunde kommt der Professore.«

Luigia versuchte, sich ihre innere Unruhe vor den Kindern nicht anmerken zu lassen. Verstohlen blickte sie zu der Uhr an der Wand. Die Kinder schienen ihre Nervosität zu spüren. Sie zappelten auf ihren Sitzen und wollten nach draußen in die Sonne. Sie konnte die Kinder ja nicht einsperren, schon gar nicht bei diesem herrlichen Wetter. So ging sie nach dem Frühstück mit ihnen zum Brunnen, wo sie sich die Gesichter säubern sollten. Gio und Fingal begleiteten sie. Solange der Hund nicht knurrte, waren sie wohl nicht in Gefahr. Wohin sie auch blickte, in ihren Gedanken sah sie den toten Nachbarn mit einer Stichwunde im Bauch. Vermutlich über und über mit Blut besudelt, während sie friedlich und ahnungslos geschlafen hatten! Vielleicht hatte Baba recht und der Täter war noch in der Nähe, versteckte sich gar im angrenzenden Wald. Der Einbrecher könnte auch bei ihnen einfallen, in einer der nächsten Nächte. Luigia schüttelte den Kopf. Sie sollte weniger Kriminalromane lesen. Niemand wollte ihr oder den Kindern etwas Böses, und bei einem Künstler gab es nichts zu holen. Das wusste jeder. Sie sollte sich nicht sorgen.

Nach der Katzenwäsche am Brunnen sprangen die Kinder mit dem Hund ausgelassen über die Wiese. Wenig später erschienen Sofia und Jakob zum Dienst. Baba erzählte ihnen aufgeregt, was geschehen war. Die beiden zeigten sich zutiefst erschrocken, wollten die Augen offen halten und machten sich an die Arbeit.

Dabei wirkte dieser Tag so friedlich, die Sonne wärmte, und die Bienen summten. Luigia sank ganz nah dem schützenden Haus ins Gras, schlang die Arme um die angewinkelten Knie und beobachtete drei Schäfchenwolken, die der sanfte Sommerwind vor sich herschob. Ein Schwarm Mücken surrte im Zwielicht, eine dicke Hummel kreiste brummend über ihrem Kopf.

»Mama! Schau! So viele Schmetterlinge!« Bianca streckte den Hals und blinzelte in die Sonne.

Der Rüde sprang hechelnd den bunten Schmetterlingen hinterher.

»Lass das, Fingal! Sobald man ihre zarten Flügel berührt, sterben sie. Lass sie in Ruhe!« Ihr Ältester mit seinem unerschöpflichen Mitgefühl für jedes Lebewesen.

Luigia stiegen Tränen der Rührung in die Augen. Die Kinder schenkten ihr so viel Freude. Plötzlich spürte sie einen Stich in der Wade. Mit der Hand tastete sie an die juckende Stelle. Eine schwarze Ameise von beachtlicher Größe krabbelte über ihre Haut.

»Weg da!« Mit einem Wisch landete das Insekt im Gras.

Da hörte sie Stimmen im Rücken und fuhr herum. Die beiden älteren Söhne begrüßten den ankommenden Professore Boldoni. Der alte Mann winkte ihr zu. Sie grüßte zurück. Die drei setzten sich auf die Bank vor dem Haus und beugten sich über aufgeschlagene Bücher. Kurz darauf las Mario laut in deutscher Sprache.

»Wann kommt die Polizei?« Luigia zuckte zusammen. Sie war in Gedanken gewesen und hatte Baba nicht bemerkt.

»Was will die Polizei denn, wenn ich fragen darf?« Der Professore schien für sein Alter noch sehr gut zu hören.

»Unser Nachbar liegt tot in seinem Haus!«, rief sie zur Bank hinüber.

»Na, so was.« Signore Boldoni starrte ein paar Sekunden lang in ihre Richtung, dann widmete er sich wieder dem Unterricht.

»Werde ich auch verhört, Signora?«, fragte die Magd.

»Niemand wird verhört, Baba.«

»Mami, was heißt ›verhört‹?«, wollte Bianca wissen.

»Eine Befragung«, antwortete Luigia. »Eine harmlose Befragung.«

Bianca hüpfte mit weit ausholenden Armbewegungen umher, bevor sie sich neben ihr ins Gras fallen ließ. Auch der Rüde ließ sich neben ihnen nieder. Gottardo beklagte sich, dass ihm kalt sei. Luigia drehte sich um und sah, wie der

Professore mit den Söhnen ins Haus ging, während sich Gio auf die Bank im Schatten des Vordachs setzte. Er lächelte ihr zu. Der arme Junge. Kaum in Maloja angekommen, musste er gleich etwas Schlimmes erleben.

Luigia blieb mit ihrer Tochter in der Sonne und schloss rücklings im Gras liegend die Augen. Beinahe hätte sie den toten Nachbarn vergessen, hätte nicht das Geräusch schlagender Hufe sie aus dem kurzen Moment des Glücks gerissen. Luigia stand auf, richtete ihr Kleid, nahm Bianca an die Hand, atmete durch und steuerte auf die Ankömmlinge zu.

Den beiden Landjägern in den grauen Uniformen und mit Tschakos auf den Köpfen folgten zwei Männer in schwarzer Zivilkleidung. Der größere hatte feine Gesichtszüge und einen aufgedrehten Schnauzbart. Er nannte sich Major und zeigte die Kokarde des Kantons Graubünden. Den kleineren stellte er als seinen Assistenten vor. Giovanni folgte der Gruppe als Letzter.

Die Polizisten gingen an den Apfelbäumen vorbei auf das Haus des Käsers zu. Etwa eine halbe Stunde später trugen die Uniformierten den mit einem Tuch bedeckten Leichnam auf einer Bahre zur schwarzen Kutsche. Luigia konnte ihre Söhne nicht zurückhalten. Neugierig waren sie mit dem Lehrer aus dem Haus gestürmt. Wo war nur Baba? Sie brauchte ihre Hilfe. Hastig legte sie die Hand über die Augen ihrer Tochter. Wenigstens sie sollte den Nachbarn nicht so sehen. Tot. In seinem Blut.

Die beiden Kriminalbeamten verlangten nach einem Raum, in dem sie ungestört die Befragungen durchführen könnten. Giovanni führte sie in den Salon. Luigia, die Kinder und das Personal sollten so lange nebenan in der Küche warten. Sie konnte vor Angst kaum atmen. Was, wenn Giovanni Schwierigkeiten wegen des fehlenden Passes bekam? Nicht schon wieder wollte sie mit den Kindern vertrieben werden.

Als die Männer nach einer Stunde endlich aus dem Zimmer traten, erschrak Luigia abermals ob der Blässe in Giovannis

Gesicht. Fragend blickte sie ihn an. Doch er murmelte nur, dass er sich um Emilios Tiere kümmern werde, solange der Nachlass des Nachbarn nicht geklärt sei. Mit steinerner Miene wandte er sich ab und verschwand.

Der Major holte Luigia in den Salon.

»Sie sind Italienerin, nicht wahr?«, begann er mit düsterem Blick.

»Meine Familie stammt aus Mailand, Giovanni ist Österreicher. Er ist in Arco geboren.«

»Ja, das wissen wir. Auch, dass er keine Dokumente zu seiner Staatsangehörigkeit besitzt.«

Luigia schluckte. »Das ist nicht seine Schuld.«

»Wann haben Sie Ihren Nachbarn Emilio Vito zum letzten Mal gesehen?«

»Es war … Ich weiß es nicht genau.«

»Denken Sie nach. Es ist wichtig.«

Schweiß tropfte von ihren Achseln unter dem Kleid. Luigia schämte sich für ihren aufgewühlten Gemütszustand. Der Major mit seinem strengen, die Haut durchdringenden Blick hielt sie offensichtlich für verdächtig.

»Es war irgendwann vor der Rückkunft meines Gefährten.«

»Wann ist er zurückgekehrt und von wo? Bitte sammeln Sie sich, Signora.«

»Gestern am späten Abend ist Giovanni mit der letzten Postkutsche eingetroffen. Er war in Mailand.« Sie lächelte tapfer. »Giovanni ist ein anerkannter Künstler, in Mailand lebt sein Agent, Vittore Grubicy. Aber das hat er Ihnen sicher selbst erzählt.«

»Wann genau ist Signore Segantini nach Mailand aufgebrochen?«

Luigia holte tief Atem und dachte angestrengt nach. Wer achtete schon auf die Tage, auf die Stunden? Sie hatte ja nicht ahnen können, dass es später einmal wichtig sein könnte, sich an jeden Tag, jede Stunde zu erinnern. Luigia seufzte.

»Der erste Montag im Juli war es«, sagte sie. »Ja, am ersten

Julimontag ist Giovanni nach Mailand aufgebrochen. Er hat wie immer die erste Postkutsche genommen und war für zwei Tage fort.«

»Haben Sie also Signore Vito gesehen, nachdem Ihr Mann nach Mailand abgereist ist?«

»Er ist nicht mein Mann. Wir sind nicht verheiratet.«

»Das ist uns bekannt.«

»Mein Gefährte wurde zum Künstler, weil er malen kann wie kein anderer. Er ist ein ganz besonderer Mensch und zu keiner bösen Tat fähig. Das müssen Sie mir glauben.«

»Hat der Nachbar noch gelebt, nachdem Signore Segantini Maloja verlassen hat, Signora?«

»Ja, sicher. Ich habe Emilio gestern Nachmittag, kurz bevor Giovanni aus Mailand zurückgekommen ist, in seinem Haus getroffen. Und bevor Sie fragen, es war ein Höflichkeitsbesuch, und mir ist nichts Ungewöhnliches dabei aufgefallen.«

»Das ist interessant. Also ist er vermutlich gestern Nacht, kurz vor oder nachdem Signore Segantini in Maloja angekommen ist, ermordet worden.«

»Wenn Sie es sagen.«

»Hat Signore Segantini nach seiner Rückkehr den ganzen Abend und die ganze Nacht mit Ihnen verbracht?«

Luigia nickte. »Wir waren die ganze Nacht zusammen.« Sie errötete. Der dunkle Blick des Majors machte sie nervös.

»Haben Sie gut geschlafen die letzte Nacht?«

Luigia schluckte. »Giovanni war die ganze Nacht bei mir.«

»Ja, das sagten Sie bereits.« Der Major zwirbelte mit zwei Fingern den dunklen Schnauzbart. »Ist Signore Segantini heute Morgen sofort, als die Kühe zu schreien begonnen haben, zum Hof des Käsers gegangen?«

Luigia spürte, wie die Hitze ihren Nacken hochkroch.

»Nein«, sagte sie leise.

»Wie bitte?« Der Major neigte den Kopf. »Sie sagten ›Nein‹?«

»Nicht … nicht sofort, weil … Er war sehr müde nach der langen Reise. Das ist doch verständlich, Commissario.«

»Sie mussten ihn also drängen, nach der Ursache des ungewöhnlichen Lärms zu forschen?«

»Die Kühe hörten nicht auf zu brüllen. Er ist ja dann nachsehen gegangen und hat den Nachbarn gefunden.« Luigia knetete ihre Finger.

»Ist Ihnen vielleicht jemand Fremdes in der Nähe des Hofs von Signore Vito aufgefallen in den vergangenen Tagen, Signora Bugatti? Denken Sie nach. Vielleicht nur eine flüchtige Begegnung.«

Luigia runzelte die Stirn. »Niemand.« Sie blickte hoch. »Oder doch. Diese fremde Frau.«

Der Major neigte den Kopf. »Eine fremde Frau, sagen Sie? Wie hat sie ausgesehen?«

»Nun ja, ich bin ihr nicht direkt begegnet. Es ist etwas kompliziert zu erklären.«

»Versuchen Sie es bitte, Signora Bugatti.«

Luigia atmete tief durch. »Giovanni hat sie vor etwa zwei Monaten auf einem Berg bei Savognin gemalt. Er arbeitet immer mit lebenden Modellen, meist in freier Natur, müssen Sie wissen. Am liebsten mit unserer Magd. Jenes Gemälde nennt er ›Die bösen Mütter‹. Ich kenne die Person auf diesem Bild nicht, habe sie nie zuvor gesehen. Also muss eine Fremde aus der Gegend für ihn Modell gestanden haben. Ja, so muss es gewesen sein.«

»Haben Sie Ihren Gefährten nach dem Namen der Frau gefragt?«

»Sicher, er sagte, er habe unsere Magd gemalt. Sie ist aber nicht die Frau auf diesem Gemälde.«

»Das ist in der Tat seltsam. Kann ich das Gemälde sehen?«

Luigia seufzte. »Er hat es nach Mailand mitgenommen zu seinem Agenten.«

Der Major senkte den Kopf. Für einige Augenblicke blieb es still.

Nach einer Weile räusperte er sich. »Hm. Die Magd lebt bei Ihnen im Haus, nicht wahr?«

»Ja.«

»Gibt es weiteres Personal?«

»Eine Köchin und ihren Sohn, der kümmert sich um die Pferde und das Fuhrwerk, einen Lehrer für die Kinder haben wir auch, und seit gestern ist ein Schüler meines Mannes aus Mailand bei uns zu Gast.«

»Übernachten alle im Haus?«

Luigia schüttelte den Kopf. »Nein. Die Köchin und ihr Sohn kommen an Wochentagen aus Sils, Professore Boldoni aus Sankt Moritz. Nur die Magd und Giovannis Schüler übernachten bei uns.«

»Kann man sagen, dass Ihre Familie mit Signore Vito befreundet war, Signora? Hatten Sie engen Kontakt?«

»Freunde waren wir nicht gerade, doch wir kamen gut miteinander aus. Besonders die Kinder mochten seinen Käse. Die Kühe ließ er den ganzen Trag draußen auf der Wiese, nur nachts holte er sie in den Stall. In der Milch seiner Kühe schmeckt man das taufrische Gras.« Sie senkte das Kinn. »Es tut mir sehr leid um Signore Vito.«

»Danke, Signora Bugatti. Bitte halten Sie sich zu unserer Verfügung.« Der Major griff mit der Hand grüßend an den Hut und ging.

Der Kleinere folgte grußlos.

11

Maloja, Juli 1894

In der Nacht fand Luigia kaum mehr als drei Stunden Schlaf. Der Tod von Emilio Vito beschäftigte sie. Sie mochte nicht glauben, was geschehen war. Der alte Mann konnte keine Feinde gehabt haben. Oder doch?

Am nächsten Morgen, der sich so seltsam fremd anfühlte, brummte ihr Schädel, und sie konnte nur dumpf, wie durch einen dichten Nebel, hören. Luigia stieg aus dem Bett, tapste die Treppen hinab und ging nach draußen zum Brunnen. Dort erfrischte sie sich mit kaltem Wasser und atmete tief durch. Deutlich nahm sie die Aromen der Natur, das Gras, den Wald, die Kräuter, den Stall wahr. Wenigstens die Nase war frei. Es konnte also nicht an einer Erkältung liegen. Luigia begab sich in die Küche, um Baba beim Tischdecken zu helfen. Als die Kinder und Giovanni zum Frühstück kamen, trank sie eine Tasse Kaffee und machte sich alsbald ohne Essen an die tägliche Hausarbeit.

Später verabschiedeten sich die Kinder mit Sofia und Jakob in den Stall. Sie liebten die Pferde und halfen gerne beim Ausmisten. Giovanni verzog sich nach dem Frühstück ins Atelier. Gio ließ sich nicht blicken, war vermutlich sofort nach dem Aufwachen zu Giovanni hinübergegangen. Niemand verlor ein Wort über das gestrige Ereignis. Luigia wollte auch nicht daran denken, obwohl die Vorstellung des toten Käsers ihren Kopf nicht verlassen wollte.

Gegen Mittag hatte sich ihr Gehör gebessert, die lähmende Müdigkeit wollte hingegen nicht weichen. Luigia gönnte sich eine Arbeitspause an der frischen Luft, lehnte sich an die von der milden Sonne gewärmte Hausmauer, schloss die Augen und lauschte dem Summen der Insekten.

Als sie die Augen nach einigen entspannten Minuten wieder öffnete, sah sie im milden Licht des Sommertages ein zartes, feenartiges Wesen im Gras zwischen den Apfelbäumen vor dem Anwesen des toten Nachbarn tanzen. Feingliedrige Arme hoben und senkten sich wie die Flügel eines Schmetterlings. Ein Stoff aus hauchzartem Gewebe umspielte kindlich schmale Hüften. Rotbraunes Haar wippte auf und ab. Um den Hals schmiegte sich ein grüner Schal. Erstaunt lauschte Luigia dem lieblichen Gesang. Der Text war aus der Entfernung nicht zu verstehen, die helle Stimme klang unwirklich. Da griff das berückende Wesen mit beiden Händen an den Saum des bunten Rocks, hob ihn hoch und sprang mit nackten Sohlen auf das Gehöft des toten Emilio zu. Luigia massierte ihre Schläfen. War es ein Traum? Eine Spiegelung von verwirrten Gedanken nach einer schlaflosen Nacht? Lag es an der dünnen Höhenluft? Sah sie auch schon Geister wie die anderen Bewohner des Passes? Luigia senkte den Kopf. Als sie hochblickte, stand Baba in der Eingangstür und winkte ihr zu.

»Das Mittagessen ist fertig, Signora.«

»*Grazie*, Baba.«

»Mailand hat sich verändert«, vernahm sie die Stimme ihres Geliebten wenige Minuten später am Mittagstisch. »Fremde bevölkern die Stadt, die Geschäfte gehen gut. Das ist wichtig für deinen Bruder Carlo. Auf der anderen Seite verlassen Männer ihre Höfe, um in den neuen Fabriken einen kargen Lohn zu verdienen. In den meisten Fällen zu wenig, um die Familien zu ernähren. Selbst Frauen wollen neuerdings einer Arbeit außer Haus nachgehen. Wohin soll das führen? Wer kümmert sich um die Kinder?«

»Immerhin finden die Menschen durch die neuen Industriebetriebe Arbeit.« Luigia gähnte hinter vorgehaltener Hand.

»Es ist ein trügerischer Fortschritt.« Giovannis Stimme war dumpf wie aus weiter Ferne. Wie viel er redete. So kannte sie ihn gar nicht. »Früher waren es die Grundbesitzer, heute sind es die Industriellen mit ihren Fabriken. Sie beuten die Menschen aus.«

»Ist durch die Erfindungen gar nichts besser geworden für die einfachen Menschen, Liebster?«

»Wenn ich an den Lärm, den Gestank von Mailand denke, nein. Kann schon sein, dass gewisse Maschinen so manche Arbeit erleichtern.« Er strich sich eine störrische Haarsträhne aus der Stirn. »Automobile braucht die Welt gewiss keine. Sie sind eine Gefahr für Leib und Seele. Ein Mensch, der sich einer Geschwindigkeit von fünfzig Pferdestärken und mehr aussetzt, ohne dabei auf Schienen fixiert zu sein, und das scheint durchaus möglich zu sein, wird körperlichen Schaden nehmen.«

»Fünfzig Pferdestärken auf der Straße? Wird man da nicht ganz wirr im Kopf?« Luigia schmiegte den Kopf an seine Schulter.

»Das denke ich wohl. Niemals steige ich auf solch ein Teufelsding.«

»Das brauchst du auch nicht, *mio caro*.« Vielleicht wäre es doch besser, niemals Strom im Haus zu haben, dachte sie.

»Ich bin dankbar, dass unsere Kinder in der friedlichen Stille der Berge aufwachsen und nicht im Trubel einer Stadt, Luigia. Noch hört man hier keinen Pfiff einer Lokomotive. Das wird sich bald ändern.«

Luigia neigte den Kopf. »Ja. Aber wenn ich an das Theater, an die Konzerte, die Buchläden denke, kommt eine Wehmut in mir hoch. Ich vermisse die Kultur. Auch unsere Kinder werden sie vermissen.«

»Der Musik unserer Kleinen zuzuhören, ist bei Weitem schöner als ein Konzert mit dröhnenden Posaunen und Trompeten, und wir müssen dazu nicht einmal unser Chalet verlassen.«

»Du hast ja so recht, Giovanni.«

Er lächelte. »Erwähnte ich bereits, dass ich in Mailand Gustav Klimt begegnet bin?«

Sie richtete sich auf. »Gustav Klimt? Dem Maler? Wie aufregend!«

»Ja, wir haben feudal gespeist und zusammen Wein getrunken. Er war überaus zuvorkommend, und stell dir vor, in Wien schätzt man meine Kunst sehr. Was sagst du dazu? Bald hast du einen berühmten Mann an deiner Seite.«

»Kannst du ihn nicht zu uns einladen? Ich würde ihn so gerne kennenlernen.«

»Ich kann versuchen, Signore Klimt zu uns in die Schweizer Alpen zu bitten.«

»Bitte mach das! In einer Zeitschrift habe ich vor Kurzem gelesen, dass das kaiserlich-königliche Unterrichtsministerium von Österreich Klimt den Auftrag erteilt hat, die Deckengemälde der neuen Universität anzufertigen. Ach, wie schön wäre es, einmal nach Wien zu reisen und seine Bilder zu sehen.«

Giovanni nahm ihre Hand und küsste sie. »Das ist schwierig, wie du weißt.«

Sie hob den Blick. »Sag, wie war es bei Vittore? Hat ihm dein Gemälde mit der Frau im Baum gefallen?«

»Und wie.« Giovanni strahlte. »Selbst der Bruder, der sonst eher kritisch ist, war begeistert. Beide meinten, sie werden das Gemälde zu einem guten Preis nach Österreich verkaufen. Ich habe einen kleinen Vorschuss erhalten.«

»Sehr gut. Das Geld kommt zur rechten Zeit.«

Er zog die Hand zurück. »Wir haben alles, was wir brauchen.«

»Giovanni«, Luigia blickte ihm flehend in die Augen, »der Vermieter, der Hauslehrer, die Köchin, der Stallbursche, sie alle müssen monatlich bezahlt werden. Ich benötige wahrlich keinen Luxus. Aber für die Kinder …«

»Luigia!« Der eben noch so glühende Glanz in seinen Augen war erloschen. »Wirfst du mir vor, ich könnte nicht gut für die Familie sorgen?«

»Ach, Giovanni.«

»Mit Gio an meiner Seite werde ich für die Pariser Weltausstellung ein Werkstück anfertigen, das mich auf dem ganzen Globus berühmt machen wird. Du wirst dir nie wieder Gedanken um Geld machen, das verspreche ich dir.«

»Sagtest du nicht, als Erstes müssten Investoren gefunden werden?«

»Traust du mir das etwa nicht zu, Luigia?«

»Doch, natürlich.«

»Das will ich auch meinen.«

»Du könntest die Goldmedaillen versetzen.«

»Das ist nicht nötig, Luigia.« Giovanni hob das Kinn. »Ich habe beschlossen, Bianca im Herbst nach Mailand auf eine Schule für hochbegabte Kinder zu schicken.«

Ein Schrecken fuhr ihr in Mark und Bein. »Professore Boldoni ist ein ausgezeichneter Hauslehrer«, widersprach sie. »Er nimmt sehr viel Rücksicht auf die unterschiedlichen Begabungen unserer Kinder.«

»Mag sein. Nur, unsere Tochter braucht eine künstlerische Förderung, die ihr ein einzelner Lehrer nicht geben kann.«

»Mario zeichnet auch wunderbar. Er ist mindestens genauso begabt. Warum das Mädchen? Nimm es mir nicht weg. Bianca ist noch so klein und zart.«

»Schau ihr doch zu, mit welcher Leichtigkeit sie die Kühe und Schafe zu Papier bringt. Tiere zu zeichnen, ist eine schwere Kunst. Mario hat in ihrem Alter bloß Menschen und Häuser zustande gebracht. Und das leidlich.«

»Ich will sie aber bei mir haben.« Luigia schluckte hart und kämpfte gegen die aufsteigenden Tränen.

»Es ist das Beste, Liebes.«

Dachte er, sie hätte nicht das Beste für ihre Familie im Sinn? Ihre Vorderzähne gruben sich in die Unterlippe, bis sie Blut schmeckte. Jeder weitere Widerspruch war zwecklos. Er hatte entschieden.

Wenig später beobachtete Luigia vom Schlafzimmerfenster aus, wie Giovanni den Hügel zum Nachbarhaus hochstieg.

Wie lange würde er sich um Emilios Kühe kümmern? Was würde aus dem Hof werden? Gab es tatsächlich keine Erben? Mit einem Seufzer wandte sie sich ab und ging nach unten in die Küche. Während sie über das Unglück drohender Einsamkeit im Alter grübelte, erledigte sie den Abwasch. Sofia war bereits gegangen, und Baba spielte mit den Kindern draußen auf den Weiden.

Neugierig spähte Luigia durch das Küchenfenster. Die grauen Mauern des Bauernhauses von Emilio wirkten still und friedlich an diesem milden Sommertag. Als wäre nichts Böses geschehen. Sein Tod kam ihr nach wie vor unwirklich vor. Während sie mit einem Tuch die Teller trocken wischte, erinnerte sie sich an das seltsame Mädchen, das sie vormittags zu sehen geglaubt hatte. Fing es bei ihr auch schon an mit den eingebildeten Bildern? Wie bei den Bauern und Hirten, die den toten Grafen in dem Belvedere-Turm am Silsersee zu erkennen glaubten? Sah sie auch schon Gespenster? Die dünne Höhenluft schien in der Tat ihre Tücken zu haben.

Luigia schob die Teller in den Schrank, strich mit den Händen über die Schürze und ging nach draußen. Dort setzte sie sich auf die Holzbank neben der Tür. Mit einem Seufzer lehnte sie den Kopf an die warme Mauer. Giovanni hatte ihr bis jetzt nicht genau geschildert, in welchem Zustand er gestern den toten Emilio in seinem Haus vorgefunden hatte. So blass, wie er danach ausgesehen hatte, musste der Anblick entsetzlich gewesen sein. Ebenso wenig hatte er ihr von der anschließenden Befragung durch die Kantonspolizei erzählt. Noch nie hatte sie sich so allein gefühlt, noch nie, seit sie Mailand und ihr Elternhaus verlassen hatte. Mit hängenden Schultern ging sie zurück ins Haus. Sie wollte nicht nachdenken über die Zerbrechlichkeit ihres Glücks.

Spätabends lag sie im Bett und wusste, dass Giovanni in dieser Nacht nicht neben ihr liegen würde. Sobald auch nur die feinste Missstimmung zwischen ihnen hing, ließ er sie allein in der dunklen Dachkammer. Sie mochte es nicht Strafe nennen, wenngleich sie es so empfand. Insgeheim verfluchte Luigia das weitläufige Haus. Es gab so viele Räume, so viele Nischen, so viel Platz zum Schlafen für Giovanni. Zu viele Möglichkeiten, sich zu verkriechen, sich vor ihr zu verstecken. Er könnte wochenlang mit ihr in diesem Haus leben, ohne dass sie ihn zu Gesicht bekäme.

Luigia drückte das Gesicht ins Kissen. Der Wind rüttelte an den Fensterläden. Die Nacht kam mit einem Wetterwechsel, brachte Sturm und Regen. Dicke Tropfen klatschten gegen das Fenster. Ein Blitz erhellte die Kammer. Kurz darauf peitschte ein ohrenbetäubender Donner über die klappernden Dachschindeln. Luigia stand zitternd auf und entzündete die Öllampe auf der Konsole neben dem Bett. Von allen Seiten knackte und knisterte es in dem alten Gebälk. Gäbe es doch nur elektrischen Strom! Die Nächte in Maloja waren so schrecklich düster. *Ach, Giovanni, warum bist du nicht bei mir?*

12

Maloja, Juli 1894

Der junge Gio hatte die ersten drei Nächte in der kleinen Kammer hinter der Küche verbracht. Er beklagte sich nicht, wäre wohl dortgeblieben, Giovanni hatte jedoch entschieden, das hinterste Zimmer im Erdgeschoss, das direkt neben seinem Atelier lag, für seinen Schüler herzurichten. Bislang wurde es als Depot für Bilderrahmen und ähnliche Utensilien genutzt. Giovanni warf das Gerümpel eigenhändig vors Haus, wo Jakob es auf die Kutsche heben musste, um es zum Schreiner nach Sils zu bringen. Dort sollte er auch die nötigen Möbel für das neue Zimmer besorgen. Währenddessen schmückte Luigia die Fenster mit Gardinen und Vorhängen.

Rasch hatte sie den jungen Mann in ihr Herz geschlossen. Er ähnelte Giovanni. Nicht so sehr in der äußeren Erscheinung, war er doch kleiner und schmächtiger, es lag mehr an seinen Gesten, an der Art, wie er sich kleidete. Er trug die Hemden und Hosen wie Giovanni mindestens zwei Nummern zu groß, und sein schwarzes Haar war ebenso schwer zu bändigen. Dunkel und widerspenstig kringelte es sich in Wirbeln um den Kopf.

Giovanni verbrachte den Nachmittag mit Gio im Atelier, während sich Luigia mit Baba, den Kindern und dem Hund auf den Wiesen hinter dem Haus vergnügte. Nach dem nächtlichen Gewitter wurde es ein sonniger und warmer Tag. Gegen vier Uhr erschien der Professore und nahm die Kinder mit zum Unterricht in den Salon.

Als Luigia hoffte, nach dem Unglück mit Emilio kehrte nun endlich wieder Ruhe ein, fuhren erneut die beiden Kantonsbeamten in Zivil in dem schwarzen Fuhrwerk vor. Mit ernsten Mienen standen sie vor der Tür und verlangten nach ihrem

Gefährten. Luigia holte ihn aus dem Atelier und musste mit anhören, wie die Männer ihren Giovanni barsch fragten, weshalb er ihnen vorgestern verschwiegen habe, dass er den Nachbarn die letzten Tage vor der Abreise nach Mailand mehrmals besucht habe. Leute vom Dorf hatten den Landjägern erzählt, der Nachbar habe sich über Giovannis drängende Besuche beklagt.

»Es stimmt, ich habe ihn wegen des Triptychons aufgesucht«, antwortete Giovanni.

»Triptychon, Signore?« Der Major runzelte die Stirn.

»Für die Pariser Weltausstellung plane ich ein Projekt mit lebenden Tieren und Bauern. Der alte Käser hätte wunderbar in jene Staffage gepasst. Dazu wollte ich ihn überreden. Ihn und seine Kühe, verstehen Sie? Als lebende Objekte, die die auf Holz gemalten Landschaften ergänzen sollten.«

»Hat er sich denn überreden lassen, Teil Ihrer Kunst zu werden, Signore?«

Giovanni schüttelte den Kopf »Nein. Er hatte Angst um die Milch seiner Kühe. Emilio zeigte wenig Verständnis für die Kunst.«

»Sie hätten es uns sagen müssen.«

»Es tut mir leid. Ich dachte nicht, dass es wichtig wäre. Genau genommen habe ich es vergessen.«

»Nun gut. Dennoch möchte ich Sie bitten, in den nächsten Tagen Graubünden nicht zu verlassen.«

»Ich habe nicht vor zu verreisen, Signori.« Giovanni legte den Kopf in den Nacken. »Bin ich etwa verdächtig?«

»Ach, es sind nur Routinefragen.« Der Major hob mit starrer Miene die Hand an den Hut. »*A revair*, Signore Segantini.«

Am späten Nachmittag machten sich Luigia und Giovanni auf den Weg nach St. Moritz. Nach dem Regen war es ungewöhnlich schwül, und es wehte kein Wind. Sogar die Mühlräder am trüben Wasser des Inn standen still. Eine Gruppe Bauern hockte am Wegesrand unter einer Schatten spendenden Linde.

Neugierig wandten sie die Hälse. Gewiss sahen sie nicht oft ein solch prächtiges Gespann vorbeifahren.

In stolzer Gestik hielt Giovanni die Zügel in der Hand. Luigia drückte das Täschchen mit den Unterlagen in ihren Schoß und grüßte die Bauern mit einem Lächeln. Mit offenen Mündern starrten sie zurück. Luigia wandte sich ab. Diese Menschen würden nie zu ihren Freunden werden.

Kaum eine halbe Stunde später fuhren sie in St. Moritz ein. Die Schindeln an den Dächern der sauberen Bürgerhäuser glänzten in der sinkenden Sonne wie Gold. Die Fassaden der Kurhotels, Gaststätten und Kaffeehäuser protzten mit Ornamenten und Verzierungen. Weithin sichtbar wohnten hier die Reichen, die Aristokraten, der Hochadel. Unwillkürlich reckte Luigia das Kinn und rückte den verrutschten Hut auf ihrem Haarknoten gerade.

Vor dem Amtsgebäude am Hauptplatz zog Giovanni sanft an den Zügeln. Die Pferde hielten schnaubend an. Am Eingang stand ein Mann in schwarzer Uniform. Er schien über den Besuch informiert und geleitete sie in einen hallenartigen Raum. Dort bat er sie zu warten. Nach wenigen Minuten erschien eine freundlich lächelnde Dame in einem gebauschten Kleid mit eng geschnürter Taille und brachte sie mit trippelnden Schritten zum Büro des Gemeindepräsidenten.

In einem mit dunklen Dielen getäfelten Zimmer saß ein kleiner, dicklicher Mann hinter einem breiten Schreibtisch.

»*Buon giorno*, Signore Sindaco«, grüßte Giovanni ihn mit einer Verbeugung.

Luigia tat es ihm gleich.

»*Bun di*, Signur Segantini!«, grüßte der Gemeindepräsident von St. Moritz auf Rätoromanisch zurück und kam ohne Umschweife zum Punkt. »Bitte tragen Sie vor.«

Luigia hatte mit Giovanni vereinbart, dass sie für ihn sprechen würde. Sein Rätoromanisch war nicht flüssig, und es war weithin bekannt, dass der Gemeindepräsident es schätzte, in dieser Sprache zu kommunizieren. Luigia lernte rasch und leicht neue Sprachen. Sie nahm eine Tafel mit der Skizze des Alpenpanoramas aus der Tasche und bemühte sich nicht nur, das Projekt in schönsten Worten zu beschreiben, sondern auch zu betonen, wie sehr St. Moritz und die gesamte Region von einer Präsentation des Engadins durch Giovanni Segantini in Paris profitieren würden. Zum Schluss las sie die Bedingungen vor.

»Sechzehntausend Franken erhält der Künstler bei Vertragsabschluss. Nach der Fertigstellung weitere zwanzigtausend Franken, und der Künstler verpflichtet sich, das vollendete Werk rechtzeitig vor der Lieferung nach Paris auszuhändigen. Bei der Übergabe werden weitere dreißigtausend Franken ausgezahlt, und das Werk wird der Gemeinde sechs Jahre lang zur Verfügung stehen. Sollte die Gemeinde bei der Übergabe siebzigtausend anstatt dreißigtausend Franken bezahlen, bliebe das Projekt auf unbestimmte Zeit für Ausstellungen erhalten, und die Gemeinde würde mit der Hälfte des Verkaufsgewinns beteiligt. Wenn Sie das Werk jedoch an ein Museum einer bedeutenden Stadt schenken möchten, wäre der Künstler bereit, auf seinen Anteil zu verzichten. Alle Bedingungen sind in diesem Brief zusammengefasst, verehrter Herr Präsident.« Luigia überreichte das gestern von ihr aufgesetzte Vertragsdokument.

Der Gemeindepräsident nahm den Brief entgegen, nickte und sagte, er finde die Idee interessant.

»Grazcha fich«, bedankte sich Luigia auf Rätoromanisch.

Der Präsident lächelte. »Ich werde mich mit dem Vorstand des Gemeinderats beraten und schicke Ihnen danach die Entscheidung postalisch zu.« Er streckte ihnen die Hand entgegen. »*A revair*, Signur Segantini, Signura Segantini.«

»A revair.« Giovanni verbeugte sich. »Meine Kunst wird zahlreiche Gäste in die Region locken. Sie werden es nicht bereuen.«

»*A revair. A revair*, Signur.«

Ich fürchte, du täuschst dich in der vorgespielten Freundlichkeit dieses Mannes, dachte Luigia betrübt. Sein Blick ist verschlagen. Sie hütete sich, ihren Gedanken auszusprechen. Giovanni wirkte so zuversichtlich.

13

Maloja, Anfang August 1894

Jedes Jahr zum 1. August feierte das Schweizer Volk das Bündnis der Urkantone von 1291, den Rütlischwur. Aus allen Kantonen strömten zu diesem Anlass die Eidgenossen herbei, um mit Andacht und Stolz den Lesungen aus dem Text des historischen Bundesbriefs zu lauschen. Über Sprechhörner gelangten die Zeilen des Schwurs bis in die entlegensten Winkel des gebirgigen Landes, und in den Abendstunden sah man von den Berggipfeln die Höhenfeuer leuchten.

Giovanni und Luigia traten nach einem arbeitsschweren Tag bei Einbruch der Dämmerung vor das Chalet, lauschten den Gesängen, die der Wind über die Felsen blies, und blickten in die Ferne zu den Feuerzungen.

»Heimat ist etwas Kostbares«, sagte Luigia.

»Nichts ist kostbarer als Freiheit«, erwiderte Giovanni. »Ich werde morgen über den Pass bis zum Gipfel des Piz Lunghin steigen«, er deutete in die Richtung, »dort oben hoffe ich zu finden, wonach ich schon lange suche.«

Eine schwere Wehmut lag in seiner Stimme. Es zerriss ihr das Herz.

»Früher dachte ich, die Kinder und ich wären dein Glück«, sagte sie. »Dann dachte ich, die Einsamkeit und Schönheit in den Alpen würden deine Seele zum Leuchten bringen. Aber ich habe mich geirrt. Du wirst nirgends glücklich sein. Auf keinem Gipfel dieser Welt, niemals, auch nicht bei mir. Du bist ein ewig Suchender.«

Giovanni schloss sie in die Arme und hielt sie fest, doch seine Lippen blieben verschlossen. Wie so oft.

In den späten Vormittagsstunden des nächsten Tages brach Giovanni nach einem kurzen, steilen Marsch auf den Pass von Lunghin erschöpft nieder. Der Blick über die mystisch im Nebel liegende dreifache Wasserscheide entschädigte ihn zwar für den raschen Aufstieg, doch hatte er es wieder einmal übertrieben mit der Eile. Nach Atem ringend streifte er den Rucksack von den Schultern und musste sich flach in das hohe Gras legen, um seinen Herzschlag zu beruhigen. Der Aufstieg bis zur Anhöhe war selbst für ihn, den geübten Wanderer, anstrengend gewesen.

Das begehrte Licht der Höhe von fast dreitausend Metern war greifbar nahe, bereits hier bot sich jedoch ein atemberaubender Ausblick auf den oberen Teil der Engadiner Seenplatte. Die zwischen den Granitfelsen eingebetteten Hotelriesen von St. Moritz wirkten wie das Spielzeug seiner Kinder. Im Hintergrund thronte der Piz Bernina, mit seinen über viertausend Metern die höchste Erhebung in Graubünden. Daneben die drei hängenden Gletscher des Piz Palü. Irgendwann würde er sie alle bezwingen. Giovanni sehnte sich nach den sich im Eis spiegelnden Sonnenstrahlen, nach dem einzigartigen Licht blau schimmernder Magie. Er brannte darauf, diese göttliche Atmosphäre zu malen. Vorher würde er keinen Frieden finden.

Er neigte den Kopf, beschattete mit der Hand die Stirn. Die Sonne blendete. Nicht die steile Südseite entlang sollte er weitergehen, viel zu gefährlich ohne Seil, von Norden her war der Gipfel leichter zu nehmen. Er stand auf, beugte sich vor und blickte über die Felskante hinab in das silbrige Wasser des Silsersees. Der Hotelkomplex schien inzwischen unter der Nebelwolke zu einem grauen Patzen geschrumpft, der Turm des Belvedere nicht mehr als ein grauer Punkt vor dem dumpfen Grün des Waldes. Eine Bahnlinie für betuchte Gäste schwebte den Gemeindepolitikern von St. Moritz vor, bis hinauf zur Zunge des Gletschers. Wohin es bislang nur geübte Wanderer schafften, sollten bald die Menschenmassen über das Eis steigen. Das hatte ihm kürzlich ein Engadiner Heudrescher erzählt.

Giovanni dachte an seinen geplanten Beitrag zur künstlerischen Aufwertung des Engadins. Die Zeit drängte, die Erschaffung des Alpenpanoramas musste vorangetrieben werden. Die Frist zur Bewerbung für die Pariser Weltausstellung rückte näher. Nicht nur Graubünden würde ihn preisen, Paris würde ihn berühmt machen, weit über die Grenzen der österreichisch-ungarischen Doppelmonarchie hinaus.

Er griff nach dem Rucksack, zog an der Schnur, nahm die Glasflasche und kühlte seine trockene Kehle mit einem kräftigen Schluck Wasser. Nach einem tiefen Atemzug stieg er Schritt für Schritt an der nördlichen Seite höher. Erst als er die ersten Schneefelder erreichte, hielt er an. Die Erschöpfung krümmte seinen Rücken und beschleunigte seinen Pulsschlag. In seinen Ohren rauschte es, ein Schwindel erfasste ihn. Benommen fischte er nach der Glasflasche, sie glitt aus seinen Fingern und zerschellte auf einem Felsen. Für einen Moment legte sich ein dunkler Schleier über seine Augen. Giovanni fiel auf die Knie, griff in den Schnee und benetzte seine Zunge mit dem Eis. Langsam schwand der Schwindel, der Druck in den Ohren ließ nach. Doch die Lungen rasselten weiter schauerlich. Er hätte mehr Pausen einlegen müssen, hatte die dünne Höhenluft unterschätzt. Auch kroch langsam der kalte und peitschende Wind durch seinen Mantel. Dennoch fand er Muße, die Schönheit der Natur zu genießen. Giovanni schloss die Augen und horchte in das Brausen des Windes.

Wie in Trance verstrich die Zeit. Er wusste nicht, wie lange er vom Sturm gebeutelt auf dem Felsen sitzend verweilt hatte, plötzlich spürte er, wie ausgetrocknet seine Kehle war. Giovanni bückte sich und führte mit der hohlen Hand geschmolzenes Eis an die Lippen. Dann schulterte er den Rucksack und machte sich an den Abstieg. So gerne er länger geblieben wäre, die Dunkelheit nahte. Die Schatten wurden immer länger, er musste auf das Geröll achten, auf die Unebenheiten des schmalen Weges, und er hatte kein Wasser mehr. Er hüpfte über Wurzeln und Steine, wobei er immer wieder den Blick sehnsuchtsvoll in die Ferne richtete, zu den schneebedeckten Gipfeln der mächtigen Alpen.

Als Giovanni die Ebene beinahe erreicht hatte, wurde er in seiner Müdigkeit unachtsam und stolperte über einen spitzen Stein. Instinktiv spannte er noch im Fallen die Muskeln an, beugte die Knie, zog Hals und Schultern ein und rollte sich ab. Mit einem Überschlag landete er neben einem scharfen Felsvorsprung auf dem Rücken. Benommen griff er sich an die Stirn. Blut klebte an den mit Erde und Gras beschmutzten Fingern. Erschrocken bewegte er die Zehen und Fußgelenke. Zum Glück schien nichts gebrochen. Der Rucksack hatte den Aufprall abgeschwächt.

»Signore, ist Ihnen etwas zugestoßen?«

Giovanni fuhr herum, wobei es beunruhigend in seinem Rücken knackte. Eine junge Frau mit grünen Augen und rötlich braunen Haaren beugte sich über ihn.

»Scusi … sono in paradiso?«

»Oh nein, Signore.« Die Frau lachte mit heller Stimme. »Wir befinden uns kurz vor Maloja.« Sie tupfte mit einem Tuch über die Wunde an seiner Stirn.

»Wer bist du?«, fragte er mit verschwommenem Blick.

»Ich heiße Oriana, Signore.«

»Oriana, was für ein hübscher Name.« Giovanni zog sich hoch, kam auf zittrigen Beinen zum Stehen.

Sie wich zurück, das Tuch fiel aus ihrer Hand auf seine Schulter. Er griff danach. Es war blutbefleckt.

»Grazie molto«, sagte er. »Danke, Oriana.«

Sein Blick wurde klar, und er musterte die Unbekannte in dem Kleidchen aus dünnem Gewebe, bedruckt mit kleinen blassblauen Blumen. Eng lag es um ihre kindlich zarte Gestalt. In dem besonderen Licht der sinkenden Sonne kam es ihm vor, als wäre der Stoff aus Dunst und Nebel gewoben. Hatte der Schlag gegen den Kopf seine Sinne getrübt? Seine

Nasenflügel bebten. Schweiß tropfte ihm über den Hinterkopf bis in den Nacken.

Sie betrachtete ihn stirnrunzelnd.

»Es ist gut, danke, es ist gut«, hörte er seine eigene Stimme, die so seltsam fremd klang.

»Da ist noch etwas Blut an Ihrer Stirn, Signore.« Ihre kleinen weißen Zähne blitzten.

»Es ist gut, danke«, wiederholte er wie ein Narr, spuckte in das Tuch und wischte das Blut weg.

»Adieu, Signore.« Sie wandte sich ab und sprang leichtfüßig davon. Das weiche rötlich braune Haar wippte über ihre Schultern, die langen Grashalme strichen über ihre hellen Waden und Fersen.

Jetzt erst bemerkte er, dass sie keine Schuhe trug. Giovanni griff sich an den Kopf. Er blutete nicht mehr, aber hinter seiner Stirn dröhnte es gewaltig. Die Welt um ihn herum drehte sich. Seine Lider wurden schwer, in Stößen atmend beugte er den Oberkörper und stemmte die angewinkelten Arme an die Oberschenkel. In dieser Stellung verharrte er einige Zeit, bis sein Atem ruhiger und das Dröhnen im Kopf schwächer wurde. Die Übelkeit spie er mit einem Schwall ins Gras. Als er sich aufrichtete, suchten seine Augen nach der zauberhaften Retterin. Doch sie war fort. Vermutlich nie da gewesen. Eine Sinnestäuschung aufgrund der dünnen Höhenluft. Anders konnte er sich die letzten Minuten nicht erklären. Tatsächlich fühlte er sich fiebrig.

Giovanni zog den Gurt des Rucksacks fester und ging weiter.

Als er zu Hause ankam, fand er Luigia bei der eingeweichten Wäsche im Waschhaus. Mit einem hölzernen Löffel hob sie ein weißes Laken aus der blubbernden Lauge. Hochsteigender Dampf hatte Strähnen aus ihrem Zopf gelöst und an ihre Wangen geklatscht.

»Hast du die Freiheit und das Licht gefunden, nach denen du gesucht hast?«, fragte sie, ohne aufzublicken.

»Nicht ganz, Liebes. Morgen gehe ich noch einmal über die Nordseite. Das Wetter war heute nicht ideal.«

»Du suchst also weiter nach dem Glück, Giovanni?«

»Spätestens nach dem dritten Versuch verwandelt sich jede Absicht zu Materie und wird real. Man darf niemals aufgeben, bevor man drei Versuche hinter sich gebracht hat.«

»Aha.« Luigia zeigte sich wenig beindruckt von seinen pathetischen Worten. Unbeirrt fuhr sie fort, mit dem Holzlöffel in der heißen Brühe zu rühren. »Hauptsache, du bist vor Einbruch der Dunkelheit wieder da. Ich will mir keine Sorgen machen.«

»Das brauchst du nicht.«

»Giovanni, denkst du auch, die Graubündner Polizei ist uns nicht wohlgesinnt?« Der Dampf aus dem Bottich hüllte sie ein.

»Wie kommst du darauf?«

»Die Verdächtigungen und Fragen. Ich habe ein schlechtes Gefühl.«

»Mach dir keine Sorgen, Luigia. Wir haben nichts zu befürchten.« Seit dem Mord an Emilio hat sie sich verändert, ist ängstlich geworden, dachte er und fügte leise hinzu: »Es sind drei Männer im Haus, die auf euch aufpassen, und Fingal.«

»Wie bitte?«

»Ich meine, Gio, Jakob, der Professore und unser Hund. Sie achten auf euch.«

»Wenn du es sagst.« Ein ungewohnt strenger Zug lag um ihren Mund. »Dann kann uns ja nichts Böses zustoßen, wenn du fort bist.«

Den bitteren Unterton im Ohr, ging er nach hinten zum Atelier. Dort traf er Gio. Der junge Mann hatte Giovannis Bilder in einer Reihe aufgestellt.

»*Scusi*, Giovanni. Ich hätte dich vorher fragen sollen, ob es dir recht ist.«

Er klopfte seinem Schüler auf die Schulter und versicherte ihm, er dürfe sich hier wie zu Hause fühlen, solange er nicht auf die Idee komme, Ordnung zu machen.

»Meister, hast du dich verletzt?« Gio deutete auf die Wunde an seiner Stirn.

»Ach das.« Giovanni hob die Hand. »Ein kleiner Sturz nach einer Unaufmerksamkeit. Ich werde alt.«

Gio lachte, und Giovanni stimmte mit ein. Vergnügt machten sie sich ans Werk. Die Errichtung eines gigantischen Alpenpanoramas, wie es Giovanni vorschwebte und das ihn weltberühmt machen würde, wollte koordiniert werden.

Am nächsten Morgen brach Giovanni erneut allein auf den Piz Lunghin auf. Gio hatte er mit Berechnungen für eine maßstabgetreue Skizze des Kuppelbaus beauftragt. Danach wollte er ihn Modelle aus Ton anfertigen lassen.

Selbst Luigia wollte er heute nicht dabeihaben. Mehr denn je brauchte er die Einsamkeit und die Stille in der Natur, um Inspiration zu finden. Einen Bleistift und Papier, etwas Brot mit Käse und eine Flasche Wasser waren gut verstaut in seinem Rucksack. Er musste mehr trinken als gestern, brauchte seine Kraft für die Arbeit, die vor ihm lag. Als er um den Hof bog und sein Blick die Apfelbäume auf dem Hügel streifte, dachte er an den toten Nachbarn. So viel Blut hatte er verloren. Wie ein roter Fluss war es über das braune Holz des Fußbodens geronnen. Giovanni schüttelte den Kopf. Fort mit den hässlichen Bildern, fort mit allem, was ihn von seinen Plänen ablenkte.

Nachdenklich blickte Luigia durch das Küchenfenster der Gestalt mit dem wehenden Mantel hinterher, bis sie hinter dem Wäldchen verschwunden war.

Nicht nur dass Giovanni sie nicht mehr malte, jetzt ging er auch noch allein in die Berge. Fragte sie nicht einmal, ob sie ihn begleiten wolle. Was war nur los mit ihm? Sehnte er sich nicht mehr nach ihr, wollte er nicht mehr ihre Nähe, sich nicht mehr von ihr vorlesen lassen? Früher hatte ihn ihre Stimme beflügelt. Luigia legte die Stirn in Falten. Suchte er da oben wirklich nur nach der Freiheit und diesem besonderen Licht?

Oder war es etwas anderes? Jene fremde Frau auf dem geheimnisvollen Gemälde vielleicht? Sie musste ihren Liebsten zur Rede stellen. Die Ungewissheit war unerträglich.

Luigia fischte ein kleines Messer aus der Kommode neben den Trögen, ging durch die Hintertür in den Kräutergarten und sank vor dem Oregano in die Knie. Ihre Hand umfasste ein Büschel des Krauts und trennte es mit einem Hieb knapp über der Wurzel ab. Tief einatmend vergrub sie das Gesicht in dem wohlriechenden Bukett. Sie liebte diesen Mann. So heftig, dass es ihr manchmal den Verstand zu rauben drohte. Allein der flüchtigste Gedanke, er könnte einer anderen seine Liebe schenken, machte sie rasend. Könnte sie doch verstehen, was in ihm vorging! Aber wie, wenn sie so wenig von ihm wusste? Luigia ahnte, dass weit in der Vergangenheit lag, was ihn quälte. Ob sie ihren Bruder Carlo fragen sollte? Er kannte Giovanni länger als sie, und Männer sprachen sich gewiss untereinander aus.

Plötzlich rutschte ihr das Messer aus der Hand, und die Klinge ritzte die Haut an ihrer Daumenspitze.

»Au!« Luigia saugte an der Wunde.

Da hörte sie ein seltsames Geräusch. Sie drehte den Kopf und sah wieder das seltsame Mädchen. Mohnblüten streichelten über die nackten Waden, und der warme Wind bewegte die rötlichen Haare wie feine Seidenfäden. Der Gesang war wortlos, dem Klang von Sirenen ähnlich. Weder Tracht noch Korsett oder gar einen Kittel trug es. Das Hemdchen ohne erkennbaren Schnitt oder Nähte glich dem Kleid einer Puppe. War es ein Kind oder doch schon eine Frau? Nein, so zeigte sich kein Frauenzimmer. Nicht in Graubünden. Der Gesang wurde leiser, die Gestalt kleiner. Mit offenem Mund starrte Luigia ihr hinterher.

»Ich fahre zum Sattler nach Sils. Braucht die Signora etwas Ledernes?«

Erschrocken fuhr Luigia herum. »Zum … zum Sattler?«

Der Knecht Jakob stand vor ihr und nickte.

Räuspernd straffte sie sich. »Zwei von diesen ledernen Gürteln, du weißt schon, die mit den silbernen Schnallen, die der Meister so gerne trägt.«

Er nickte abermals und wandte sich zum Gehen.

»Warte, Jakob! Ich muss dich etwas fragen!«

Der Knecht hielt inne.

»Kennst du das Mädchen dort drüben?« Sie deutete in die Richtung, wo in der Ferne die Sonne das rötliche Haar zum Glühen brachte. Sie brauchte Gewissheit. Wenn Jakob sie auch sehen konnte, dann war es kein Traum, keine Einbildung, kein Fieber und keine Wahnvorstellung.

Er folgte ihrem Fingerzeig und beschattete die Augen mit der Hand. »Das ist die Oriana. Die Leute sagen, sie ist das Liebchen von Signore Vito gewesen.«

»Oriana? Wie noch?«

»Ihren vollen Namen kenn ich nicht, Signora.«

»Das Liebchen von Emilio, sagst du? Nicht möglich. Es ist ja noch ein halbes Kind.«

»Signore Vito soll sie in einer Schenke in Sankt Moritz aufgegabelt haben.« Jakob zuckte mit den Schultern. »Mehr weiß ich nicht über sie.«

»Aufgegabelt? Was soll das heißen, Jakob?«

»Man sagt, sie ist eine Landstreicherin.«

»Wie kommt Emilio zu einer Beziehung mit einer Landstreicherin? Und weiß sie nicht, dass er tot ist?«

Der Junge zog die Schultern hoch. »Vielleicht hat es ihr noch keiner gesagt.«

»Ach, was kümmert es uns?« Luigia drehte sich um. »Jakob, bitte mach schnell und vergiss die Gürtel nicht.«

»Zwei Ledergürtel mit Silberschnalle, wird erledigt, Signora. Und soll ich mich umhören wegen Oriana?«

»Danke, Jakob. Nicht nötig. Die Geschichten fremder Leute gehen uns nichts an.«

Nachdem der Knecht auf die Kutsche gestiegen und mit den schnaubenden Pferden losgefahren war, blieb Luigia grübelnd zurück. Oriana hieß sie also. Nicht Irene. Sie war weder eine Höhenspiegelung noch die Frau aus Giovannis nächtlichen Träumen. Luigia sah auch keine Gespenster. Oriana war real.

Diese nüchterne Erkenntnis war irgendwie eine Enttäuschung. Kaum vorstellbar, dass der alte Emilio mit diesem jungen Ding eine Liebesbeziehung gehabt hatte. Da fiel ihr ein, dass er von einem Besuch erzählt hatte, als sie neulich bei ihm gewesen war. Hatte Emilio von dieser Landstreicherin gesprochen? Vielleicht war sie eine aus dem Volk der Jenischen. Viele waren sesshaft geworden, doch einige zogen immer noch herum wie Vagabunden. Gab es ihresgleichen in der Nähe? Nein! Das hätte man Luigia bestimmt erzählt.

Ein Frösteln jagte über ihren Rücken. Der alte Käser war nicht so einsam gewesen, wie sie gedacht hatte. Unvermittelt schoss ein weiterer Verdacht in ihre Überlegungen. War Oriana etwa diese Unbekannte in dem toten Baum auf dem geheimnisvollen Gemälde ihres Liebsten? Hatte Giovanni die Geliebte des Käsers gemalt? Oder waren die beiden Männer gar Rivalen um ihre Gunst gewesen? Für einen Moment stockte Luigia der Atem, dann verglich sie im Geiste die kräftige Gestalt in dem toten Baum mit der kindlichen Figur von Oriana. Ohne Zweifel waren es zwei unterschiedliche Frauen. Die Sache wurde immer rätselhafter.

Dunkle Wolken türmten sich über dem Bergsattel des Piz Lunghin. Stirnrunzelnd blickte Giovanni in den Himmel. Sein Verstand riet ihm zur Umkehr, doch die Luft roch zu verlockend nach Schnee, zu klar war der Blick auf die Schönheit der Alpen. So kurz vor dem Ziel durfte er nicht umkehren. Nicht schon wieder.

Die letzte Rasthütte lag weit hinter ihm. Auf keine Menschenseele traf er hier. Er war allein mit der Natur.

Giovanni blickte hinab auf die roten Hausdächer und die Postroute, die wie ein sich windender Wurm durch die Landschaft schnitt. Bestimmt nicht mehr als ein Stündchen würde er brauchen bis zur Schneegrenze. Auch wenn jeder Atemzug in seinen Lungen rasselte, stieg er dennoch tapfer weiter bergan. Schritt für Schritt.

In der Ferne zuckte ein Blitz über den Horizont. Kurz darauf grollte ein leiser Donner über die Felsen. Er sollte sich besser beeilen. In den Bergen konnte ein Gewitter sehr unangenehm werden. Seine schweren Schritte sanken immer tiefer in den weichen Boden. Selbst der aufkommende böige Wind konnte ihn nicht abhalten.

Dann endlich war er am Ziel. Unter den Füßen knirschte hart gefrorener Schnee. Erschöpft fiel er nieder und grub mit den Händen in die weiße Masse. Kalt und tot zerfloss das Eis zwischen seinen Fingern. Giovanni war wie von Sinnen, drückte das Gesicht in den Schnee und streckte die Zunge in das kühle Nass. Weder sah noch spürte er den einsetzenden Regen. Er fuhr erst hoch, als ihm ein ohrenbetäubender Knall für einige Sekunden das Gehör stahl. Vor seinen Augen verschwand der Berg hinter einem Netz aus Linien und Strichen. Der Himmel schien in der Mitte zu brechen und die Fluten hinabzuschütten. Plötzlich verstummten das Tosen und Dröhnen von einer Sekunde auf die andere, und eine unwirkliche Lautlosigkeit umgab ihn. Nach der Dunkelheit des Regens brachte ein Zwielicht den Schnee vor ihm zum Leuchten.

Giovanni wischte mit den Händen über den feuchten Mantel. Als er mit klammen Fingern im Rucksack nach Papier und Stift suchte, musste er feststellen, dass das Wasser den Stoff durchtränkt und das Papier unbrauchbar gemacht hatte. Hätte er doch einen Fotoapparat dabei, um diese berückenden Ansichten der Natur einzufangen! Die vom Regen gereinigten Felsen und das von zarten Sonnenstrahlen erhellte Eis funkelten wie Edelsteine. Über allem schwebte ein hauchzarter Nebel. Giovanni bückte sich nach einer aus dem Schnee brechenden Knospe eines Alpenrösleins, hielt es an die Nase, atmete den zarten Duft und steckte es behutsam in sein Hemd. Zu Hause wollte er es zwischen Bücherseiten trocknen und für immer aufbewahren. Vielleicht war diese Art von Erinnerung ohnehin besser als jedes Foto.

Mittlerweile fror er in den nassen Kleidern. Es hatte keinen Sinn, er musste zurück.

In Maloja angekommen, glühten die Wolken in der untergehenden Sonne.

»Heute war es wieder phantastisch am Berg, Liebste«, schwärmte er beim Zubettgehen. »Das Licht ist unbeschreiblich da oben. Besonders nach dem Regen. Leider musste ich schon wieder viel zu rasch umkehren. Morgen wird das Wetter stabil bleiben. Ich gehe noch einmal, und du begleitest mich.«

»Morgen schon? Mein Liebster, du überanstrengst dich. Gönn dir einen Tag Pause. Denk an deine Lungen. Dottore Bernhard hat dir nicht nur einmal zur Schonung geraten.« Luigia küsste ihn auf den Mund.

Er umschloss sie fest mit seinen Armen. Sie gehörte ihm, und er würde sie niemals loslassen. Schonung brauchte er keine, nicht wenn dieses besondere Licht in eisiger Höhe auf ihn wartete.

14

Maloja, Anfang August 1894

Am nächsten Morgen klagte Luigia über Unwohlsein. Giovanni instruierte das Personal für die Beaufsichtigung der Kinder, sodass die Mutter ungestört im Bett bleiben konnte. Gewiss tat es ihm leid, dass sie ihn nicht begleitete, doch keineswegs konnte er heute bei ihr bleiben. Das Wetter war perfekt. Nicht so unbeständig wie die letzten beiden Tage. Über der Schneegrenze erwartete er ein Licht, das er unbedingt erleben wollte, um es so rasch wie möglich, solange es frisch in seiner Erinnerung war, auf die Leinwand zu bringen. Malkoffer, Schemel und Werkzeug waren ungeeignet für den hohen und steilen Aufstieg. Wieder dachte er an einen Fotoapparat und fragte sich, ob es möglich wäre, damit reale Lichtverhältnisse festzuhalten. Bestimmt wäre solch ein Quetschkasten viel zu schwer, um ihn auf den Berg hochzutragen.

Hastig packte er ausreichend Wasser und etwas Proviant in den Rucksack, Stift und Papier brauchte er nicht, und marschierte los. Das Geröll polterte unter seinen Schritten, der Staub kitzelte in seiner Nase. Immer wieder wischte er mit dem Ärmel die Schweißtropfen von Nasenspitze und Kinn. Nur nicht stehen bleiben. Bloß nicht das Licht dieses wunderbaren Sommertages versäumen. Ein schwacher Wind trieb den Dunst vom Wasser des Silsersees durchs Tal, wenige Wolken trübten den blauen Himmel. Die Sonne stieg höher, und bald würde die Luft klar sein und die Sicht vom Gipfel unendlich.

Giovanni machte kaum Rast. Die frische Luft strich um seine erhitzte Stirn, brannte in seiner Lunge. Das Atmen wurde immer beschwerlicher. Mehr noch als gestern. Nach vier Stunden erreichte er erschöpft, aber ohne Zwischenfall den Gipfel. Der Blick über die Alpen war eine Pracht, der

Himmel lag in atemberaubender Weite vor ihm, unbefleckt, bis auf ein paar Fadenwolken. Schnee knirschte unter seinen Sohlen.

Demütig brach Giovanni in die Knie und streckte das Gesicht in die Sonne. Mit der Hand beschattete er die Stirn und suchte ... Ja, was suchte er eigentlich? Was trieb ihn jeden Tag aus dem Haus hinauf in die Höhe? Wirklich nur das besondere Licht? Ein Rauschen erfasste seine Ohren. Die Erkenntnis traf ihn wie ein Schlag. Wonach er in Wahrheit suchte, war die Vergebung für seine Schuld. Es war eine Welle der Traurigkeit, die ihn nicht loslassen wollte. Ein verdrängter Schmerz, der ihm den Schlaf und den Frieden raubte. Ein Schrei in seiner Kehle. Er ließ ihn frei. Die Felsen schickten die aufprallende Stimme in Wellen zurück. Er wollte den Klang der Qual nicht hören, krümmte sich und presste die Hände auf die Ohren. Dabei taumelte er, stürzte und landete rücklings im Schnee. Als er sich hochrappelte, schien es, als formte der warme Wind aus den zwischen den Gipfeln hängenden Fäden die Umrisse einer sich verdichtenden Gestalt. Sie schwebte von den Felsspitzen auf ihn zu, lockte ihn mit spitzen Fingern. Wie in Trance stand Giovanni auf und wankte auf das Nebelgebilde zu. Seine Füße glitten über das Eis. Das wirre Haar, die nackte Brust, der schleimige Ekel in den Mundwinkeln. Er kannte sie, wusste nur nicht, woher. Eine Luftspiegelung, eine Sinnesverwirrung in dünner Luft.

»Irene?«

Der rechte Fuß trat ins Leere. In letzter Sekunde warf er sich zurück, und mit dem heftigen Schlag in den Rücken kam die Erinnerung.

Nach dem frühen Tod der Mutter sah sich der dem Alkohol verfallene Vater nicht in der Lage, für ihn zu sorgen. Er brachte ihn zu seiner Halbschwester nach Mailand und bezahlte die Tochter aus erster Ehe für die Obsorge. Als eines Tages der Vater in der Fremde verunglückte und kein Geld mehr kam, jagte sie ihn fort. Wie er später erfahren hatte, schickte sie seine Papiere an die österreichischen Behörden in Innsbruck, um die Annullierung der Staatsangehörigkeit zu veranlassen, ohne für ihn in Italien ein Bürgerrecht zu beantragen. Als Staatenloser verlor er alle Rechte. Sie war die Schuldige, nicht er. Nie würde er erfahren, warum sie ihm das angetan hatte.

Giovanni legte die Hände um den Hals der imaginären Nebelgestalt und drückte fest zu. Ja, der dritte Aufstieg hatte sich gelohnt. Endlich hatte er gefunden, wonach er suchte. Die Erlösung von einer Schuld, die ihm in seiner kindlichen Naivität eingeredet worden war.

»Du bist zu nichts nutze!«

»Eine Plage!«

»Du störst!«

»Deinetwegen sind deine Eltern gestorben!«

»Ich kann dich nicht mehr sehen!«

»Du bist schlecht!«

»Du bist böse!«

Irenes Worte schlugen hart gegen sein Gehör.

»Nein, das ist nicht wahr! Du lügst! Meine Eltern lieben mich!« Seine Fäuste boxten in die Luft. »Geh weg! Geh weg!«

Das Sausen schwoll zu einem unerträglichen Dröhnen an. Giovanni riss die Kiefer auseinander und schrie, bis seine Stimme versagte.

Zu Hause angekommen, schleppte er sich in die Schlafkammer hoch, um nach Luigia zu sehen. Wenn er auch rasende Kopfschmerzen verspürte, dass er sich kaum an die letzten Stunden erinnern konnte, die Angst um seine Liebste hatte er nicht vergessen. Als er sie im Bett liegen sah, erschrak er. Ihre Augen versanken in dunklen Höhlen, eine ungewohnte Blässe lag auf ihren Wangen, ihre Stirn glühte. Er hätte bei ihr bleiben sollen. Giovanni eilte zu Jakob in den Stall und schickte ihn nach St. Moritz zu Dottore Bernhard.

»Es ist nichts Schlimmes«, beruhigte der Doktor ihn wenig später, »eine Infektion vermutlich. Ich gebe ihr eine entzündungshemmende Tinktur, die soll sie bitte dreimal am Tag einnehmen. Es wird ihr bald besser gehen.« Er wandte sich Giovanni zu. »Auch Sie sehen mir gar nicht gut aus, Signore Segantini. Mir scheint, Ihr Atem rasselt wieder, und das Schwitzen gefällt mir auch nicht. Ich würde gerne Ihre Lungen abhören.«

»Ich bin wohl zu schnell auf einen Berg gestiegen, Dottore.«

»Wie unvernünftig. Die Höhenkrankheit ist nicht zu unterschätzen. Sie benötigen dringend Ruhe.« Er öffnete die Tasche und nahm das Stethoskop heraus.

Giovanni zog das Hemd aus, und noch während der Arzt über seinen Rücken klopfte, spürte er, wie seine letzten Kräfte schwanden. Er hörte die tiefe Stimme des Dottore, als sich seine Augen schlossen und er wie ein Sack neben Luigia auf das Laken fiel.

»Giovanni! Giovanni!«

Eine warme Hand lag auf seiner Stirn.

Er öffnete die Augen und blinzelte gegen das dunkle Holz an den Wänden der Schlafkammer. »Was ist?«

»Du sprichst schon wieder im Schlaf von dieser Irene.«

Er stemmte sich auf die Unterarme. »Mach dir keine Sorgen. Es war nur ein Traum. Geht es dir schon besser, Liebste? Wie spät ist es?«

Jetzt erst sah er, dass sie im Kleid und frisiert vor ihm stand.

»Du hast sechzehn Stunden durchgeschlafen. Es ist Vormittag, und danke, mir geht es besser. Dir hoffentlich auch, und ich verbiete dir, schon wieder auf einen Berg zu steigen. Hast du verstanden?« Sie beugte sich vor und küsste ihn auf den Mund.

»Sechzehn Stunden?« Giovanni richtete sich auf und griff sich stöhnend an die Schläfen.

»Du brauchst Ruhe.«

»Aber ich muss nach der Post sehen. Vielleicht hat Vittore geschrieben oder der Gemeindepräsident von Sankt Moritz. Wie du weißt, geht es um nichts Geringeres als die Finanzierung meines Projekts für die Pariser Weltausstellung. Ich erwarte täglich eine Nachricht.«

»Du bleibst im Bett. Ich schicke Baba zum Postkasten.«

»Nein. Ich gehe selbst.« Giovanni schob die Beine aus dem Bett und richtete sich auf.

»Dir ist nicht zu helfen.« Seufzend half sie ihm beim Anziehen und stützte ihn beim Treppensteigen.

»Wo sind die Kinder, Luigia?«

»Die Buben sitzen mit dem Professore im Salon, und Bianca ist bei Baba und Sofia in der Küche. Alles in bester Ordnung, mein Liebster. Soll ich dich zum Postkasten begleiten?«

»Nein, lass nur. Der lange Schlaf hat mir gutgetan.« Er holte tief Luft und ging die Wiese hinab zur Straße, darauf bedacht, den Rücken gerade zu halten und die Schritte fest und sicher zu setzen. Bestimmt stand Luigia am Fenster und blickte ihm hinterher.

Es war keine Post in dem gelben Kasten. Enttäuscht drehte er sich um. Musste er eben später noch einmal nachsehen. Manchmal war der Kutscher betrunken und unpünktlich. Aus den Augenwinkeln bemerkte er in einiger Entfernung eine kauernde Gestalt auf einem der Begrenzungssteine. Langsam ging er auf sie zu. Das Kinn war auf die Brust gedrückt. Sie schien zu weinen. Ihre Schultern zuckten.

»Kann ich dir helfen?«

Das Mädchen hob den Kopf.

Giovanni erkannte seine Helferin sofort. »Oriana?«

»Gestern habe ich erfahren, dass er tot ist.«

»Wer?«

»Emilio Vito, der Mann, der dort oben auf dem Hügel gewohnt hat.«

»Du kanntest Emilio?«

»Er war mein Freund.«

»Emilio war dein Freund?«

Ihre Lippen bebten.

»Ich bin letzte Woche hergekommen, um ihn zu besuchen. Aber er war nicht da. Da ich mich vorher nicht angemeldet hatte, dachte ich mir nichts Böses und bin mit der Postkutsche wieder weggefahren.« Schniefend griff sie in ein Täschchen und zog einen Briefumschlag heraus. »Hier, den Schlüssel zu seinem Haus hat er mir vor Wochen mit diesem Brief geschickt. Ich wollte den Schlüssel nicht benutzen. So gut kannte ich ihn nicht. Erst als man mir sagte, dass er tot sei.« Ihre kleine Hand reichte ihm einen gefalteten Bogen Papier. »Jetzt mache ich mir Vorwürfe.«

Giovanni nahm das Schriftstück und versuchte, den Text zu entziffern. »Er hat dich zu sich eingeladen?«

»Lesen Sie. Emilio hat mir angeboten, in seinem Haus zu wohnen. Nun ist er tot. Ermordet. Es ist so schrecklich. Mir passieren immer so furchtbare Dinge. Es ist wie ein Fluch. Das Unglück verfolgt mich.« Sie stand auf, nahm ihm den Brief ab und steckte ihn zurück in das Täschchen. Tränen benetzten ihre Wangen. »Die Polizei sucht nach seinem Mörder. Bestimmt war es ein Raubmord, Signore. Emilio hatte viel Geld gespart. Nicht mal ein Fuhrwerk und Pferde hat er sich geleistet, ist immer Rad gefahren.« Sie seufzte. »Ich habe überall nachgesehen. Es ist kein Geld da. Bestimmt hat der Mörder es mitgenommen.« Sie hob die Schultern. »Ich kann nicht mehr zurück nach Sankt Moritz, Signore.«

»So?«

»Meine Stelle als Kellnerin ist vergeben. Dann war ich bei dem großen Hotel am See, aber da sagte man mir, dort würde man frühestens in einem Jahr wieder Personal aufnehmen. So lange kann ich nicht warten.« Ihre Schultern zuckten. »Ich weiß nicht, was ich tun soll. Ich bin ganz allein auf dieser Welt.«

»Vielleicht kann ich dir helfen«, sagte Giovanni.

»Wirklich?« Sie schlug die Lider hoch.

»Ich suche nach einem neuen Motiv.«

»Ein Motiv, Signore?«

»Ich bin Künstler und auf der Suche nach ... Ach, ich weiß es nicht genau.« Er atmete durch und zog die Mundwinkel nach oben. »Möchtest du mir Modell stehen, Oriana?«

»Sie möchten mich malen, Signore?«

»Ich bezahle dich dafür. Was meinst du?«

»Ich glaube, das könnte mir gefallen, Signore Segantini.« Sie lächelte zaghaft. »Ich weiß, dass Sie Künstler sind, und berühmt sind Sie auch. Sogar der Kaiser von Österreich soll Ihre Bilder in seiner Hofburg in Wien hängen haben, sagen die Leute.«

Das hörte er gerne und lächelte. »Wo kann ich dich morgen abholen, Oriana?«

»Ich habe einen Schlüssel zu Emilios Haus, also werde ich dort wohnen. So lange, bis man mich vertreibt.« Sie hob das Kinn und sah ihm fest und entschlossen in die Augen.

»Dann bist du also jetzt unsere Nachbarin.«

»Ja, das bin ich wohl, Signore.«

»Wir werden etwa eine halbe Stunde bis zur Moorwiese wandern. Dort steht als letzter Rest einer längst verlassenen Siedlung eine alte Steinbank an einem Tümpel. Da würde ich dich gerne malen.«

»Einverstanden, Signore.« Oriana wischte sich die Tränen von den Wangen.

»Treffen wir uns um acht Uhr bei den Apfelbäumen hinter Emilios Anwesen, Oriana. Von dort führt ein schmaler Pfad zu der Wiese.«

»Wie aufregend, Signore.« Ihre Augen wurden schmal. »Jetzt gehe ich und werde den Boden in der Stube von dem eingetrockneten Blut säubern. Ich hoffe, die Mörder von Emilio werden bald gefasst.«

»Ja, das hoffe ich auch. Unsere Magd kann dir helfen.«

»Danke nein, Signore. Das ist meine Aufgabe. Hätte ich nicht so lange mit meinem Besuch gewartet, Emilio könnte vielleicht noch leben. Wenn er nicht allein gewesen wäre, als der oder die Einbrecher …«

»Oriana, du darfst dir keine Schuld geben.«

»Ich werde mich um die Kühe kümmern, Signore.«

»Kannst du das denn?«, fragte Giovanni.

Sie nickte. »Ich bin auf dem Land aufgewachsen, und im Keller von Emilios Haus habe ich viele schöne Käselaibe gesehen. Helfen Sie mir, die Laibe am Markt von Sankt Moritz zu verkaufen?«

Giovanni lächelte. »Ich schicke am Freitag unseren Stallburschen, den Jakob, zu dir. Der kann den Käse mit der Kutsche nach Sankt Moritz bringen.«

»Danke, Signore.«

»Bis morgen, Oriana.«

Während er das Haus durchquerte, dachte er nach, vermochte sich jedoch nicht zu erinnern, Emilio jemals in der Gesellschaft dieser jungen Frau gesehen oder ihn von ihr reden gehört zu haben. Was bei einem solch hübschen Wesen verwunderlich war.

Beim Betreten des Ateliers sah er Gio am breiten Arbeitstisch stehen. Vor ihm lag der ausgebreitete Entwurf des Alpenpanoramas für die Pariser Weltausstellung.

»Ich habe mir große Mühe bei den Berechnungen gegeben«, sagte sein Schüler.

Giovanni trat näher und betrachtete prüfend die Zeichnungen. Die verkleinerte Darstellung des gigantischen Kuppelbaus gefiel ihm. Der Junge hatte seine Vorstellungen ausgezeichnet umgesetzt. Er hatte sich nicht in ihm getäuscht. Das Spektakel mit lebenden Bären und fahrenden Postkutschen, Licht- und Klangeffekten von Alphörnern und Kuhglocken würde großes Aufsehen erregen. Zufrieden griff er nach einem Stift und zeichnete mit wenigen Strichen hinter die Kuppel einen Felsen mit einem tobenden Wasserfall. Das Rauschen des Wassers sollte die Besucher der Weltausstellung zum Pavillon locken.

»Ich bin begeistert«, lobte Giovanni. »Sobald wir die Finanzierungszusage vom Gemeinderat in Sankt Moritz erhalten haben, kann der Bau beginnen. Wir werden viele Arbeiter brauchen.« Er griff Gio an die Schultern. »Gemeinsam werden wir zuerst Paris und dann die ganze Welt erobern!«

15

Maloja, Anfang August 1894

Nach der drückenden Schwüle der letzten Tage blies an diesem Morgen eine erfrischende Brise über den Malojapass. Das Sonnenlicht blitzte kaum zwischen den hohen Felsen hervor, schon zogen die ersten Wanderer über die Forststraße am Haus vorbei. Vom Fenster aus beobachtete Giovanni vier Männer mit festen Schuhen und Rucksäcken. Wie gerne wäre er mit ihnen gegangen. Doch er musste sich gedulden. Erst in einer Stunde würde er Oriana hinter Emilios Anwesen treffen. Zuvor hatte er den Malkoffer zu packen, und eigentlich sollte er Luigia von seiner Verabredung mit der neuen Nachbarin erzählen. Er traf seine Gefährtin mit Baba in der Küche. Die Frauen deckten den Tisch für das Frühstück. Die Kinder drängten sich auf die Holzbank.

Giovanni küsste eines nach dem anderen auf die Stirn. »Guten Morgen. Ich liebe euch.«

»Heute bleibst du bei uns, gehst nicht wieder auf einen Berg, nicht wahr, Giovanni?« Luigia rührte in der Schüssel mit Honig.

»Nur bis zur Moorebene. Ich werde mit einem neuen Bild beginnen und habe ein perfektes Modell dafür gefunden. Sie heißt Oriana und ist in Emilios Haus eingezogen. Habt ihr gewusst, dass der alte Käser eine Freundin hatte? Eine sehr hübsche und junge noch dazu?«

Der Löffel in Luigias Hand schlug klirrend gegen die Keramik.

»Aber du wolltest mit *mir* in die Berge.« Ihre Augen weiteten sich.

»Du bist krank, Liebes. Hustest immer noch. Du musst dich schonen.«

»Das ist nicht dein Ernst. Du hättest mich fragen können.«

»Es tut mir leid, es ist nun einmal abgemacht. Ich treffe Oriana um acht Uhr.«

»Nimm wenigstens Gio mit.« Ihre Stimme war rau. Räuspernd wandte sie sich ab. Da fingen ihre Schultern heftig zu zucken an.

»Mama?« Bianca streckte ihre Ärmchen der weinenden Mutter entgegen.

Baba und Sofia warfen sich vielsagende Blicke zu.

Gottardo stand auf und umarmte seine Mutter. »Mamilein, was ist denn?«

Giovanni wollte sie nicht kränken. »Ich mache mir Sorgen um deine Gesundheit, Luigia. Du brauchst noch ein paar Tage, um dich zu erholen. Wir können nächste Woche zusammen hochgehen.«

Luigia löste sich von ihrem Ältesten, stand auf und bedeutete Giovanni stumm, er möge ihr nach draußen folgen.

Vor der Tür stemmte sie die Arme in die Hüften. »Wundert es dich nicht, dass so kurz nach Emilios gewaltsamem Tod eine junge Frau auftaucht, die wir nie zuvor gesehen haben? Und findest du es richtig, dass sie in sein Haus zieht, noch bevor die Polizei den Mörder gefunden hat? Kommt dir nicht der Gedanke, dass sie eine Betrügerin und eine Lügnerin sein könnte?«

»Du solltest weniger Kriminalgeschichten lesen, Luigia. Deine Phantasie geht mit dir durch.«

»Meine Phantasie?« Sie lachte schrill.

»Sie hat mir einen Brief gezeigt, Luigia. Emilio hat sie in sein Haus eingeladen und ihr einen Schlüssel gegeben. Und falls du andeuten möchtest, dass ein zartes Frauenzimmer in der Lage wäre, ein Mannsbild wie den Emilio zu erstechen und ein Blutbad anzurichten, wie ich es an jenem Morgen gesehen habe, will ich dir sagen, das ist völlig undenkbar.«

»Pah! Diese Oriana hat es faustdick hinter den Ohren, glaube mir. Jakob hat gesagt, sie ist eine Landstreicherin.«

»Woher will Jakob das wissen? Hast du hinter meinem Rücken spioniert?« Giovanni hob die Hände. »Ich sage doch, sie hat mir einen Brief von Emilio gezeigt.«

»Einen Brief hat sie dir gezeigt?« Luigia schlug die Hände zusammen. »Du kannst ihn ja nicht lesen.«

Giovanni schluckte. So feindselig hatte er sie noch nie erlebt. Wie wild sie ihn ansah. »Auch wenn ich das Lesen nicht so gut beherrsche wie du, habe ich Emilios Handschrift erkannt.«

Luigia drehte sich um und lief zurück ins Haus.

Sie war krank. Er musste Geduld mit ihr haben.

16

Maloja, Anfang August 1894

»Du kannst nicht mehr? Nicht möglich.« Giovanni wunderte sich über die Schwäche seines Schülers. »Sieh nur, wie flink Oriana den Hügel besteigt!«

»Sie ist flink wie ein Reh.« Gio keuchte. »Ich kann nicht so schnell. Die dünne Luft hier oben … macht mir zu schaffen.«

»Die jungen Leute aus der Stadt, haha.« Giovanni schüttelte den Kopf. »Nicht zu glauben.«

»Geht nur voraus!« Gio winkte. »Wartet nicht auf mich.«

Giovanni lachte. »Also gut. Wir sehen uns am Tümpel. Verlauf dich nicht.«

»Bestimmt nicht.« Der junge Mann blieb stehen, um Luft zu holen.

Giovanni fühlte sich von einer Kraft durchdrungen wie schon lange nicht mehr. Die Steigung bereitete ihm keinerlei Mühe. Selbst mit der Last des Malkoffers und des zusammengeklappten Hockers auf dem Rücken. Er hatte seine Stärke wiedergefunden. Einzig der Streit mit Luigia vorhin bedrückte ihn. Dabei gab es keinen Grund für ihre Eifersucht. Oriana stand nur Modell. Sie war sein neues Motiv. Er wollte nicht ständig Mägde in Trachten malen. Nur um Luigia zu besänftigen, hatte er Gio um Begleitung gebeten, nicht ahnend, dass sein Schüler ein solch miserabler Wanderer war. Dass Oriana mit ihren dünnen Waden so flink die Steigungen nahm, überraschte ihn hingegen.

Vor ihm eilte sie in ihrem geblümten Kleid, dessen Saum gerade einmal bis zum Rand der Schnürschuhe fiel, mit sicherem Schritt den schmalen Pfad entlang. Auch mit der Höhenluft schien sie gut zurechtzukommen. Ihre schmalen Hüften wiegten sich hin und her. Er konnte die Augen kaum von ihr lösen. Die Arme, mager wie bei einem Kind, die Haut im Nacken so zart und hell, sobald der kraftvolle Wind ihr Haar scheitelte. Plötzlich drehte sie sich um und lächelte ihm zu, als könnte sie seine Gedanken lesen. Giovanni fühlte sich ertappt und blickte zur Seite. Lachend warf sie den Kopf zurück und ging weiter in einem Tempo, das ihn langsam ins Schwitzen brachte. Inzwischen hatten sich die morgendlichen Dunstwolken verzogen und der Sonne Platz gemacht. Auf diesem Abschnitt gab es wenig Schatten. Im Gehen zog Giovanni seinen Mantel aus und warf ihn über die Schulter.

»Wie heißt du mit Nachnamen, Oriana?«, rief er.

»Petresko«, antwortete sie.

»Petresko. Das klingt rumänisch.«

»Richtig. Meine Eltern stammten aus Rumänien.«

»Du sagst ›stammten‹? Leben deine Eltern nicht mehr?«

»Wie ich liebten sie die Berge. Eines Tages kehrten sie nicht mehr von einer Besteigung der Karpaten zurück. Man hat ihre Körper nie gefunden.« Oriana blieb stehen und senkte das Kinn an die Brust. »Manchmal stelle ich mir vor, wie sie irgendwo im Eis liegen. Für die Ewigkeit gefroren.«

»Das tut mir leid.«

»Ich kam ins Waisenhaus. Es war keine schöne Zeit.«

»Da haben wir etwas gemeinsam. Ich verbrachte etliche Jahre in einer Erziehungsanstalt. So manchen katholischen Aufseher werde ich nie vergessen. Liebe war es nicht, die ich empfing.«

Für einen Moment verhärtete sich ihre Miene, dann hob sie die Schultern und ging schweigend weiter.

»›Die Eisenbahn, die Eisenbahn‹«, summte Giovanni. »›Die dampft und rauscht, sch, sch, und walzt alles nieder.‹«

»Wie bitte, Signore?«

»Ach, mir ist gerade ein Lied eingefallen, das meine Luigia mit den Kindern oft und gerne singt.« Er lachte. »Es handelt von der Eisenbahn, die viele Menschen in die Natur transportiert, und diese Menschen trampeln die Blumen auf den Wiesen nieder.«

»Wie die zum Beispiel?« Oriana zeigte auf einen mit rosa Blüten verzierten Busch.

»Das ist ein Alpenröschen.« Giovanni bückte sich. »Ein solch außergewöhnlich schönes Exemplar sieht man selten.« Er strich über die samtigen Blätter. »Der Duft ist unbeschreiblich.«

Oriana hielt ihre Nasenspitze an die Blüten.

»Herrlich.« Sie streckte sich. »Sind wir bald da?«

»Nur noch ein kleines Stück. Hinter den hohen Nadelbäumen liegt die Ebene mit der Felsenbank und dem Tümpel. Dort werde ich dich malen. Manchmal grasen Kühe, Schafe oder Ziegen dort. Es wird dir gefallen.«

»Ich kann es kaum erwarten.«

Giovanni dehnte den Rücken und stieg weiter. Wenige Minuten später waren sie am Ziel.

Er setzte das Gepäck ab und legte die Hände in den Nacken. »Ist das nicht ein Bild von göttlicher Schönheit?«

Vor einer Gruppe hoher Föhren lag eine Wiese mit dottergelben Blüten. Mittig an einer von Moos überwucherten Steinbank das dunkle Wasser eines Tümpels. Frösche quakten, Insekten summten.

Als sie sich dem Teich näherten, verstummte das Quaken. Weder Kühe, Schafe noch Ziegen sah man heute, nur ein Reh erschien auf der Lichtung, hob den Kopf, wackelte mit den Ohren und flüchtete mit einem Sprung ins Unterholz.

Giovanni stieß einen Jauchzer der Freude aus. Die farbenfrohe Landschaft war wie geschaffen, um gemalt zu werden. Mit Schwung klappte er den Hocker auf und stellte ihn in den Schatten einer Föhre, zog den Rahmen mit der Leinwand aus dem Koffer, nahm die Wasserflasche aus dem Rucksack und reichte sie Oriana. »Hier. Du bist sicher durstig.«

Sie trank. Dann griff sie in ihre kleine Tasche, die sie an

einem langen Gurt mit sich trug, zog einen roten Apfel heraus und biss herzhaft hinein.

»Die Frucht aus dem Paradies?«, scherzte Giovanni.

»Die Versuchung ist die schönste Sünde.« Oriana zwinkerte ihm zu.

Giovanni lachte. »Sollen wir auf Gio warten oder gleich anfangen?«

»Was soll ich tun?« Sie schleuderte den abgenagten Apfelstrunk im hohen Bogen über die Wiese. »Ich bin bereit.«

Giovanni setzte den Holzrahmen mit der aufgespannten Leinwand auf die Staffelei. In dem Moment flog ein Spatz von einem Föhrenzweig herab und kam auf sie zu. Blitzschnell streckte Oriana ihren Arm dem Vogel entgegen. Für einen Augenblick hatte es den Anschein, als wollte der Spatz auf ihrer Hand rasten, bis er flatternd die Flügel spannte und davonstob.

»Mir scheint, du bist tatsächlich ein Wesen aus dem Wald.« Giovanni lachte. »Eine Fee vielleicht oder eine Zauberin.«

»Möchten Sie eine Fee oder eine Zauberin malen, Signore?« Sie lächelte. »Neben dem Tümpel vor der Steinbank?«

»Du hast es erraten. Könntest du so natürlich wie möglich dort posieren?«

»So natürlich wie möglich?« Ihre Augen blitzten. Sie griff an den Saum ihres Kleidchens und zog es über den Kopf. Das Kleid landete neben ihr im Gras.

Giovanni verschlug es die Sprache. Oriana trug keine Unterwäsche.

Da bückte sie sich nach ihren Schnürsenkeln und zog auch die Schuhe von den Füßen.

Was für ein keckes Mädchen, mit einem Körper ohne Makel. Arme und Beine zeigten wie Gesicht und Hals eine zarte Bräunung, der Rumpf hingegen war hell wie Milch. Das würde er auf der Leinwand kaschieren müssen. Am besten wählte er die hellere Nuance.

»Gut. Fangen wir an.« Giovanni setzte sich an die Staffelei und wählte zwei Pinsel sowie die passenden Farbtuben.

»Würdest du bitte den Kopf vornüberbeugen und das Haar fallen lassen? Als würde es dem Wasser entgegenfließen, als würdest du dich im Tümpel betrachten wollen.«

»*Si*, Signore.« Oriana drehte sich, nahm mit beiden Händen das Haar hoch und ging auf den Tümpel zu. Auf der rechten Pobacke hatte sie ein rotbraunes Muttermal.

Giovanni dachte, geradewegs auf die Seele eines Kindes im Körper eines Weibs zu blicken. Er bräuchte nur ein paar Schritte, um diesen wunderbaren Körper zu berühren. Giovanni verkniff den Mund. Sie war ein Kind. Er würde sich hüten.

Wie er es verlangt hatte, beugte sie sich über den Tümpel.

»So ist es perfekt, Oriana.«

Giovanni setzte winzige Striche dicht aneinander auf die Leinwand. Hauchzarte Linien in abgetönten Farben, um die Sonne und den Schatten an diesem Sommertag darzustellen. »Die Eitelkeit« werde ich es nennen, überlegte er, während er malte, oder »Die Quelle des Bösen«. Vielleicht beides in Verbindung. Er war so in die Arbeit vertieft, dass er weder die herannahenden Schritte noch die Hand auf seiner Schulter spürte. Erst als er die Stimme dicht an seinem Ohr vernahm, fuhr er herum.

»Es ist unglaublich, wie du in solch kurzer Zeit ein Motiv mit derart starker Aussagekraft auf die Leinwand bringst.« Gio atmete vom Aufstieg schwer und wischte sich mit dem Unterarm über die schweißnasse Stirn.

Giovanni pinselte unbeirrt weiter. »Dein Lob freut mich, Gio. Aber viel ist wohl noch nicht zu sehen auf einem ersten Entwurf.«

»Vielleicht sollten wir das Bild nicht der Signora zeigen.«

»Warum denn nicht?« Giovanni hob die Brauen.

»Hast du jemals eine vollständig entblößte Frau gemalt? Ich habe noch keine wie diese in deinem Atelier gesehen.«

»Ich bin Künstler, und Nacktheit ist nichts weiter als die Darstellung von Natürlichkeit«, protestierte Giovanni.

»Ich glaube, die Signora könnte es missverstehen, Giovanni.«

»Ich werde meine Arbeit nicht vor Luigia verbergen. Setz dich her zu mir und sieh mir bei der Arbeit zu.«

Gio ließ sich mit überkreuzten Beinen im Gras nieder.

Nach einer Weile löste sich Oriana und richtete sich stöhnend auf.

»Mir ist schwindelig geworden. Ich brauche eine Pause.« Mit schwingenden Armen steuerte sie auf Giovanni und Gio zu, ohne sich auch nur im Geringsten zu bedecken. Vor seinem im Gras hockenden Schüler blieb sie stehen und warf den Kopf in den Nacken. »Na, gefall ich dir?«

Gio riss den Mund auf wie ein Fisch und fiel flach nach hinten auf den Rücken. Oriana stellte beide Füßen neben seine Schultern, beugte sich vor und senkte den Kopf wie vorhin am Tümpel. Ihre Haarspitzen berührten die Stirn des liegenden jungen Mannes. Gio stand der Mund noch offen, als Oriana längst weitergesprungen war. Ausgelassen wie ein Kind hüpfte sie durch das Gras.

Nicht dass die kokette Oriana mit Luigia vergleichbar wäre, dachte Giovanni, als er bei dem wilden Tanz zusah, aber auch ihn hatte damals die Leidenschaft zu einer Frau beinahe aus der Bahn geworfen. Giovanni erinnerte sich, wie die Liebe zu Luigia ihn monatelang daran gehindert hatte, einen brauchbaren Pinselstrich zu setzen. Während sein Herz vor Glück geglüht hatte, blockierte die Liebe seine künstlerischen Fähigkeiten. Giovanni befürchtete, dass Oriana bei seinem Schüler Ähnliches bewirken könnte. Das außerordentliche Talent bedurfte einer hohen Konzentration auf das Wesentliche – die Kunst.

Er musste seinen Schüler vor der Verführerin beschützen. »Gio, bitte nimm das Leseheftchen aus dem Rucksack und lies mir vor, und Oriana, nimm deine Pose am Tümpel wieder ein. Ich möchte weitermalen.«

Gio griff in den Rucksack, und das Mädchen kehrte schmollend auf seinen Platz zurück.

Giovanni schmunzelte. Er hatte die beiden gut im Griff. Doch leider las der junge Mann leidlich, betonte an den falschen Stellen, war hörbar unkonzentriert. Er wäre besser im Atelier geblieben. Weder eignete er sich zum Bergsteigen noch als Vorleser und schon gar nicht als Hüter der Moral. So wie es sich Luigia wohl gedacht hatte.

»So ist es gut, Oriana. Halte still, ich bin bald fertig.«

17

Maloja, Anfang August 1894

Luigia und Baba saßen am südseitigen Küchenfenster. Sie nutzten das Nachmittagslicht für Stopfarbeiten. Von Norden her näherten sich Wolken. Es wurde immer schwieriger, im Zwielicht mit dem Zwirnfaden das winzige Nadelöhr zu finden.

»Hoffentlich kommt Giovanni rechtzeitig vom Berg«, sagte Luigia. »Hörst du, wie es grummelt?«

»Das Gewitter zieht bestimmt an uns vorüber, Signora.«

»Hoffentlich.« Luigia blickte forschend aus dem Fenster in den düsteren Himmel. »In den Alpen schlägt das Wetter schnell um.«

»Der Meister ist ein erfahrener Wanderer.«

»Ja, du hast recht. Außerdem ist Gio bei ihm.«

Selbst wenn Oriana vorhatte, Giovanni da oben den Kopf zu verdrehen, Gio würde es zu verhindern wissen. Es konnte nichts passieren. Ihre Schultern entspannten sich.

»Die Kinder sind so brav, Signora«, sagte Baba, als der Himmel wieder etwas heller geworden war, »und auch so tapfer. Sie ängstigen sich kein bisschen. Selbst nach Emilios gewaltsamem Tod scheinen sie ihre Sorglosigkeit nicht verloren zu haben.«

»Ja, die Kinder sind wie Engel«, sagte Luigia. »Ohne Furcht. Sicher liegt es an der natürlichen Umgebung, in der sie aufwachsen.«

»Und wie schön sie auf ihren Instrumenten spielen, Signora.« Baba biss den Zwirnsfaden mit den Schneidezähnen entzwei.

»Ach, Baba. Ich muss dir ein Geheimnis verraten.« Luigia senkte die Stimme. »Giovanni weiß nicht, dass ich selbst die

Kinder in Musik und im Gesang unterrichte. Er glaubt, sie übten mit dem Hauslehrer. Ich habe ihm erzählt, der Professore sei Musiker, dabei kennt er keine einzige Note und scheint musisch völlig unbegabt zu sein. Aber Giovanni will vom Sparen nichts hören. Nicht nur, dass er Bianca im Herbst auf eine teure Begabtenschule schicken möchte, auch will er zu unserem Hauslehrer noch einen Musiklehrer anstellen. Hoffentlich erfährt er nie, dass ich ihn belogen habe.«

»Ich verrate nichts.« Baba begann, das Loch in einem Strumpf mit kleinen Stichen zu stopfen.

»Spielt Mario nicht schon erstaunlich gut auf der Geige?«

»Er spielt himmlisch, Signora. Ich höre ihm gerne zu.«

»Baba, magst du diese Oriana?«

Die Magd hob den Blick. »Nein. Sie lockt alle Männer im Dorf in ihr Netz. Wie eine Spinne. Genau das ist ihre Absicht, wenn Sie mich fragen.«

»Ist es nicht verdächtig, dass sie so kurz nach dem Tod von Emilio hier auftaucht und in sein Haus einzieht?«

»Eine Lügnerin ist sie, eine ganz schlimme.«

Luigia seufzte. Wie hatte sie anfangs etwas Engelhaftes und Unschuldiges in Oriana sehen können?

»Sie ist eine Hure und gehört nicht hierher.«

»Aber, Baba!«

»Sie ist obszön, Signora. Schon allein, wie sie sich anzieht und das Haar trägt. Und niemand läuft hier ohne Schuhe herum.«

»Sie ist noch ein halbes Kind.«

»Äußerlich ja, Signora. Doch in ihrem Inneren ist sie durchtrieben, glauben Sie mir. Sie war nur hinter dem Geld von Signore Vito her.« Die Wangen der Magd röteten sich. »Kaum lässt sie sich nieder, schon spricht das ganze Dorf über sie. So schön ist sie nun auch wieder nicht. Ich verstehe nicht, warum der Meister sie gleich mit auf den Berg nimmt und malt.«

»Du bist ja eifersüchtig!« Luigia lachte.

»Au!« Baba schleuderte die Nadel in den Nähkorb. »Jetzt habe ich mich gestochen!« Sie steckte den Zeigefinger zwischen die Lippen und saugte geräuschvoll daran.

Plötzlich war Glockengeläut durch das offene Fenster zu hören.

Blitzschnell zog Baba den Finger aus dem Mund und fuhr hoch. »Oh, heute ist ja die Andacht für Signore Vito in der Kirche. Entschuldigen Sie mich, Signora. Fast hätte ich es vergessen.«

»Eine Totenmesse für Emilio? Ist er denn schon begraben worden?«

Baba nickte. »Gestern. Haben Sie das nicht gewusst, Signora? Die Leute von den Höfen waren dort, und sie haben mir erzählt, dass Oriana nicht gekommen ist. Was soll das für eine Freundschaft gewesen sein, frage ich Sie?«

»Warum hast du nichts gesagt, Baba? Wir waren seine Nachbarn.«

Baba wurde rot. »Sie gehen doch in keine Kirche.«

Luigia seufzte. »Darf ich dich wenigstens heute begleiten?«

Die Magd blickte überrascht. »Sie haben mich noch nie zu einer Messe begleitet, Signora.«

»Jetzt hör auf. Es ist eine Messe für unseren Nachbarn. Außerdem würde ich gerne ein Gebet sprechen, damit der Herrgott uns beschützt. Uns alle zusammen, Baba.«

»Aber ja. Der Herr Pfarrer hat mich schon gefragt, warum die Familie meiner Herrschaft nie zur Messe kommt.«

»So. Hat er das?« Luigia kräuselte die Stirn.

»Das Haus Gottes bietet jedem Trost und Rat.« Verlegenheit trat in Babas Blick. »Es ist nie zu spät für Reue.«

»So ist es. Also, gehen wir.« Luigia stand auf und sagte Sofia in der Küche Bescheid. Die Köchin wollte so lange auf die Kinder achten und erst später mit Jakob nach Hause gehen.

Rasch machten sie sich für den Kirchgang fertig. Sie ordneten die Frisuren, zogen die Sonntagskleider an und setzten die Hüte auf.

»Der Regen dürfte sich wirklich verzogen haben«, meinte Luigia mit einem prüfenden Blick nach draußen.

»Sag ich doch. Kein Grund zur Sorge, Signora.«

Die Luft war lau. Aus den Gebüschen am Wegesrand drang das Zirpen der Grillen.

Luigia war nervös. Zuletzt war sie vor Jahren im Mailänder Dom bei einer Messe gewesen. Da sich Giovanni beharrlich weigerte, Kirchen zu betreten, war sie seither auch in keiner mehr gewesen. In Mailand hatte sie sich jedes Jahr zu Ostern von ihren kleinen Sünden freigesprochen. Luigia nahm sich vor, den Priester zu bitten, ihr nach der Messe die Beichte abzunehmen.

»Wie sieht der katholische Pfarrer eigentlich aus, Baba?«, fragte sie. »Ist er sympathisch?«

»Pater Constantini ist noch keine vierzig Jahre alt, Signora, und er ist gut aussehend und sportlich. Die Leute sagen, dass er im Winter mit Skiern vom Pfarrhaus in Sils herüberkommt. Jetzt im Sommer fährt er mit dem Fahrrad.«

Luigia lächelte in sich hinein. Es fiel ihr schwer, sich einen Mann in einer schwarzen Soutane beim Radeln oder Skifahren vorzustellen.

Bevor sie das Tor der hell gestrichenen Basilika San Gaudenzio mit der roten Turmspitze passierten, nahm Luigia die Magd zur Seite.

»Baba, ich würde heute gerne beichten. Macht es dir etwas aus, nach der Messe allein zurückzugehen?«

»Gar nicht, Signora.« Sie reckte den Hals. »Die Beichte wird Ihnen guttun. Ich gestehe dem Herrn Pfarrer jeden Monat meine Sünden.«

»Baba, was kannst du schon für Sünden haben?«

Die Magd hob mit schmalen Lippen das Kinn.

Luigia schmunzelte. Es war nicht ihre Absicht, sie zu beschämen.

Beim Betreten des Gotteshauses schlug ihnen die kräftige

Würze von Weihrauch entgegen. Luigia war den Prunk der norditalienischen Gotteshäuser gewohnt. Die Schlichtheit der kleinen San Gaudenzio mit ihren hellen Wänden und den mit Schnitzarbeiten verzierten Stützbalken zum Tragen des gewölbten Kirchenschiffs gefiel ihr bei Weitem besser. Verstohlen blickte sie sich um. Die Sitzbänke waren ziemlich voll. Sie kannte die wenigsten, die dort saßen. War Emilio wirklich so beliebt gewesen? Oder gingen die Menschen in Graubünden einfach gerne zur Heiligen Messe? Vielleicht lag es auch an Pater Constantini. Er war in der Tat ein erstaunlich gut aussehender Mann. Luigia schlich mit gesenktem Haupt hinter der Magd her. Die neugierig abschätzenden Blicke der Kirchenbesucher blieben ihr dabei nicht verborgen. Sie konnte die Gedanken fast körperlich spüren. Die unverheiratete und in wilder Ehe lebende Fremde wagte sich in die Kirche. In der zweiten Reihe gab es noch freie Plätze.

Schöne Worte fand der Herr Pfarrer für den toten Emilio. Ein guter und fleißiger Mensch sei er gewesen, den gewaltsamen Tod habe er nicht verdient, die Polizei finde hoffentlich rasch seinen Mörder, das Himmelreich sei seiner Seele gewiss. Nach einigen Fürbitten folgte die Kommunion. Luigia wollte sitzen bleiben, doch Baba drängte sie hoch, bis ihr vorne der Priester das Brot Christi auf die Zunge legte. Luigia zeichnete mit der Hand ein Kreuz auf ihre Stirn, machte einen Knicks und ärgerte sich, weil sie vor Aufregung schwitzte.

Nach der Messe wartete sie geduldig, bis der Priester den letzten Kirchgänger verabschiedet hatte. Dann sprach sie ihn an und trug ihre Bitte vor. Er war sehr freundlich, zeigte sich nicht überrascht, sie hier zu sehen, und führte sie zu einem quadratischen Kasten aus Holz mit zwei Türen. Luigia öffnete die erste und sank auf der Holzbank nieder. Wenige Sekunden später hörte sie das Rascheln seiner Soutane nebenan. Luigia starrte auf das kleine Verbindungsfenster in Form eines Holzgitters. Ob er ihren Atem hören konnte wie sie den seinen? Da bat er sie mit sanfter Stimme, ihm ihre Sünden zu beichten.

Als sie zu sprechen beginnen wollte, war es, als steckte ein Knoten in ihrem Hals, es kam nur ein Krächzen. Erst nach einem geräuschvollen Räuspern konnte sie reden. Wie peinlich.

»Ich war seit Jahren nicht bei der Beichte und schäme mich dafür, Hochwürden. Ich habe gesündigt, weil ich mit einem Mann lebe, mit dem ich nicht verheiratet bin. Gottes Segen ist uns nicht möglich, da Giovanni staatenlos ist und keine Bürgerdokumente besitzt. Ich bin sündig, weil ich jede Nacht neben ihm liege und wir vier Kinder miteinander haben. Ich habe gesündigt, weil ich zerfressen bin vor Eifersucht und krank aus Angst, ihn an eine andere Frau zu verlieren. Bitte, Hochwürden, vergebt mir. Aber ich liebe diesen Mann und meine Kinder von ganzem Herzen.«

Als sie mit der Beichte endete, erwartete sie ein Donnerwetter, eine Maßregelung, die Androhung des ewigen Fegefeuers, zumindest eine Aufforderung, ihre wilde Ehe baldig zu legitimieren.

»Die tief empfundene Liebe reinigt dich von jeder Sünde«, sprach Hochwürden stattdessen in unerwarteter Milde. »Ich bin mir sicher, dass du in deinem Innersten mit Gott im Reinen bist. Ich weiß wohl von den Problemen des Künstlers Signore Segantini. Ich bitte dich, nach der Beichte beim Altar ein Ave Maria zu beten, und spreche dich von jeder Schuld frei. Im Namen des Vaters, des Sohnes und des Heiligen Geistes. Amen.«

»Nur ein einziges Ave Maria?« Luigia fiel ein Stein vom Herzen.

Die Tür zum Beichtstuhl öffnete sich, und Pater Constantini streckte ihr galant die Hand entgegen.

»Ein reines Herz braucht wenig, um rein zu bleiben.« Er lächelte. »Es wäre schön, Sie und Ihre Familie öfter in dieser Kirche zu sehen.«

»Ich danke Ihnen, Hochwürden.« Den Blick zu Boden gerichtet, machte sie einen Knicks und schlich zum Altar, um vor dem aus Holz geschnitzten Jesus am Kreuz niederzuknien und das Ave Maria zu murmeln.

Als sie nach dem Gebet aufstand und sich umblickte, fand sie sich allein. Der Pfarrer war verschwunden. Rasch verließ sie die Kirche.

Der Weg den Hügel hinab lag im Düsteren. Über den Bergen hing ein seltsam gelbliches Licht, in der Ferne grummelte es. Luigia beeilte sich. Wie würde Giovanni reagieren, überlegte sie, erführe er von ihrem Kirchgang und der Beichte? Davon, dass sie einem Wildfremden von ihrer Ehe erzählt hatte? Nichts hielt er von Priestern und noch weniger von Beichtstühlen. Sünden bereue man, oder man bereue sie nicht, pflegte er zu sagen. Dafür brauche es keinen Priester. Sie wollte ihn nicht schon wieder verärgern. Fröstelnd zog sie die Schultern hoch.

Plötzlich erhellte ein greller Blitz den Himmel und tauchte die Alpen in ein bizarres Licht. Sekunden später krachte ein Donner hernieder. Der Wind frischte böig auf und zerrte an ihrem Hut. Luigia nahm das Schultertuch, legte es über ihr Haupt und verknüpfte die Enden unter dem Kinn. Ängstlich lief sie an den vereinzelten Bauernhäusern entlang. Irgendwo heulte ein Hund. Oder war es ein Wolf?

»Oh mein Gott!« Hatte Baba nicht kürzlich von Wölfen erzählt, die nach Graubünden zurückkehrten?

Luigia rannte so schnell sie konnte. Die ersten Tropfen fielen. Im nächsten Blitzlicht sah sie am Wegesrand jemanden stehen. Ihr Herzschlag pochte bis in den Hals. Wieder zuckte ein Blitz über das Firmament. Im selben Moment krachte es schauerlich über ihr.

18

Maloja, Anfang August 1894

Kaum hatte Giovanni mit seinen beiden jungen Begleitern den Rückweg angetreten, kam böiger Wind auf. In der Ferne donnerte es. Er blickte besorgt in den düsteren Himmel. Viel zu spät hatte er den Wetterumschwung bemerkt. Gio hätte ihn warnen müssen oder Oriana. Schließlich hatte er die ganze Zeit über mit dem Rücken zur Gewitterfront vor der Staffelei gesessen. Zum Glück war das Bild in dem Holzkoffer geschützt. Ob ihm der erste Entwurf gelungen war, würde er erst später bei genauerer Betrachtung beurteilen können. Wenn er in der Natur malte, war er wie besessen, handelte, ohne nachzudenken.

Es donnerte wieder. Sie sollten sich beeilen. Er sah Gio und Oriana etwa hundert Meter vor sich den Pfad bergab steigen. Giovanni griff sich an den Unterleib. Seit einigen Minuten quälte ihn Übelkeit. Bauchkrämpfe bremsten sein Tempo. Vermutlich hatte er zu wenig gegessen oder das Falsche. Der geschätzte Dottore Bernhard hatte ihn gewarnt, zu rasch wieder aufzustehen. Schonen sollte er sich. Ha! Der Arzt hatte gut reden. So viel war zu erledigen. Giovanni blieb stehen und krümmte sich. Mit tiefen Atemzügen versuchte er, die Krämpfe zu besänftigen, während er aus der Ferne beobachtete, wie Gio stehen blieb und sich nach ihm umdrehte.

»Es ist alles in Ordnung. Geht nur voran! Lauft weiter! Kümmert euch nicht um mich! Ich kenne den Weg! Bringt das Bild ins Trockene!« Giovanni winkte und stöhnte.

Beim Aufstieg hatte er noch über Gio gelacht. Jetzt war er der Schwächling, der zurückfiel. Der Wind trieb trockenes Blattwerk über den Boden und das Heulen eines Tiers an seine Ohren. Forschend spähte er in den Wald, verengte die Augen zu Schlitzen, drehte sich im Kreis und lachte, als er einen prächtigen Hasen mit aufgestellten Ohren im Gras bemerkte. Auf den Hinterläufen hockend, glotzten die runden Augen in seine Richtung, bevor der Hase hoppelnd ins Gebüsch flüchtete.

Nun war es wieder still bis auf das Rascheln der Blätter im Wind. Diese verdammten Schmerzen. In den Bauch atmen, fest atmen. Es half nichts. Vielleicht sollte er sich erleichtern. Giovanni trat in den Wald, stellte sich hinter einen Busch, öffnete die Hosen und ging in die Knie. Mit einem gurgelnden Geräusch entleerte sich sein Darm. Sofort ließ der Schmerz nach. Befreit zupfte er ein paar Blätter von dem Busch, säuberte sich, stand auf und zog die Hosen hoch. Da raschelte wieder etwas hinter ihm. Er drehte sich um. Zwischen zwei Baumstämmen stieg ein Schatten aus dem Dickicht empor. Giovanni hielt den Atem an. Aus dem Schattengebilde ragten die nackten Schultern und Brüste einer Frau. Ein Säugling hing in ihrem verdrehten Arm, Strähnen des braunen Haars verfingen sich in dem kahlen Geäst über ihrem Scheitel. Das Gesicht war zu einer Fratze verzerrt. Giovanni fasste sich an die Kehle und schnappte nach Luft. Die Frau im Baum, die Bestrafung der Sünderin. Eine Spiegelung seines eigenen Werks! Auf zweitausend Metern Höhe konnte er sich eine surreale Erscheinung halbwegs erklären, aber hier auf der Moorwiese? Er verlor den Verstand!

Mit einem entsetzlichen Knall fuhr ein Blitz in einen der Bäume und trieb eine Flamme aus dem Holz. Rauch schwärzte die Luft. Das Bild der Frau löste sich im Feuer auf. Giovanni stürzte rücklings zu Boden.

»Giovanni! Um Gottes willen! War das ein ohrenbetäubender Krach!« Gio rüttelte an seinen Schultern. »Wir haben sofort umgedreht, dachten das Schlimmste, weil wir dich nicht finden konnten. Oh Gott, hat dich der Blitz erwischt? Bist du verletzt?« Der junge Mann zerrte und zog, um ihn von dem brennenden Baum fortzuschaffen.

»Mir ist nichts passiert.« Röchelnd richtete sich Giovanni auf. »Erschrocken bin ich. Es geht schon wieder.«

Rauch reizte seinen trockenen Hals. Sein Gehör war dumpf geworden. Er hustete, da knackte es in den Ohren.

Oriana klopfte über seinen Rücken.

»Beeilen wir uns. Es beginnt zu regnen«, sagte Giovanni.

Kaum ausgesprochen, prasselte es wie wild aus den Wolken. Das Feuer hinter ihnen erlosch knisternd. Ein Gestank nach Schwefel stieg hoch.

»Ihr hättet nicht umkehren müssen.« Giovanni wankte, Gio und Oriana wollten ihn stützen, doch er wehrte die Hilfe ab. »Ich kann selbst gehen, lasst mich los.«

Er spie den ekelhaften Geschmack auf seiner Zunge zu Boden und atmete tief durch. Nichts wie heim zu Luigia und den Kindern.

»Signora! Ich habe mir große Sorgen gemacht! Das Gewitter, es kam so rasch!«

»Ach, Baba. Du bist es. Oh, wie bin ich froh, dachte schon, der Leibhaftige erwartet mich Sünderin am Straßenrand.«

Luigia hakte sich bei Baba ein. Gemeinsam rannten sie durch den peitschenden Regen. Es war so düster geworden, dass man den Weg kaum erkennen konnte. Feuchter Nebel schluckte das Licht.

»Ist Giovanni schon zurück, Baba?«

Die Magd zog die Schultern hoch.

»Ich hab ihn nicht gesehen.« Der Wind riss an ihrem Hut. Sie hielt ihn mit beiden Händen fest.

Endlich erreichten sie das schützende Vordach über der Eingangstür des Chalets. Luigia kramte den Schlüssel aus der Tasche, steckte ihn ins Schloss und drehte ihn um, da hörte sie Schritte im Rücken. Als sie sich umwandte, sah sie Giovanni,

Gio und Oriana durchnässt, aber offenbar unversehrt auf das Haus zusteuern.

Luigia lief ihnen entgegen. Baba huschte durch die offene Tür ins Trockene.

»Du suchst nach mir, Liebste?« Giovanni schloss Luigia in die Arme.

Sie spürte unter seinen nassen Kleidern den warmen Körper. Wie sehr sie sich nach seiner Nähe gesehnt hatte. Nie wieder wollte sie mit ihm streiten.

»Ein Blitz hat den Meister am Schafberg fast getroffen, Signora Bugatti«, erzählte Oriana aufgeregt. Das Wasser rann über ihre Haare, der Stoff des Kleides klebte an ihren Beinen. »Zum Glück ist der Leinwand nichts geschehen.« Sie deutete auf den Koffer neben Gio. »Der Meister hat ein wunderschönes Bild gemalt.«

»Ein Bild ist unwichtig.« Luigia küsste Giovanni demonstrativ auf den Mund. »Eure Unversehrtheit ist das einzig Wichtige.«

Oriana neigte den Kopf und schlang die Arme um den Körper. Trotz der Dämmerung konnte Luigia sehen, dass sich keine Unterwäsche unter dem angeklatschten Kleid abzeichnete. Weder Büstenhalter noch Mieder.

»Dann gehst du am besten jetzt nach Hause und ziehst dir etwas Trockenes an.« Luigia bemühte sich um einen freundlichen Ton, während es in ihrem Inneren loderte.

»Ja, das mache ich, Signora.«

Diese grünen Augen, der giftige Blick! Luigia schluckte.

»Ich bringe dich zu deinem Haus.« Gio nahm Oriana an der Hand.

Luigia schaute ihnen nach, wie sie durch den strömenden Regen zwischen den Apfelbäumen im Dunst verschwanden.

Giovanni griff Malkoffer, Rucksack und Schemel. »Lass uns hineingehen.«

Im Vorraum kamen ihnen die aufgeregten Kinder mit Sofia entgegen. Sie lachten.

»Es ist alles gut, nichts passiert. Gewitter in den Bergen sollte man tunlichst meiden, merkt euch das«, sagte Giovanni.

Als etwas später wieder Ruhe eingekehrt war, erzählte Luigia ihm in der Schlafkammer von dem spontanen Kirchenbesuch. »Ein reizender Pfarrer las heute eine Messe für Emilio. Ich habe Baba begleitet.«

»Ich hoffe, du hast auch für mich ein Gebet gesprochen, Liebste.«

»Die San Gaudenzio ist wunderschön. Für eine katholische Kirche ist die Innenarchitektur überraschend hell und freundlich gestaltet. Es würde mich freuen, wenn du mich an einem Sonntag zur Messe begleiten würdest. Für die Kinder wäre es auch ein schönes Erlebnis.«

»Musst du mich schon wieder damit quälen?« Er streichelte über ihre Hüfte und drückte sie an sich. »Lass es sein und komm ins Bett, Liebste.«

»Ach, Giovanni!«

19

Maloja, August 1894

Am nächsten Tag kam Post aus St. Moritz. Giovanni öffnete den Brief des Gemeindepräsidenten und versuchte, den Inhalt zu verstehen. Soweit er es entziffern konnte, klang es nach Ablehnung. Dennoch, vielleicht irrten sich seine des Lesens ungeübten Augen.

»Luigia!«, rief er. »Wo bist du?«

»In der Schlafkammer«, hörte er ihre dünne Stimme.

Fühlte sie sich heute Morgen noch immer schwach? Üblicherweise stand sie vor ihm und den Kindern auf. Mit langen Schritten nahm er die Treppen nach oben.

»Bist du krank?«, fragte er besorgt.

»Ach nein, nur müde, Liebster. Ich habe schlecht geschlafen.«

»Bitte lies mir diesen Brief vor.« Giovanni setzte sich auf die Bettkante. »Ich fürchte, es sind schlechte Nachrichten.«

Sie richtete sich krächzend auf, drückte das Kissen in den Rücken. »Ach, Giovanni.«

»Bitte, Luigia!«, drängte er.

Seufzend nahm sie das Papier. »Der Gemeinderat von Sankt Moritz schreibt …«

»Du musst lauter sprechen! Ich kann dich nicht verstehen.«

Luigia räusperte sich.

»Der Gemeinderat von Sankt Moritz schreibt bedauernd, man glaube nicht an den Zustrom von weiteren Gästen durch ein Kunstwerk, wie es in dem Ansuchen dargestellt wird. Wegen der in diesem Jahr besonders hohen Ausgaben verfüge die Gemeinde zudem über keine Ressourcen.« Sie ließ den Brief sinken.

»Es gibt also kein Geld für Paris?« Giovanni verstand noch

immer nicht. Er musste sich verhört haben. »Ist der Brief schon zu Ende? Da steht doch sicher noch etwas.«

»Ich fürchte, nein, mein Liebster. Dein Ansinnen wurde abgelehnt. Es tut mir leid.«

»Bitte? Was sagst du? Abgelehnt? Das ist unmöglich.« Giovanni warf den Kopf in den Nacken und fuhr hoch. »Diese Beamten haben keine Ahnung von Kunst und deren Bedeutung. Ich werde selbst das Geld von den Hoteliers einfordern. Ja, das werde ich tun. Sie werden den Nutzen für ihre Region erkennen.«

»Vielleicht, Liebster, solltest du dieses eine Mal auf deinen Agenten hören«, sagte Luigia leise. »Hältst du es wirklich für unmöglich, dass die Welt *nicht* auf ein Bauernspektakel von gigantischem Ausmaß wartet? Deine Idee mit der Kuppel und den ausgestopften Bären ist vielleicht zu … zu ausgefallen, Giovanni.«

Ich soll auf meinen Agenten hören? Was redet sie da? Ist sie verrückt geworden? Sind alle verrückt geworden? Er mahlte mit den Kiefern.

»Warum fährst du nicht nach Mailand und redest noch einmal mit deinem Freund Vittore?«

Er starrte sie an. »Luigia, du verstehst nicht. Ich werde mich nicht davon abbringen lassen.«

»Deine Bilder sind großartig, Giovanni. Du sagtest selbst, der österreichische Kaiser sei ganz hingerissen von deiner Malerei.«

Er atmete tief durch. Seine verkrampften Finger entspannten sich. »Das mag ja sein. Aber die Bewerbung für die Pariser Weltausstellung ist entscheidend für meine Zukunft, für *unsere* Zukunft.«

Luigia stieg aus dem Bett, ging auf ihn zu. Sie streichelte über seinen Rücken. »Wenn Österreich deine Kunst zu schätzen weiß, wird dir bald die ganze Welt zu Füßen liegen. Du brauchst Paris nicht.«

Giovanni straffte sich. »Auf einmal soll ich den Grubicy-

Brüdern vertrauen? Früher hast du anders geredet. Sagtest du nicht, sie würden zu wenig für mich tun?«

»Kann sein, dass ich mich geirrt habe.«

»Trotzdem«, er schob die Unterlippe vor, »ich werde die Finanzierung für das Alpenpanorama auftreiben. Du kennst mich. Wenn ich mir etwas vornehme, gebe ich niemals auf.«

»Auch deshalb liebe ich dich, Giovanni.«

Er küsste sie auf den Mund. »Der Entwurf ist großartig, Luigia. Gio hat mir dabei sehr geholfen. Er ist ein hervorragender Zeichner.«

»Das glaube ich gern, Liebster.«

»Du musst für mich einen Bittbrief für die Hoteliers aufsetzen.«

»Jetzt sofort, *mio caro*? Kann das nicht bis nach dem Frühstück warten?« Luigia schmiegte sich gähnend an seine Brust.

»Nein, kann es nicht. Die Zeit drängt. Der Abgabetermin für die Bewerbung zur Weltausstellung rückt näher. Wir müssen Tonmodelle anfertigen, dazu weitere Skizzen und Notizen. Wir sollten uns auch einen von diesen Quetschautomaten anschaffen. Um Bilder für die Bewerbungskommission zu machen.«

Mit einem Seufzer löste sich Luigia aus der Umarmung, legte ein Tuch um ihre Schultern und ging mit ihm nach unten in den Salon. Dort zog sie Briefbogen und Stift aus der Schublade und nahm am Tisch Platz. Giovanni diktierte das Schreiben, das Jakob heute noch zustellten musste.

Danach verkroch sich Giovanni im Atelier und grübelte. Er war unentschlossen. Sollte er zuerst nach Mailand oder besser nach St. Moritz zu den Hoteliers? Ein Brief war so unpersönlich. Die Mailandreise könnte er auf später verschieben. Oder sollte er sofort am Alpenpanorama weiterarbeiten? Der Entwurf von gestern auf der Moorwiese wäre auch wichtig weiter auszuführen, solange das Motiv in der Erinnerung noch frisch war. Mit Grauen erinnerte er sich an die Erscheinung im Wald und an den Blitzeinschlag.

Nein, er sollte zuerst nach Mailand reisen. Nicht so sehr wegen der Gespräche bei den Grubicy-Brüdern, vielmehr wegen der dringend nötigen Aussprache mit seiner Halbschwester Irene. Erst nach einer Klärung würden seine Alpträume und Halluzinationen aufhören. Die wiederkehrenden Wahnbilder und die schmerzlichen Erinnerungen waren nicht mehr auszuhalten. Er spürte, dass die Pein mit seiner Kindheit in Mailand zusammenhing. Er musste handeln und es beenden. Zu keiner brauchbaren Arbeit wäre er sonst fähig.

Am nächsten Morgen kroch Giovanni noch in der Dunkelheit aus dem Bett. Mitten in der Nacht hatte er einen Entschluss gefasst. Er musste sofort nach Mailand. Während er sich am Ofen einen Kaffee kochte, ging er in Gedanken den Reiseplan durch. Nicht mit der Postkutsche, mit dem eigenen Wagen und vier Pferden würde er diesmal reisen. Es machte ihn unabhängig von den Fahrplänen der Post. Sechs Freiberger waren wohl zu viel. Über den Pass gab es zahlreiche Kurven und Kehren, bei einem Vorspann von sechs Pferden drohte ein Deichselbruch. An und für sich würde im Hochsommer der Weg mit den kräftigen Freibergern über die trockene Straße leicht zu bewältigen sein.

Nach dem Kaffee und einer dicken Scheibe Brot mit Schmalz packte Giovanni das Nötigste, als er laute Stimmen von draußen hörte. Neugierig spähte er durch das Küchenfenster. Vor dem Anwesen des toten Nachbarn sah er den Zweispänner mit den Rappen der Graubündner Polizei stehen. Zwei Uniformierte hatten Oriana in ihrer Mitte und schoben sie durch den Vorgarten auf das Fuhrwerk zu. Giovanni beobachtete, wie sich Oriana gegen die Männer wehrte. Er rannte aus dem Haus und stürmte den Hügel hoch. Als er oben ankam, kauerte Oriana verschreckt in der Kutsche, die Hände auf dem Schoß fixiert. Ein weiterer Landjäger dicht neben ihr, die anderen beiden vorne am Bock, die Zügel gespannt, die Gewehre an den Schultern. Drei Männer gegen eine Frau!

Breitbeinig machte er einen Satz vor die Rappen und öffnete die Arme.

»Halt!«, schrie er. »Halt!«

»Der Österreicher schon wieder! Verschwinden Sie!«, brüllte der Major vom Kutschbock herab, doch Giovanni wich keinen Zentimeter zurück.

Der Major sprang mit einem Satz vom Wagen. »Signore Segantini, wenn Sie nicht zurückweichen, nehme ich Sie auf der Stelle wegen Behinderung der Staatsgewalt fest!«

»Hört, hört!« Giovanni lachte höhnisch. »Sie stehlen dieser Frau die Freiheit und wollen mich einsperren, weil ich ihr zur Hilfe eile? In welchem Polizeistaat leben wir hier? Zeigen Sie mir den Haftbefehl.«

»Ihnen muss ich gar nichts zeigen. So weit kommt es noch. Gehen Sie zur Seite, Signore.«

Aus dem Kutscheninneren drangen Orianas Schreie. »Hilfe! Ich bin unschuldig! Helfen Sie mir bitte, Signore Segantini!«

»Hören Sie.« Der Major neigte den Kopf. In seiner Stimme lag eine ungewöhnliche Sanftheit. »Diese Frau wird verdächtigt, Signore Vito in seinem Haus erstochen zu haben. Wir nehmen sie mit, um sie auf dem Kommissariat zu verhören. Sollte sich ihre Unschuld herausstellen, lassen wir sie frei. Zufrieden?«

»Oriana ist des Mordes verdächtig?« Giovanni kräuselte die Brauen. »Unsinn. Als Emilio erstochen wurde, war sie nicht einmal in der Nähe seines Hofs.«

»Es gibt Zeugen, die etwas anderes behaupten. Und jetzt geben Sie die Straße frei, Signore.« Der Major hob zackig die Hand.

Die Rappen schnaubten und scharrten mit den Hufen.

Weiterer Widerstand schien zwecklos. Giovanni wich zur Seite. Der Major stieg auf den Bock, und die Polizeikutsche setzte sich in Bewegung. Giovanni warf die Arme in die Höhe.

»Ich werde dir beistehen, Oriana!«, rief er. »Sei unbesorgt!«

Das Mädchen hatte niemanden auf der Welt. Außer ihn.

Die Kinder, Luigia und Baba standen in der offenen Tür und blickten ihm mit verschlafenen Gesichtern entgegen, als er zum Chalet zurückkehrte. Mit knappen Worten erklärte er, was geschehen war und dass er sofort nach Mailand aufbrechen müsse, um Oriana zu helfen und um seine eigenen Angelegenheiten zu ordnen. Er raste in seine Kammer. Es war keine Zeit zu verlieren. Hastig stieg er in Hose und Hemd, warf den Mantel über und packte das Notwendigste in seinen Rucksack. Rasch waren vier Freiberger vor die Kutsche gespannt.

Zunächst drängte es Giovanni nach St. Moritz auf das Post- und Telegrafenamt, wo er dem Beamten ein Telegramm an Vittore Grubicy in Mailand diktierte. »Dringendes zu besprechen. Brauche Stallung und Burschen. Ankunft heute Abend mit Wagen und vier Pferden.«

Gewiss kannte sein Freund auch einen potenten Rechtsanwalt, der die leidige Angelegenheit für Oriana in Kürze regeln könnte. Die Methoden der Graubündner Polizei waren ein himmelschreiender Skandal!

20

Mailand, August 1894

Etwa zwölf Kilometer nach Maloja hielt Giovanni im Bergell in dem kleinen Ort Vicosoprano vor einem Laden, in dem er vor Kurzem Rahmen bestellt hatte. Die Ware war eingetroffen, und er konnte sie gleich mitnehmen. Wenig später verlief der Grenzübertritt nach Italien zum Glück problemlos. Bis nach Chiavenna ging es zügig bergab. Am Stadtrand machte er eine Rast, versorgte die Freiberger mit Wasser und Heu, bevor er sich selbst in einer Trattoria stärkte. Dann ging es gemächlich am Rande des Comer Sees entlang bis nach Lecco mit einer letzten Pause vor Mailand.

Wenige Minuten nach Sonnenuntergang passierte er das Stadttor. Müde setzten die Pferde ihre Hufe über die gepflasterte Straße einer Stadt, die sich mit jedem Besuch veränderte. Noch nie hatte er hier eine solch große Zahl an schwarz glänzenden Kutschen mit flatternden Dächern und elegante Wagen mit Verdeck gesehen, die von zwei Pferden gezogen wurden. Dazwischen kurvten Männer auf Fahrrädern abenteuerlich umher. Die Kutschen wie die Fahrräder waren mit Hupen ausgestattet, die bei jeder Kleinigkeit benutzt wurden. Der Lärm war unerträglich, und er musste nach der beschwerlichen Reise, die seine Glieder zunehmend lähmte und seine Sinne schwächte, verdammt aufpassen, mit niemandem zusammenzuprallen.

Giovanni trieb die vier Freiberger langsam und mit Bedacht durch die belebte Stadt bis zum Haus der Gebrüder Grubicy in der mondänen Via Palestro. Wie immer wurde er freundlich begrüßt, und nachdem er sich etwas ausgeruht und den Staub von Gesicht und Händen gewaschen hatte, traf man sich zum Abendessen im Salon der Villa.

Vittore und Alberto Grubicy warteten sichtlich gespannt auf Giovannis Erklärung für den Grund seines dringlichen Besuchs. Während der Diener die Suppe servierte, sprach Giovanni das Alpenpanorama für die Pariser Weltausstellung an. Der Entwurf sei fast abgeschlossen, doch ohne gesicherte Vorfinanzierung habe eine Bewerbung wenig Sinn. Er drängte seine Gastgeber, die Ablehnung zu überdenken.

Beim Hauptgang mit Fisch erklärten die Brüder bedauernd, sie hätten nach wie vor kein Interesse an dem Pariser Projekt. Ein Werk mit derartigen Ausmaßen sei nach der Weltausstellung nicht zu verkaufen.

Giovanni versuchte bis zum Dessert, Vanilleeis mit heißen Himbeeren, die Brüder vom Gegenteil zu überzeugen. »Der Kaiser von Österreich hat nach einem Erfolg in Paris sicher Interesse an dem Projekt für Wien. Seine Majestät könnte es auf dem Pratergelände aufstellen.«

Doch die Grubicy-Brüder blieben beharrlich. Erst nach dem Kaffee gab sich Giovanni zähneknirschend geschlagen. Schließlich kam er auf Oriana und ihre Probleme mit der Graubündner Polizei zu sprechen.

»Da werden wir helfen.« Alberto Grubicy lächelte gefällig. »Unser Hausanwalt wird sich der Sache umgehend annehmen. Sei unbesorgt, Giovanni.«

Er bedankte sich reserviert und wollte aufstehen, sich zurückziehen, in Stille seinen Groll pflegen, da erhob Vittore die sonore Stimme.

»Setz dich, mein Freund. Wir haben dir einen Vorschlag zu unterbreiten.«

Giovanni lehnte sich zurück.

»Hast du schon einmal darüber nachgedacht, das italienische Bürgerrecht zu beantragen?«

»Wozu sollte ich das tun?«

»Um ungehindert reisen zu können. Der Kaiser von Österreich ist ein Kunstsammler«, führte Alberto aus. »Wien entwickelt sich zu einer Weltstadt. Es werden neue Museen gebaut, Paläste auf einer Prachtstraße für die Aristokratie. Vergiss Paris. Gehe nach Wien.«

Giovanni fuhr hoch. »Die Österreicher drohten mir schon einmal mit dem Militärdienst. Wenn ich auch das Heimatrecht als Kind verloren habe, bin ich noch immer ein geborener Österreicher. Sie drehen die Gesetze, wie es ihnen beliebt. Ich reise nicht nach Österreich. Lieber bleibe ich für immer staatenlos.«

Vittore hob beschwichtigend die Hand.

»Das italienische Bürgerrecht wird anders gehandhabt«, insistierte Alberto. »Mit den Behörden des Königs stehen wir gut. Du musst nirgends zum Militär und kannst frei und unbehelligt reisen. Wäre das nicht die eleganteste Lösung für deine Probleme?«

»Auch wenn wir eurer Ansicht nach in unserem Schweizer Alpendorf wie Bauern leben«, Giovanni holte tief Luft, »lesen wir ab und an Zeitungen und sind über die Zustände in Wien informiert. Bald leben dort zwei Millionen Menschen, viele in winzigen und feuchten Wohnungen. Eine übervölkerte und elende Stadt. Nein, nein, ich möchte nicht nach Wien.« Erregt warf er beide Arme in die Luft und stieß das Weinglas um. Der rote Rebensaft ergoss sich über das weiße Tischtuch.

Vittore winkte den Diener herbei, der sich unverzüglich um das kleine Malheur kümmerte.

»Verstehe«, sagte er. Aus seiner Pfeife stiegen graue Kringel hoch. »Da kann man wohl nichts machen.«

Alberto blickte betreten zu Boden. »Dann wird Wien die Bilder ohne Beisein des Künstlers ausstellen. Ich werde mit Gustav Klimt telefonieren und deinen Standpunkt erklären.«

Giovanni horchte auf. »Klimt ist an meinen Bildern interessiert?«

»Erwähnte ich das nicht? Die von ihm gegründete Künstlergruppe hat sich diesbezüglich vor Kurzem an uns gewandt, Giovanni. Signore Klimt wird für dich am Hof des Kaisers sprechen.«

»Telefonieren? Mit Klimt in Österreich? Ist das denn möglich? Von Italien aus?«

»Komm«, sagte der jüngere Bruder, »ich zeige es dir. Wir haben eine Telefonleitung in unser Haus legen lassen.«

»Ja, geht nur zu eurem Telefon!« Vittore winkte ab. »Mich bringt keiner dazu, dieses Teufelszeug zu benutzen. Am Ende trifft mich noch ein elektrischer Schlag mitten durch den Trichter ins Ohr bis ins Gehirn. Ich schreibe weiterhin Briefe und Telegramme. Basta.«

»Mein Bruder hört die Stimme der Vermittlung trotz seines Trichters nicht.« Alberto Grubicy lächelte milde, während er Giovanni in ein kleines Zimmer neben dem Eingang führte. »Seine Schwerhörigkeit wird immer schlimmer.«

»Ja, das Alter ist oft beschwerlich«, murmelte Giovanni.

»Da hängt unsere neueste technische Errungenschaft, die mein Bruder Teufelszeug nennt.« Er zeigte auf einen an der Wand montierten Kasten aus Holz.

Wie zwei Augen oder zwei Brüste starrten Giovanni metallene Halbkugeln entgegen. Darunter ragte ein schwarzer Trichter aus der Apparatur, ein dünnes Kabel führte an der Wand entlang durch ein winziges Loch im Plafond. An der linken Seite hing ein länglicher Griff mit einer Muschel am Ende, an der rechten eine Kurbel.

Giovanni betrachtete staunend die Apparatur.

»Sieht es nicht harmlos und ungefährlich aus? *Non è vero?*«

»Oje!«, entfuhr es Giovanni. »Ich würde eher sagen, noch ein Ding, das die Welt nicht besser macht. Ebenso wenig wie die Automobile.«

»In diesem Fall irrst du dich. Ich beweise es dir.« Alberto fasste nach links an den länglichen Griff und drückte die kleine Muschel ans Ohr, kurbelte rechts und hielt den Mund vor den Trichter. »*Pronto?* Signorina?«

Giovanni war beeindruckt.

»Bitte verbinden Sie mich mit Wien, mit dem verehrten Signore Gustav Klimt. Die Nummer lautet, ähm, warten Sie, ich muss nachsehen. – Wie bitte? Sie ist Ihnen bekannt? Ausgezeichnet. – Vielen Dank. – Ja, ich warte.« Alberto drehte sich zu Giovanni und wisperte: »Es ist besetzt. Offenbar versucht gerade die halbe Welt, Signore Klimt anzurufen. Er scheint ein begehrter Mann zu sein.«

Giovanni konnte sich nicht vorstellen, wie aus dem Apparat jemals die Stimme von Gustav Klimt dringen sollte.

»*Pronto* … Wien, äh … Signore Klimt?«, stotterte Alberto. »Wie geht es Ihnen? Wissen Sie, wer gerade neben mir steht? Signore Segantini. – Nicht wahr, das ist eine Überraschung. – Leider habe ich schlechte Nachrichten. Er wird nicht nach Österreich reisen wegen Problemen mit den Behörden. – Ja, wegen der Behörden. – *Scusi?* – Natürlich, gerne, Signore!« Er trat zur Seite und bedeutete Giovanni, er möge ein Ohr dicht an die Muschel halten.

Einen Augenblick lang fürchtete Giovanni ebenso wie Vittore, ein Stromschlag könnte ihn treffen, und zuckte zurück. Dann vernahm er tatsächlich, etwas metallisch zwar, jedoch eindeutig, die ihm aus Mailand wohlbekannte österreichisch weich klingende Stimme.

»Nein, hier musst du hineinsprechen.« Alberto schubste ihn sanft näher an den Trichter heran.

»Signore Segantini? Sind Sie es?«

»Si. Si.«

»Hallo aus Wien. Schön, von Ihnen zu hören. Wirklich schad, dass Sie wegen der Behörden nicht herkommen können. Wirklich schad. Die Ausstellung Ihrer Bilder ist zwar vom Kuratorium auf das nächste oder übernächste Jahr verschoben worden. Ich habe eben die wenig erfreuliche Nachricht erhalten. Aber ich tät Ihnen so gerne einmal meine Wiener Malerfreunde vorstellen. Ihre neuesten Werke haben hier großen Eindruck hinterlassen. Schauen S' halt, dass Sie das mit den Behörden regeln.«

»Signore Klimt?«, rief Giovanni in den Hörer. »Signore Klimt?«

Die Verbindung war abgebrochen.

»Was hat er gesagt?«, fragte Alberto mit hochgezogenen Brauen.

»Die Präsentation meiner Bilder findet nicht in diesem Jahr statt«, murmelte Giovanni. »Vielleicht im nächsten.«

»Das ist bedauerlich.« Alberto eilte mit Giovanni zurück in den Salon. »Vittore! Signore Klimt hat gerade mitgeteilt, dass die für dieses Jahr geplante Ausstellung in Wien abgesagt ist.«

»Was sagst du?« Vittore hob den Hörtrichter ans Ohr.

»Die Ausstellung in Österreich wird nicht stattfinden, vorerst nicht. Vielleicht im nächsten Jahr«, wiederholte er für seinen schwerhörigen Bruder mit lauter Stimme.

»Schade. Es wäre ein positives Signal aus der Reichshauptstadt gewesen und hätte den Wert der Bilder enorm gesteigert. Hätte ich nur einen Brief geschrieben. Ich sage euch, das Telefonieren ist zu unverbindlich.« Vittore schnalzte mit der Zunge.

»Wenn es mit Wien nicht funktioniert, muss ich halt doch nach Paris«, sagte Giovanni eifrig. »Als Teilnehmer der Weltausstellung ist eine Reise nach Frankreich wohl kein Problem. Selbst für einen Staatenlosen nicht.«

Vittore machte eine wegwerfende Handbewegung. »Ich bin müde. *Buona notte.*«

Er stand auf, legte den Trichter auf den Tisch und schlurfte aus dem Salon.

21

Mailand, August 1894

Der Diener führte Giovanni in das Zimmer am Ende des Gangs. Das breite Bett war mit weißen Linnen bezogen, eine Vase mit roten Rosen stand auf dem Tisch. Nach den Strapazen der langen Anreise spürte Giovanni die Müdigkeit wie ein bleischweres Tuch auf den Schultern. Mit fahrigen Bewegungen zog er den Mantel aus und ließ sich erschöpft nieder. Im ganzen Haus roch es nach Vittores Tabak. Selbst hier nahm er den scharfen Geruch aus der Pfeife seines Freundes noch wahr. Das süßliche Aroma kratzte in der Kehle. Hüstelnd rollte er sich auf den Rücken und starrte an die Decke.

Morgen musste er es noch einmal versuchen. Wenn sie ihm das Geld für Paris nicht gaben, lag alle Hoffnung auf den Hoteliers von St. Moritz. Wien zu erobern wäre eine Option, doch die Weltausstellung und somit das Tor in die große weite Welt war nun einmal in Paris. Wie nie zuvor sehnte sich Giovanni nach Ruhm, den er zweifelsohne mittlerweile verdiente, und er brauchte den Reichtum für seine Familie. Sie sollten ein gutes Leben führen. Ächzend zog er sich hoch, ging zum Fenster und öffnete die Läden. Die frische Luft tat gut. Von der Beletage aus sah er über die Dächer der Stadt bis zur Spitze des Doms in der Innenstadt mit der goldfarbenen Madonnina an der Spitze. Er schob die Gardine zur Seite und blickte nach Norden über die Wipfel der dunklen Alleen in den grünen Randbezirken. Irgendwo an der Linie der Zypressen lag die stattliche Villa der Bugattis.

Giovanni massierte seine Schläfen. Vittore wäre ein Narr, seine Teilnahme in Paris nicht zu ermöglichen. Deshalb war er hier. Gewiss, auch wegen Oriana und wegen Irene war er so ungewohnt spontan nach Mailand aufgebrochen. Aber wäre er angereist, wenn nicht die Weltausstellung zu seinem Lebensmittelpunkt geworden wäre? Erschrocken zuckte er vor seinen eigenen Gedanken zurück. Um Gottes willen! Luigia und die Kinder waren das Wichtigste auf der Welt für ihn. Wo wäre er ohne sie? Schweiß trat ihm auf die Stirn. Nein, er war nicht undankbar oder gar kaltherzig. Hatte nicht Luigia selbst ihm dazu geraten, es noch einmal bei den Brüdern zu versuchen? Giovanni atmete tief durch. Vom Jüngeren war wenig Kunstverständnis zu erwarten, aber Vittore malte selbst, nicht einmal schlecht. Giovanni schüttelte den Kopf. Vittore war nicht nur sein Agent, er war sein Freund. Und dennoch, alles, was er ihm anbot, war eine vage Aussicht auf Anerkennung in Wien, und das nur, weil Gustav Klimt die Trommeln in Wien für ihn rührte.

Seufzend drehte sich Giovanni um und kramte aus der großen Tasche die Zahnbürste und das Nachthemd hervor. Die Wäsche duftete nach Luigia, nach den Kindern, dem alten Holz im Chalet und den Graubündner Bergen. Zumindest in seiner Vorstellung. Er ging zum Fenster, schloss die Läden, wusch sich und kletterte unter die Decke.

Gegen Mitternacht schreckte er hoch. Der Wind schlug die Fensterläden gegen die Mauer. Irgendwo bellte ein Hund. Giovanni stand auf und fixierte die Läden in den dafür vorgesehenen Haken. Dennoch konnte er nicht wieder einschlafen. Langsam schweiften seine Gedanken zurück in die Kindheit, zu Vater und Mutter. Lächelnd streckte er die Arme nach ihnen aus, doch sie gingen weiter. Flehend rief er nach ihnen, doch sie hörten ihn nicht. Plötzlich legte sich eine kalte Hand an seinen Nacken. Er fuhr herum und stand vor Irene.

»Nein! Fort mit dir! Geh weg!« Giovanni schlug mit Armen und Beinen um sich. Die Decke rutschte zu Boden. »Fort! Fort!« Der Stoff seines Hemds klebte am verschwitzten Rücken. Er krümmte sich und schrie: »Fort! Fort, böses Weib!«

»Signore Segantini, ist alles in Ordnung bei Ihnen?« Die tiefe Stimme des Dieners drang durch die geschlossene Tür.

»Ja«, krächzte er. »Ja, es ist alles in Ordnung. Verzeihen Sie, ich habe schlecht geträumt.«

»Darf ich dem Signore ein Glas Wasser bringen oder einen Cognac? Ein Cognac verscheucht den schlimmsten Traum.«

»Nein danke. Ich brauche nichts. Gute Nacht, gehen Sie schlafen.«

Die Schritte entfernten sich.

In dem nassen Hemd fröstelte Giovanni. Er streifte es ab, legte sich nackt wieder nieder und zog die Decke hoch bis zur Nasenspitze. Sein müder Blick traf auf die Uhr an der Wand. Es war kurz vor zwei Uhr morgens. Er sollte noch ein paar Stunden schlafen, musste Irene aufsuchen. Davor graute es ihm.

Gegen sechs Uhr, der Kopf schmerzte nach der unruhigen Nacht, kleidete er sich an und nahm das Frühstück im Salon ein. Schweigend aß er das Nusshörnchen und trank Milchkaffee. Die beiden Brüder schliefen noch, berichtete der Diener. Es war ihm recht. So konnte er in Ruhe seine privaten Angelegenheiten erledigen und würde später das Geldproblem noch einmal ansprechen. Er musterte die auf einem Regal neben dem Tisch aufgereihten Fläschchen in den Farben Rubin, Smaragd und Saphir. Die Morgensonne brach sich in den bunten Gläsern.

»Möchten der Signore vielleicht einen Likör probieren? Kirsche, Kräuter oder Zitrone?«

Dem aufmerksamen Diener entging offenbar keine seiner Regungen.

»Danke. Nicht zum Frühstück«, wehrte Giovanni mit einem Lächeln ab. Er entfaltete die Stoffserviette und legte sie auf den Schoß. »Sagen Sie den Signori bitte, dass ich etwas zu erledigen habe und in etwa zwei Stunden wieder hier sein werde.«

»Sehr wohl, Signore.«

Nach dem Kaffee mit dem süßen Gebäck ließ der Kopfschmerz nach. Giovanni setzte seinen schwarzen Hut auf und lief zu Fuß durch die winkeligen Gassen von Mailand. Er kannte sich im alten Viertel gut aus und gelangte ohne Umwege an sein Ziel.

Über dem schmalen Haus in der Via San Simone hingen lange Schatten, und wie damals roch es aus allen Ecken bitter nach schimmeliger Feuchtigkeit und Unrat. Niemals hätte er in dieser Gasse zum Maler werden können. Selbst die Sonne versteckte sich vor dem hässlichsten Viertel der Stadt. Trotz der warmen Witterung fröstelte es Giovanni. Er schlug den Kragen hoch und ging energisch auf den Eingang jenes Zinshauses zu, in dem er die schlimmste Zeit seines Lebens verbracht hatte. Der Verputz bröckelte vom Mauerwerk neben dem blechernen Schild. Giovanni stutzte. Der Name seiner Halbschwester fehlte. Sie war doch nicht etwa umgezogen? Er griff an die Türklingel. Ein paar Sekunden wartete er, dann klopfte er gegen das Holz. Zuerst zaghaft, dann kräftig. Endlich öffnete sich im Erdgeschoss ein Fenster, und eine alte Frau mit Lockenwicklern im ergrauten Haar beugte sich heraus. Obwohl ihr Schopf damals noch dunkel gewesen war, erkannte er sie sofort. Des Hausmeisters Weib schien ihn hingegen nicht wiederzuerkennen. Mit gefurchter Stirn starrte die Frau ihm feindselig entgegen.

»Ich bin auf der Suche nach Signora Irene Segantini. Wohnt sie noch hier?«

Die Alte neigte den Kopf. »*No*, Signore. Nicht mehr seit der schlimmen Sache.«

»Welche schlimme Sache, Signora?«

»Wer will das wissen?«, fragte sie misstrauisch.

»Giovanni Segantini, Signora. Ich bin der Halbbruder von Signora Segantini. Erkennen Sie mich nicht?«

»Nicht möglich! Der dürre Junge mit dem wilden Haarschopf!« Die Alte klatschte in die Hände und grunzte. »Hat man den Signore denn nicht unterrichtet?«

»Meine Halbschwester und ich haben uns aus den Augen verloren, Signora«, antwortete er. »Bedauerlicherweise«, setzte er zögerlich nach.

»Ach weh!« Sie zuckte mit den mageren Schultern. »Dann muss ich wohl die traurige Nachricht überbringen.«

»Signora?«

»Ihre Schwester ist verstorben, Signore.«

»Sie ist tot?« Giovanni hielt den Atem an. Heiß und kalt schoss es seinen Rücken hinab. »Wann ist es geschehen?«

»Warten Sie, ich muss überlegen.« Die Frau hob eine Hand und zählte mit der anderen die Finger ab. »So, jetzt weiß ich es. Vor neun Jahren hat sie mir eines Morgens von ihrer Schwangerschaft erzählt. Ich habe es ihr erst nicht geglaubt, war sie doch bereits über vierzig damals.«

»Schwanger?« Giovanni zog die Brauen hoch. »Ich verstehe nicht, Signora. Ist meine Schwester bei der Geburt des Kindes verstorben?«

»In dem Alter lässt man sich besser keine Kinder mehr machen, Signore«, erwiderte die Frau ungerührt.

»Eine Fehlgeburt? Verdammt, muss ich Ihnen alles aus der Nase ziehen?«

»Abbastanza!«, schimpfte sie. »Bin ich etwa schuld, dass sich der feine Signore jahrelang nicht um seine Verwandtschaft gekümmert hat? Ohne Verehelichung vor dem Altar gerät eine anständige Signorina nicht in andere Umstände. Es ist gekommen, wie es kommen musste, der Lump hat sie sitzen lassen, und da ist sie wieder in die Fabrik zur Arbeit. Die Arme musste ihre Miete zahlen. Mit dem dicken Bauch. Bis zum Ende.« Des Hausmeisters Weib überkreuzte die Hände vor der Brust. »*Mamma mia.* Ich hab sie auf der schmalen Treppe zu ihrer kleinen Wohnung im Dachgeschoss gefunden. Es war entsetzlich. Obwohl ich gleich den Dottore geholt habe, war nichts mehr zu machen. Und dann habe ich das Blut von dem toten Kind mit einem Kübel Wasser und einem Fetzen weggewaschen. Wer hätte es sonst tun sollen?« Weit beugte

sich die alte Frau aus dem Fenster und streckte Giovanni den Zeigefinger entgegen. »Trotzdem hat es im Stiegenhaus tagelang gestunken, als wäre eine Horde Ratten verendet. So, jetzt habe ich alles gesagt, was ich über die schlimme Sache Ihrer Schwester weiß, Signore.«

Giovanni atmete schwer, sein Herz raste.

»*Grazie*«, murmelte er, fuhr in die Tasche und holte ein paar vergessene Silberlinge heraus. »Für die Auskunft, Signora.«

»Vergelt's Gott!« Die Alte zeichnete ein Kreuz auf ihre Stirn, griff nach den Münzen und schloss das Fenster.

Giovannis Hände zitterten. Nun wusste er, was er im Innersten längst gespürt hatte. Irene hatte für ihre Sünden gebüßt. Er sollte ihr vergeben. Mit dem Handrücken wischte er sich den Schweiß von der Stirn. Die Via San Simone würde ihn nie wiedersehen. So rasch wie möglich wollte er zurück in das Palais der Agenten Grubicy, um endlich an das Geld für sein Pariser Projekt zu gelangen. Sofort danach wollte er den Heimweg nach Maloja antreten. Zu Hause würde er seiner Luigia endlich von der Halbschwester erzählen. Von der Frau, die ihm nicht nur Alpträume bescherte, sondern darüber hinaus nichts Geringeres als seinen Seelenfrieden und ganz profan auch sein österreichisches Heimatrecht gekostet hatte. Von der Frau, die ihn zu dem Gemälde mit der Sünderin im Baum inspiriert hatte. Nie wieder wollte er Geheimnisse vor Luigia haben.

22

Maloja, August 1894

»Kommt her! Oriana ist wieder da!«

Luigia war gerade mit Bianca im Kräutergarten, als Gios Geschrei aus dem Haus sie hochschreckte. Sie nahm ihre Tochter an der einen Hand und eilte mit der abgeschnittenen Petersilie in der anderen ins Haus.

Luigia wähnte sich in einer ihrer so gerne gelesenen Kriminalgeschichten. Oriana thronte am Kopfteil des breiten Tisches im Salon, dort wo Giovanni normalerweise saß. Mit tränenden Augen empfing die falsche Schlange ihre Tafelrunde. Gio, der ihr ein Taschentuch reichte, Baba, mit einem Glas Wasser in der Hand, Sofia, die ihr einen Teller Kekse servierte, Jakob, der ebenso an ihren Lippen hing wie, ach du liebe Güte, ihre Söhne Gottardo, Alberto und Mario. Es war nicht zu fassen. Dieses Mädchen schien eine magische Anziehungskraft zu besitzen, die ihm ohne Zweifel bewusst war. Es führte ein Theater auf, und alle schauten fasziniert zu. Die Tränen waren nur gespielt, ebenso die Verzweiflung. Sie hatte das Luder durchschaut, die anderen offenbar nicht.

Um sich keine Blöße zu geben, grüßte sie Oriana freundlich und setzte sich mit Bianca dazu. Bitte schön, die Vorstellung konnte beginnen. Luigia war gespannt.

»Nach langem Warten hatten sie mich in den Verhörraum gebracht, da wurde der Polizist, der mich befragen sollte, zu einem Telefonat gerufen.« Oriana schniefte. »Die haben gestaunt, weil sich ein solch feiner Anwalt meinetwegen bemühte.« Sie schnäuzte sich geräuschvoll. »Dann hat man mich zu dem Telefonapparat geholt. Dieser Anwalt hat zuerst mit mir und dann mit den Polizisten gesprochen. Dem habe ich erzählt, dass ich zur Tatzeit nicht in Maloja gewesen bin, sondern in Sankt Moritz bei einem netten Signore, der mich bei sich übernachten ließ. Also habe ich der Polizei den Namen und die Adresse des besagten Signore notiert, und dann ließen sie mich frei.« Die junge Frau kreiste ihren Blick und fuhr fort. »Liebe Familie Segantini, ich bin so dankbar für eure Hilfe. Wie es scheint, habe ich in Maloja Feinde. Jemand hat mich in böser Absicht beschuldigt.« Sie knetete das Taschentuch zwischen den Fingern. »Dabei hab ich Emilio so gerngehabt. Er war wie ein Vater für mich.« Ein Schluchzen beendete ihre Rede.

Gänzlich ungeniert erzählte dieses Mädchen von der Übernachtung bei einem wildfremden Mann und spielte dabei die Rolle des schutzbedürftigen Opfers derart raffiniert, dass Luigia selbst beinahe darauf hereingefallen wäre. Oriana, das unschuldige Kind. Was für ein Luder. Luigia lächelte gequält und winkte Sofia zu sich.

»Bitte nimm die Kinder und bring sie nach draußen«, flüsterte sie der Köchin zu. »Für heute haben sie genug über die Verderbtheit der Menschen gelernt.«

Oriana blickte auf, warf einen unergründlichen Blick in ihre Richtung und fuhr fort mit dem falschen Spiel.

»Alle wollten sie nur Emilios Geld! Er hat sich oft bei mir beklagt.« Sie spitzte die Lippen und verdrehte die Augen. »Selbst in der Kirche haben ihn die Leute gefragt, was er denn mit dem vielen Geld mache, das er mit dem Verkauf des Käses verdiene. Die Bauern waren neidisch auf ihn, weil er fleißiger und sparsamer war als sie. Jeden Tag war er als Erster auf, um seine Tiere zu versorgen und Käse herzustellen.« Sie unterbrach ihre Rede, um tief Luft zu holen und einen weiteren Keks in den Mund zu schieben. »Ach, hätte er doch gesagt, dass er die Einnahmen sofort zum Bankhaus bringt, dann würde er jetzt noch leben. Leider war es kein Geheimnis, dass er den Banken misstraute.« Die junge Frau zog die Schultern hoch. »Ich habe in der Schenke jeden Sonntag serviert und beobachtet, wie sie Emilio mit Schnaps betäubten, um ihn auszufragen. Haben ihm nachgesehen, wenn er mit dem Fahrrad in Schlangenlinien über die Straße nach Hause kurvte. Am schlimmsten war der Pfarrer von Sils. Der hat nur Wasser getrunken und dabei genau zugehört, was gesprochen wurde. Ich sage euch, der Priester wusste als Einziger, wo Emilio das Geld versteckt hielt.«

»Das glaub ich nicht!«, rief Baba dazwischen.

Luigia klatschte in die Hände. »Danke, Baba. Der Priester hat ganz gewiss nichts mit Emilios Tod zu tun! Das ist eine infame Unterstellung.«

Oriana reckte keck das Kinn. »Seid ihr wie ich dabei, wenn die Männer nach der Messe im Gasthaus sitzen und Schnaps trinken?«

»Nein, natürlich nicht.« Baba verzog das Gesicht.

»Nur weil einer schöne Reden halten kann und sich hinter einem schwarzen Mantel mit weißem Kragen versteckt, muss er noch lange kein ehrenwerter Mann sein.« Oriana verschränkte die Arme vor der Brust. »Lasst euch bloß nicht von der Scheinheiligkeit täuschen! Ich sage euch, die Welt ist schlecht, und die Pfaffen sind die Schlimmsten. Fragt Signore Segantini. Der weiß Bescheid.« Sie hob den Kopf. »Ist er nicht hier?«

»Der Meister ist in Mailand«, antwortete Gio.

»Wer hat dich eigentlich bei der Polizei angezeigt?«, fragte Luigia.

Oriana kräuselte die Brauen. »Das weiß ich nicht.«

»Ich werde dich beschützen!«, rief Gio.

Jakob eiferte ihm nach. »Ja, ich beschütze dich auch. Jeden Tag, wenn ich meine Arbeit bei den Pferden beendet habe, schaue ich bei dir vorbei.«

Na wunderbar. Selbst den schüchternen Jakob hatte Oriana überzeugt mit ihren Lügengeschichten. Luigia wurde übel beim Zuhören. Sie wickelte sie um den Finger, und die jungen Männer bemerkten es nicht.

»Ich danke euch. Ihr seid die besten Nachbarn, die man sich wünschen kann.« Oriana strahlte in die Runde.

Mich täuschst du nicht, dachte Luigia und sagte laut: »Du meine Güte, es ist später Nachmittag, und wir haben noch nichts gekocht. Baba, bitte hole Sofia und die Kinder herein. Jakob und Gio, habt ihr nichts zu tun?«

Die beiden fuhren hoch und verschwanden mit betretenen Gesichtern. Da konnte auch Oriana schwerlich sitzen bleiben. Die Vorführung war beendet. Der Vorhang fiel. Das Publikum verabschiedete sich.

»*Arrivederci*, Oriana.« Luigia bleckte die Zähne.

Fort war die falsche Schlange. Endlich. Sie trug den leeren Keksteller und das Wasserglas in die Küche.

Kaum war Oriana gegangen, stürmten Baba, Sofia und die Söhne zur Tür herein.

»Bianca ist verschwunden, Signora!«, rief die Magd.

»Was soll das heißen, ›Bianca ist verschwunden‹?«

»Ich tat, wie Sie mir aufgetragen haben, Signora.« Sofia senkte den hochroten Kopf. »Bianca wollte sich verstecken. Also haben wir unsere Augen verdeckt und langsam bis dreißig gezählt. Dann wollten wir sie suchen.« Die Stimme der Köchin überschlug sich vor Aufregung. »Wir können sie nirgends finden. Ich fürchte, sie ist in den Wald gelaufen, um ein Versteck zu finden, und hat sich dabei verirrt.«

»In den Wald? Allein?« Luigia schluckte. Ihre Kehle war wie zugeschnürt.

Als Baba zu weinen anfing, geriet Luigia vollends außer Rand und Band. »Herrgott, wir müssen sie finden. Los, holt die Bauern von den Feldern! Los! Los! Alle müssen uns helfen! Alle! Und nehmt die Fackeln aus der Scheune mit! Es wird bald dunkel!«

23

Maloja, August 1894

Das Licht der Fackeln zuckte durch den dämmrigen Wald. Der süßliche Geruch von modrigem Laub hing in der Luft. Vom feuchten Boden stieg grauer Nebel auf. Der Wind hatte sich gelegt, kein Halm, kein Blatt bewegte sich. Die Stille wurde erst durch das gleichmäßige Klopfen eines Spechts im toten Holz gestört.

Gio wartete mit den Söhnen Gottardo, Alberto, Mario und dem Rüden am Waldesrand. Jakob war auf dem Pferd fortgeritten, um Helfer von den Bauernhöfen zu holen.

Luigia reckte den Hals. Keifendes Gebell näherte sich, und dann sah sie sechs Männer mit im Wind flatternden Hemden und Hosen die Straße hochkommen. Jakob auf dem Pferd voran. Fingal begrüßte die drei Schäferhunde schwanzwedelnd, doch als sie feindselig bellten, zog er winselnd den Kopf ein. Zögernd und mit sicherem Abstand hielt Luigia eine Jacke von Bianca den Schnauzen der geifernden Tiere entgegen.

»Sucht!«, riefen die Männer.

Die Hunde sprangen im Zickzack über die Weide, die Menschen hinterher. Nach wenigen Minuten schien es, als hätten die Schäferhunde eine Fährte aufgenommen. Knurrend und mit gesenkten Köpfen schlichen sie auf ein Dornengebüsch zu. Fingal dicht hinter ihnen. Luigia griff sich ans Herz, als die Männer an der Stelle mit hölzernen Stecken im Gebüsch stocherten.

»Da ist etwas!«, rief einer der Bauern.

Ein anderer hob mit dem Holz einen zerfetzten Hasenkörper hoch. Kleine weiße Würmer ringelten sich über die verwesenden Flanken.

Luigia und Baba schrien vor Entsetzen auf.

»Das waren die Wölfe!«, rief ein anderer Bauer. »Wir hätten die Bestien jagen sollen, als sie das erste Schaf im Dorf gerissen haben.«

Aufgeschrecktes Wild floh aus dem Dickicht und raste über Weiden und Wiesen. Mit dem Nebel stieg ein scharfer Geruch von Tierschweiß auf.

»Schießt den Wolf, sonst ist es um euch geschehen!«, rief ein Bauer mit tiefer Stimme.

»Niemand schießt, solange meine Bianca nicht gefunden ist!«, kreischte Luigia. »Die Kugel könnte das Kind treffen. Herrgott noch mal!«

»Kann ich helfen?«

Der samtene Klang in der Stimme war ihr vertraut. Luigia drehte sich um und stand vor Pater Constantini in der Soutane. »Gott sei Dank, Padre, Sie schickt der Himmel! Meine kleine Tochter ist hier irgendwo. Ich fühle es.«

»Beten wir gemeinsam zu unserem gütigen Herrn.« Der Pater klopfte sanft über ihre Schultern. »Alles wird gut.«

»Gebete helfen immer«, sagte Baba neben ihr. Die Magd hatte erhitzte Wangen und war außer Atem. »Ich habe mir gedacht, dass der Padre hilfreich sein könnte, Signora, und bin zur Kirche gelaufen. Zum Glück war er gerade mit dem Fahrrad von Sils hochgekommen. Hochwürden wird die Bauern zur Vernunft bringen und die Suche nach unserer Bianca in geordnete Bahnen lenken. Auf ihn hören sie.«

Luigia strich zärtlich über Babas Hand. »Ich danke dir.«

»Wir finden Ihre Tochter, Signora.« Im Licht des Feuers sah das Lächeln des Priesters überirdisch aus.

»Mama, Bianca ist gesund, ganz bestimmt, Mama«, flüsterte Gottardo.

»Ich danke euch.« Luigia umarmte ihre Söhne.

»Vielleicht hat sich Ihre Tochter aus Furcht im Holz verkrochen und wagt sich nicht aus dem Versteck. Wie alt ist sie denn?«, fragte der Pater.

»Acht Jahre ist unsere Jüngste geworden, Hochwürden.«
»In dem Alter handeln Kinder recht überlegt, Signora.«
»Und wenn ein Wolf umherstreift oder wenn der Mörder des Käsers noch in der Nähe ist, Padre?«
»Keine Seele in Maloja hat je einen Wolf gesehen«, beschwichtigte der Pater. »Glauben Sie mir. Die Leute pflegen und hegen ihre Ängste mit erstaunlicher Hartnäckigkeit. Das Schaf kann auch ein streunender Hund gerissen haben, und Emilios Mörder ist längst über alle Berge.«
»Ihr Wort in Gottes Ohr, Hochwürden«, sagte Luigia. »Ein Rudel wild gewordener Hunde ist für ein kleines Kind nicht minder bedrohlich.« Sie hob den Blick. »Bitte verstehen Sie mich nicht falsch, Padre, ich bin den Leuten überaus dankbar, dass sie uns helfen wollen.«
»Es könnte sein«, der Priester runzelte die Stirn, »dass das Gebell der Hunde Ihre Tochter verschreckt hat. Gehen wir auf Sankt Moritz zu. Vielleicht wurde sie ja von den elektrischen Lichtern dort angelockt.«
»Ja, das machen wir.« Luigia raffte den Saum ihres Kleides und marschierte los. Der Pater, Baba, die Söhne und Fingal mit ihr. Gio und Jakob blieben bei den Bauern.
Mit jedem Schritt entfernten sich das Geschrei der Männer und das Gebell der Hunde. Im sanften Wind knisterte das Feuer der Fackel, deren diffuses Licht kaum mehr den immer dunkler werdenden Wald zu durchdringen vermochte.
Plötzlich schnalzte ein Knall durch die Stille. Wie erstarrt blieb die Gruppe stehen. Dem Schuss folgte ein gellender Schrei, und dann knallte es wieder, worauf ein schmerzerfülltes Jaulen zu hören war. Luigia verfiel erneut in panische Angst und wimmerte.
Der Pater lief mit der Fackel los. Baba, Sofia, Luigia, die Söhne und Fingal hinterher. Schwarze Flügel flatterten aus den Baumkronen. Im Unterholz knarrte es, die Luft stank nach verbranntem Pulver.
»Ihr könnt doch nicht in der Dunkelheit schießen!«, rief

Pater Constantini, als sich die ersten Gestalten aus den Schatten zwischen den Bäumen schälten.

»Wo ist meine Bianca?« Luigia schluchzte. »Was habt ihr getan?«

»Der Wolf, der Wolf!«, kreischte ein Bauer. »Ich habe ihn gesehen. Dort hinten. Er hat schwarzes Fell und glühend rote Augen.«

»Bianca, Bianca!«, rief Luigia.

»Ihr seid ja alle verrückt geworden!«, brüllte Baba.

An der Lichtung angekommen, kniete im vom schwarzen Rauch der Fackeln getrübten Licht ein Mann vor einem zuckenden Körper.

Luigia stolperte mit offenen Armen auf ihn zu. »Meine Bianca! Meine Bianca!«

Es war nicht ihr Kind, das dort am Boden lag. Auf den ersten Blick glaubte sie, es wäre der Wolf, von dem alle redeten, doch das Blut schimmerte auf dem dunklen Fell eines Schäferhundes.

Der Bauer sprang hoch und griff dem Schützen in das Gewehr. »Du hast meine Hündin totgeschossen!«

»Ich hab geglaubt, der Wolf ist es!«

Beide Männer stürzten rangelnd nieder.

Luigia blickte fassungslos dem Schauspiel zu, plötzlich standen Gio und Jakob neben ihr. Traurig schüttelten sie die Köpfe.

»Wir haben sie nirgends finden können«, sagte Giovannis Schüler.

»Männer, reißt euch zusammen, hört auf zu streiten!«, rief Baba. »Es ist bald völlig dunkel. Lasst uns weiter nach dem Kind suchen!«

Ihr Appell wurde nicht gehört. Die Streithähne ließen nicht voneinander ab, und die anderen standen im Kreis und sahen zu. Als Luigia schon fürchten musste, dass sich die Männer gegenseitig auf dem Kadaver des Hundes erwürgten, schritt Pater Constantini beherzt ein und riss die beiden mit einer

Kraft auseinander, die sie dem hageren Mann nicht zugetraut hätte. Keuchend gingen sie rechts und links des toten Tiers in die Knie.

»Es hat keinen Zweck.« Der Padre fuhr sich durchs Haar. »Die Fackeln sind beinahe erloschen. Brechen wir ab und suchen morgen früh weiter – bevor noch etwas Schlimmeres passiert.«

»Meine kleine Bianca wird keinesfalls eine Nacht hier draußen bleiben«, protestierte Luigia mit erstickter Stimme. »Ich werde nicht ohne mein Kind nach Hause gehen.« Um ihren Worten Nachdruck zu verleihen, stemmte sie die Beine fest in den Boden und die Arme in die Hüften.

Der Rüde Fingal neben ihr winselte leise.

»Ich habe einen Vorschlag«, lenkte Pater Constantini ein. »Ich werde zur Station der Landjäger nach Sankt Moritz radeln. Die Männer könnten uns bei der Suche helfen, und ich erinnere mich, Öllampen in der Wachstube gesehen zu haben. Die halten länger und geben besseres Licht als Fackeln.«

»Ich danke Ihnen, Hochwürden«, presste Luigia hervor.

Ein dumpfer Schwindel packte sie. Röchelnd sank sie nieder.

Die drei Söhne knieten sich zu ihr und umarmten sie. »Mami, Mami!«

»Such«, flüsterte Luigia ihrem Hund kraftlos zu, »such nach meinem Mädchen.«

24

Maloja, August 1894

Bei strahlendem Sonnenschein lenkte Giovanni die Kutsche am Comer See entlang bis Chiavenna. Obwohl die Müdigkeit immer wieder seine Lider niederdrückte, drängte es ihn zurück nach Maloja, zu Luigia und den Kindern. Das abschließende Gespräch mit den Grubicy-Brüdern war zäh verlaufen und erfolglos geblieben. Sie wollten sein Pariser Vorhaben nicht unterstützen. Zu spät war er in Mailand aufgebrochen, und nun fürchtete er die Dunkelheit auf dem letzten Stück durch die Alpen.

Auf der italienischen Seite kurz vor der Grenze zur Schweiz musste er den Pferden trotz aller Eile eine längere Pause gönnen, um ihre Gesundheit zu schützen. In der Innenstadt von Chiavenna nahm er ein einfaches Mahl ein und entschied sich, auf dem Wagen ein wenig zu schlafen und dann weiterzureisen. Es waren nur mehr etwa dreißig Kilometer zu bewältigen, ja, die Steigung, in drei bis vier Stunden sollte der Weg jedoch zu schaffen sein, und der Himmel über den Bergrücken zeigte sich an diesem ausklingenden Tag klar von Sternen- und Mondlicht erleuchtet. So spannte er die Freiberger nach einer vierstündigen Pause vor das Gefährt und trieb sie in die Nacht hinein. Brav trabten sie den Bergrücken entgegen.

Erst kurz vor Maloja schob sich eine Wolkendecke über Mond und Sterne. Schwaches Licht aus der Ferne von den Straßenlaternen in St. Moritz half bei der Orientierung. Erschöpft, durstig, aber glücklich stieg Giovanni vor dem Chalet in Maloja vom Kutschbock.

Sie werden noch schlafen, dachte er mit zärtlicher Regung, als ihm nach dem Versorgen der Pferde beim Öffnen der Haustür der gewohnte Duft nach altem Holz entgegenschlug.

Auf leisen Sohlen schlich er durch das dunkle Haus. Ohne Schuhe, in Socken, nahm er die Treppe ins Obergeschoss und betrat die Schlafkammer. Wegen der zugezogenen Vorhänge konnte er nichts sehen und tapste blind bis zum Bett, ließ sich seufzend nieder und griff nach seiner Liebsten. Doch ihr Lager war verlassen. Verwundert strich Giovanni mit beiden Händen über das Laken. Angstvolle Sorge stieg in ihm hoch. Er drehte sich um und eilte in die Kammer der Kinder. Auch hier war es düster, keine einzige Kerze brannte am Fenster, und auch die kleinen Betten waren leer. Als er die Laken der Kinder berührte, spürte Giovanni einen Rest von Wärme. Sie mussten vor Kurzem noch hier gelegen haben.

»Fingal?«

Der Rüde lief sonst immer sofort zu ihm, wenn er heimkehrte. Giovanni fuhr hoch. Hier stimmte etwas nicht! Wo war seine Familie um diese Zeit? Er polterte über die Treppe hinab und stürzte in das Zimmer der Magd, riss die Decke auf ihrem Bett zurück. Auch sie war nicht da. Weiter raste er über den Flur zum Atelier.

»Gio? Gio?«

Keine Regung aus der Kammer des Jünglings. Giovannis Kehle war wie zugeschnürt. Er hätte nicht nach Mailand reisen dürfen. Niemals hätte er seine Familie allein lassen dürfen. Nicht bevor man den Mörder von Emilio Vito gefasst hatte. Giovanni spürte, wie die Hitze seinen Nacken hochkroch.

»Fingal! Fingal!«

Vergeblich. Giovanni lief aus dem Haus, rief nach Luigia und den Kindern. Da sah er ein schwaches Licht zwischen den Apfelbäumen in einem der Fenster von Emilios Haus aufflackern. Schwer atmend rannte er den Hügel hinauf und schlug mit der Faust gegen die Tür. Sie ist wieder da, dachte er. Natürlich, der Anwalt der Grubicy-Brüder hat ihr geholfen. Wenigstens das.

Das Mädchen öffnete mit verschlafenen Augen. »Signore Segantini? So früh am Morgen?«

»Weißt du, wo meine Familie ist, Oriana?«

»Sie werden im Wald sein und nach Bianca suchen.«

»Sie suchen nach Bianca?« Giovanni riss die Augen auf. »Im Wald?«

»Sie ist gestern gegen Abend verschwunden, Signore. Die Leute aus den umliegenden Höfen sind mit ihren Hunden gekommen und helfen bei der Suche.«

»Hunde suchen nach Bianca?« Er schnappte nach Luft. »Um Gottes willen!«

»Ich bin nicht mit in den Wald gegangen, weil ich Angst vor Hunden habe, Signore. Schreckliche Angst. Ich wurde als Kind von einem Köter gebissen. Es tut mir leid, Signore. Ich hoffe, man findet die Kleine, bevor …«

»Bevor was?« Giovanni krallte die Fingernägel in das Holz des Türstocks.

»Bevor die Sonne aufgeht, Signore.« Sie gähnte.

»Es ist nicht wahr. Es kann nicht sein.« Giovanni schüttelte den Kopf. Er war übermüdet. Er brauchte Schlaf. Er phantasierte. Halluzinierte. Schon wieder. Er wurde verrückt.

»Signore, was denken Sie? Ich mache keine Scherze über das Leben Ihres Kindes. Ist denn niemand von Ihrer Familie zu Hause?«

Er atmete durch. »Sie sind schon die ganze Nacht da draußen, sagst du?«

»Die Bauern meinen, die Wölfe würden auf uns Menschen losgehen«, hörte er Orianas Stimme wie aus weiter Ferne, »doch das glaube ich nicht, Signore. Wölfe sind scheue Tiere, sie verstecken sich vor Menschen. In Siebenbürgen, wo ich herkomme, gibt es viele Wölfe, Signore, aber nicht hier so weit oben in den Bergen. Glauben Sie mir, wenn die Hunde nicht wären, würde ich jetzt im Wald mit den anderen nach Ihrer Tochter suchen. Das müssen Sie mir glauben.«

»Alles wird gut, Oriana.«

Giovanni fuhr herum, rannte den Hügel hinab, stürmte in den Schuppen neben dem Stall und suchte fieberhaft nach etwas, das sich als Waffe eignen könnte. Zu einem klaren Gedanken war er nicht mehr fähig. Seine Arme, Hände und Beine bewegten sich wie von selbst. Bald würde die Sonne aufgehen und ihm Licht schicken. Ja, er würde Bianca finden, würde sie zurückholen. Giovanni packte den Stiel einer Heugabel und rannte über die Wiese auf den Wald hinter dem Haus zu. Da sah er ein schwaches Licht zwischen den schwarzen Stämmen der Nadelhölzer auf und ab tanzen. Es kam auf ihn zu.

»Luigia! Bist du das?«

»Nein«, hörte er eine weibliche Stimme. »Ich bin's, die Sofia.« Die kleine, magere Gestalt wankte auf ihn zu. Vor sich her schwenkte sie eine Lampe.

Im Schlepptau der Köchin sah er, sein Herzschlag raste vor Freude, die drei Söhne. Sie schienen unversehrt. Doch sein trüber Blick suchte vergeblich nach Luigia und Bianca.

»Signore Segantini, wie gut, dass Sie da sind!« Die Köchin blieb keuchend stehen. »Ich habe die Buben gestern spätabends vom Wald nach Hause gebracht. Sie waren erschöpft von der vergeblichen Suche und haben wenigstens ein paar Stunden Schlaf gefunden. Dann wollten sie wieder los und weiter nach ihrer Schwester suchen.« Sie war außer Atem. »Bis wir Ihren Wagen mit den Pferden im Morgengrauen auf der Passstraße gesehen haben, da sind wir umgekehrt.«

»Papa! Papa!« Die Söhne stürmten auf Giovanni zu. »Bianca ist ganz allein in den Wald gelaufen. Wir haben solche Angst um sie.«

»Wie konnte das geschehen?« Giovanni umarmte die drei.

»Es ist alles meine Schuld«, jammerte Sofia. »Das Kind wollte sich verstecken. Wir haben uns umgedreht und gewartet. So, wie wir das immer tun. Diesmal haben wir sie nicht finden können. Es ist meine Schuld. Vergeben Sie mir.«

»Du hättest sie nicht aus den Augen verlieren dürfen, Sofia.«

»Ich weiß, Signore.« Die Köchin fing zu weinen an. »Es ist alles meine Schuld.«

Giovanni atmete tief durch. »Wo ist Luigia? Wo ist eure Mutter?«

»Mit den anderen im Wald, Papa, und Fingal ist auch dort, aber die anderen Hunde, sie bellen so laut.«

»Geht zurück ins Haus«, befahl Giovanni. »Es ist besser, wenn jemand daheim ist für den Fall, dass Bianca doch noch allein zurückfindet. Macht euch keine Sorgen.«

»Papa, bitte, bitte, finde Bianca.« Mario traten Tränen in die Augen.

»Das verspreche ich euch, Kinder.«

»Es ist meine Schuld«, wiederholte Sofia händeringend. »Der Herrgott soll mich auf der Stelle erschlagen, wenn dem Kinderl etwas passiert.«

»Genug damit!«, sagte Giovanni streng. »Du musst Ruhe bewahren, und gib mir bitte deine Öllampe.«

Der Lichtstrahl wies ihm den Weg durch den dunklen Wald. Den Blick zu Boden gerichtet, suchte er nach Fußabdrücken, nach geknickten Ästen, nach einem Stück Stoff an einem Ast, nach irgendetwas, das ihn zu seiner Tochter führte.

Trotz der Morgendämmerung wurde es immer düsterer, und dann begann es auch noch, leicht zu regnen. Um ihn herum raschelte und knisterte es. Der Geruch nach feuchtem Holz und durchnässter Erde wehte um seine Nase.

»Luigia? Bianca? Gio? Baba?«

Da vernahm er endlich Stimmen. Wenige Augenblicke später stand er vor einem Mann in der grauen Uniform der Landjäger. Auch in seiner Hand hing eine Öllampe, an seiner Schulter ein Gewehr.

»Wer sind Sie?«, fragte der Uniformierte.

»Ich bin der Vater von Bianca, dem verschwundenen Kind. Haben Sie es gefunden?«

»Ich bedauere sehr, Signore. Meine Männer haben die halbe Nacht vergeblich nach dem Mädchen gesucht.«

Giovanni ließ den Mann stehen und lief tiefer in den Wald

hinein. Unter ihm wurde der Boden weich. Seine Sohlen versanken im Moos. Immer wieder blieb Giovanni stehen und lauschte nach einem Lebenszeichen seiner Tochter, spürte kaum die gegen seine Stirn peitschenden Zweige noch die über seine Arme kratzenden Dornenranken.

Plötzlich ein Schrei.

Giovanni war wie erstarrt. Das Licht aus der Öllampe wanderte über Baumstämme und dichtes Laub. Schritte knackten aus der Dunkelheit und wieder ein Schrei. Die Lampe hochhaltend, lief er darauf zu und blickte in fremde Gesichter. Ein Hund bellte. Das Licht fiel auf Fingal. Der Rüde trottete auf ihn zu, leckte über seine Hand. Giovanni bückte sich, griff in das weiche helle Fell, und als er hochblickte, hatte er einen Mann in schwarzer Soutane vor sich. Neben ihm Baba, Gio, Jakob und Luigia mit Bianca im Arm. Eine Puppe lag an der Schulter seiner Tochter. Ihm war, als löste sich ein schwerer Stein von seiner Brust.

»Bianca! Gott sei Dank!«

Das Kind drehte ihm das Gesicht zu. »Papa?«

»Bianca!« Er nahm Luigia die Kleine ab. »Ich liebe euch über alles.«

»Wir lieben dich auch.« Luigia küsste ihn auf den Mund. »Alles ist gut. Alles ist jetzt gut.«

Hinter ihnen Beifall. Giovanni erkannte erst beim Umdrehen, wie viele Männer es waren.

»Bravo! Bravo!«, riefen sie und lachten aus müden Augen.

»Wir haben sie in einem hohlen Baum gefunden«, sagte der Pater. »Sie hat tief und fest geschlafen. Ihr eigener Hund hat sie aufgespürt. Es ist ihr nichts geschehen.«

»Papa, ich war nicht allein«, murmelte Bianca, »die Heidi war immer bei mir.«

»Sie meint die Puppe von der Nonna«, erklärte Luigia.

Giovanni reichte dem Pater die Hand. »*Grazie mille*, Monsignore.«

»Nichts zu danken, Signore. Ich bin glücklich, dass wir

helfen konnten. Kommt, Leute!«, rief er. »Gehen wir nach Hause.«

Als sie die Lichtung am Waldesrand erreichten, versiegte der sanfte Regen, und die aufgehende Sonne schob sich zwischen die Wolken. Das feuchte Gras der Weiden glitzerte im hellen Strahl.

»Alles wendet sich zum Guten«, sagte Giovanni. »Nun sind wir keine Fremden mehr in Maloja.«

Bianca legte die Ärmchen um seinen Hals und schmiegte sich an seine Brust.

»Ja«, sagte Luigia. »Jetzt sind wir hier zu Hause.«

25

Maloja, Anfang September 1894

Wenige Tage später brachte die Postkutsche den sehnlichst erwarteten Brief von den Vertretern der Graubündner Hotelbesitzer. Sie luden Giovanni nach St. Moritz in das Haus der Industrie ein. Bereits in zwei Tagen sollte er sein Werk für die Pariser Weltausstellung vor einer Delegation in italienischer Sprache präsentieren. Wie besessen bereitete Giovanni mit Gios Hilfe die Rede vor. Und dann war es endlich so weit.

Luigia begleitete Giovanni und Gio nach St. Moritz. Sie wurden in einen großen Raum begleitet und von vier Männern in dunklen Anzügen begrüßt.

Stolz führte Gio die Skizzen und Tonmodelle des gigantischen Spektakels vor, während Giovanni die geplante Inszenierung mit Natur, Mensch und Tier in blumigsten Worten schilderte. Er sprach mit kraftvoller Stimme. Die Signori in den dunklen Anzügen hörten, wie es schien, äußerst aufmerksam zu. Ab und an ein Nicken, ein interessiertes Heben der Brauen oder Neigen des Kopfes.

»Signori Engadiner, Söhne der Alpen, Paris wird um die Jahrhundertwende zum Rendezvous der Intelligenz und des Reichtums! Mein Projekt ist kühn, aber klar wie das Sonnenlicht in den Schweizer Bergen. Wenn erst die Eisenbahn bis zum Pass fährt, werden wohlhabende Gäste aus den Städten herbeiströmen. Signori, das Triptychon aus den Schweizer Alpen wird in Paris große Bewunderung ernten. Nirgends gibt es schönere und mächtigere Berge, Täler, Flüsse und Seen als bei uns in Graubünden. Nach Paris werden die Menschen Ihre Hotels und Restaurants stürmen. Ich verspreche Ihnen, eine Investition in mein Alpenpanorama wird sich für Sie rechnen, geehrte Signori Engadiner.«

Nach der Präsentation zogen sich die Vertreter der Hotellerie zur Beratung zurück. Wenige Minuten später kamen sie wieder.

»Wir danken Ihnen herzlich für Ihr Kommen und für Ihren Vorschlag, Signore Segantini.« Der Wortführer hob in bedauernder Geste die Arme. »Doch wir messen Paris und der Weltausstellung keine große Bedeutung für unsere Region bei. Auch ohne Paris wird die Eisenbahn mehr Gäste als bisher nach Graubünden bringen. Wie Sie selbst sagten, Signore Segantini, unsere Berge, Täler, Flüsse und Seen sind von einzigartiger Schönheit. Dazu braucht es keiner weiteren Darstellung durch Ihre Kunst. Mit Verlaub, die Gäste werden von unseren noblen Golfplätzen, den feinen Hotels, den Konzerten und opulenten Speisen mehr als ausreichend angelockt. Nichts für ungut, Signore Segantini. Ihr, wie Sie es nennen, Triptychon brauchen wir nicht. So spektakulär es auch werden möge. Paris und die übrige Welt werden sich gewiss über die beeindruckende Darstellung freuen. Wir wünschen Ihnen viel Erfolg!«

Giovanni stockte der Atem. Das war es also? Die vielen Stunden der Arbeit? Alles umsonst? Was für eine Demütigung! Fassungslos beobachtete er, wie die Männer Luigia und Gio die Hände schüttelten.

»Auf Wiedersehen. *Arrivederci. A revair.*«

Als sie auf ihn zutraten, wandte er sich ab. Den Blick starr durch die Fensterscheibe auf die nahen Berggipfel gerichtet, stand Giovanni mit mahlenden Kiefern, während hinter seinem Rücken die Signori aus der Tür traten und Gio die Papierbögen der Skizzen einrollte und mit dem seidenen Band umschloss.

»Ich sage euch, sie werden es bitter bereuen. Das letzte Wort ist noch nicht gesprochen.« Mit geballten Fäusten stürmte Giovanni aus dem Haus der Industrie.

26

Maloja, September 1894

Luigia saß mit Bianca am Fenster des Salons und bürstete die Locken ihrer Tochter. Ihre Gedanken schweiften zurück zum enttäuschenden Besuch bei den Hoteliers in St. Moritz. Seither verkroch sich Giovanni in seinem Atelier und arbeitete wie von Sinnen. Bestimmt entstanden in diesen Tagen neue Kunstwerke. So war es immer, wenn er sich zurückzog. Sie konnte sein Unglück spüren, ohne dass er ein Wort darüber verlor. Des Nachts hörte sie ihn manchmal durchs Haus schleichen, und der Ausdruck in seinen Augen, so sie ihn einzufangen vermochte, war seltsam und fremd geworden, als hätte er sich in einer anderen Welt verloren. Wenn er doch endlich dieses wahnwitzige Alpenpanorama für Paris vergessen könnte!

Ein tiefer Seufzer entfuhr ihrer Brust, während ihre Finger das Haar der Tochter am Hinterkopf teilten und zu zwei Zöpfen flochten. Als sie aufblickte, stand Giovanni neben ihr. Erschrocken zuckte sie zusammen.

Bianca hingegen schien sein Näherkommen gehört zu haben. »Papa, wie gefallen dir meine Zöpfe?«

Er streichelte über ihre Wange und setzte sich an den Tisch, wo er mit hängenden Schultern vor sich hin starrte. Sein Hemd war mit Farbklecksen übersät, gewiss seit Tagen nicht gewechselt.

Verstohlen betrachtete Luigia sein zerfurchtes Gesicht, das wirre Haar. Er war alt geworden.

Bianca sprang von ihrem Schoß und ging zu ihrem Vater. »Papa, geht es dir gut?«

Seine schweren Lider hoben sich, ihr schien jedoch, als sähe er durch seine Tochter hindurch.

»Wo ist Gio?«, fragte er, den Blick auf Luigia gerichtet.

»Wo soll er schon sein? Bei Oriana. Die beiden sind ein Paar. Hast du das noch nicht bemerkt?«

»Oriana und Gio? Seit wann?«

Luigia seufzte. »Sie hat jedem den Kopf verdreht, doch Gio ist der Hartnäckigste von allen. Er ist vernarrt in sie. Bist du etwa eifersüchtig auf deinen Schüler, Giovanni?«

»Auf Gio? Unsinn!« Giovanni streichelte über Biancas Kopf. »Mein kleiner Liebling. Es ist alles gut.«

Luigia wandte sich ab. Nichts war gut. Ganz im Gegenteil.

Sie lauschte, als sie die Stimme des Schülers durch den Spalt des leicht geöffneten Fensters vernahm, und erhob sich. Gio stand unten auf der Wiese zwischen den Apfelbäumen und schien sehr aufgeregt.

»Signora Bugatti! Signora Bugatti!«

Luigia wollte die Flügel weiter öffnen.

Giovanni kam ihr zuvor und beugte sich weit hinaus. »Gio, komm sofort ins Atelier! Wir müssen weiterarbeiten!«

»Aber es stimmt etwas nicht mit Oriana!«

»Ja, Herrgott noch mal! Was ist denn nun schon wieder?«

»Im Käserhof stehen alle Türen offen«, rief Gio, »und die Kühe sind nicht im Stall! Das Haus ist durchwühlt, und auf dem Boden in der Küche klebt frisches Blut.«

»Die Kühe werden noch auf der Weide sein«, sagte Luigia. »Nun ja, das Blut ist in der Tat seltsam.«

»Bitte, Signora! Wir müssen die Polizei verständigen!« Gio wühlte mit den Händen in seinem zerzausten Schopf.

Wie Giovanni, wenn er nicht weiterweiß, dachte Luigia und warf ihrem Gefährten einen fragenden Blick zu. Er zuckte nur mit den Schultern.

»Also gut«, rief sie Gio zu, »schicken wir Jakob nach Sankt Moritz zur Polizeidienststelle!«

Etwa eine Stunde später hielt die schwarze Kutsche der eidgenössischen Kantonspolizei vor dem Anwesen. Nachdem Gio den Beamten geschildert hatte, was er im Haus des toten

Käsers gesehen hatte, liefen die beiden Männer in Zivil den Hügel hinauf.

Mit bemühter Gelassenheit erzählte Luigia ihren herbeieilenden Söhnen, was geschehen war. Die Knaben wollten hochgehen und der Polizei beim Ermitteln zusehen. Luigia konnte sie nur mit Mühe davon abhalten. Dann stürmten auch noch Baba, Sofia und Jakob in den Salon. Das aufgeregte Durcheinanderreden verursachte Luigia Kopfschmerzen.

»Seid still!«, rief sie entnervt. »Es handelt sich gewiss nur um einen Irrtum. Oriana ist bestimmt nichts Schlimmes passiert.«

»Wir haben in dem Haus frische Blutspuren gefunden«, erklärte der Major etwa eine Stunde später der versammelten Gruppe. »Wir müssen die Signorina finden. Tot oder lebendig.«

»Denken Sie etwa schon wieder an ein Gewaltverbrechen?« Luigia seufzte.

»Signore Giacometti hat uns berichtet, gestern noch mit der Signorina gesprochen zu haben.« Der Major machte ein finsteres Gesicht. »Wann haben Sie die Signorina zuletzt gesehen, Signora Bugatti?«

»Das kann ich Ihnen diesmal genau sagen, weil es an jenem späten Nachmittag war, an dem meine Tochter Bianca im Wald verschwunden ist. Glücklicherweise haben wir sie nach einer Nacht des Schreckens unversehrt zurückbekommen.«

»Ja, ein glückliches Ende. Wir hörten davon und wissen, welchen Tag Sie meinen.« Der Major drehte sich zu Giovanni um. »Und wie steht es mit Ihnen, Signore? Wann haben Sie die Signorina zuletzt gesehen?«

»An jenem Morgen, als wir unsere Tochter im Wald gefunden haben.«

»Sind Sie sich sicher?«

Giovanni hob die Brauen. »Wollen Sie mich erneut verdächtigen?«

»Unsere Ermittlungen nach dem Mord an Signore Vito haben ergeben«, fuhr der Major von der kampfeslustigen Geste unbeeindruckt fort, »dass der Käser wohl eine nicht unerhebliche Menge an Geld in seinem Haus aufbewahrt hat. Möglicherweise ist sein Mörder, oder auch mehrere, zurückgekehrt, um ein weiteres Mal danach zu suchen.« Er schnalzte mit der Zunge. »Im Übrigen hätte sich Signorina Petresko auf diesem Gehöft gar nicht aufhalten dürfen. Die Signorina hat offenbar einflussreiche Freunde. Ein Rechtsbeistand aus Mailand war rasch zur Stelle.« Er reckte das Kinn. »Wir haben sie gewarnt, nun ist das Unglück geschehen.«

»Wurde das Haus denn nicht gründlich durchsucht nach Signore Vitos Tod?«, fragte Luigia.

»Selbstverständlich. Die Graubündner Polizei arbeitet sehr gründlich, Signora«, erwiderte der Major schroff. »Es wurde jedoch nichts sonderlich Wertvolles auf dem Hof gefunden, wenn man von dem Kupferkessel in der Scheune absieht.«

»Es gibt aber noch eine zweite Theorie, nicht wahr?« Der kleine Gehilfe meldete sich zu Wort.

Der Major versteifte sich sichtlich. »Richtig, Kollege. Der Raub könnte in diesem Fall vorgetäuscht sein.«

»Vorgetäuscht, Herr Major?« Luigia neigte den Kopf zur Seite. »Was soll das heißen?«

»Uns ist zu Ohren gekommen, dass Ihr Gefährte«, der Mann räusperte sich, »nun, er soll in letzter Zeit sehr häufig mit der Signorina zusammen gesehen worden sein. Eifersucht ist ein gängiges Motiv für Mord, Signora Bugatti.«

»Wie bitte?« Luigia schnappte nach Luft. »Sie denken doch nicht, dass ich etwas mit dem Verschwinden von Oriana Petresko zu schaffen habe?«

»Unerhört!«, fuhr Giovanni ihr ins Wort. »Weder mit Orianas Verschwinden noch mit dem Tod von Signore Vito haben wir etwas zu tun.«

Der Major hob die Hand an den Hut. »Beruhigen Sie sich. Wir machen nur unsere Arbeit. Halten Sie sich zu unserer

Verfügung.« Noch einmal drehte er sich um. »Da Signore Vito keine lebenden Verwandten hat, wird das Haus von der Gemeinde verkauft werden. Stellen Sie sich auf neue Nachbarn ein.«

»Es ist uns völlig einerlei, wer dort oben wohnt, Commissario.«

»Signore Segantini, mit Verlaub, aber das glaube ich Ihnen nicht.«

»Es ist eine Unverschämtheit, wie die Graubündner Polizei uns behandelt. Ich werde mich beschweren.«

Der Major wandte sich zum Gehen. »Wir werden Signorina Petresko finden. Tot oder lebendig. *A revair.*«

»Lasst uns in Frieden!«, schrie Giovanni. »Wir haben nichts Unrechtes getan!«

Als die Polizisten in der Kutsche saßen und die ausschlagenden Hufe der wiehernden Pferde den Staub der Straße hochwirbelten, bückte er sich nach einem Stein und schleuderte ihn gegen die Wagentür.

Der Major zeigte Giovanni durch das Fenster die Faust. Der Kutscher ließ die Peitsche knallen, und die Pferde stoben wiehernd davon.

Luigia, Gio, Baba, die Köchin, selbst der von den Stallungen herbeieilende Jakob, alle versuchten, den rasenden Giovanni zu besänftigen. Mit hochrotem Kopf und verzerrter Miene warf er Steine über die Straße, bis die Polizeikutsche hinter einer Wegbiegung verschwand.

Luigia brachte die Kinder in die Küche. Sie sollten den Vater nicht so sehen. Sofia und Baba folgten ihnen. Anschließend bat sie Jakob, zu Dottore Bernhard nach St. Moritz zu reiten. Der Arzt hatte sicher ein starkes Mittel zur Beruhigung in seiner Ordination, doch Giovanni versperrte dem Knecht den Zugang zum Stall. Niemand dürfe seine Freiberger reiten, wenn er es nicht erlaube.

So hatte Luigia ihn noch nie erlebt. Richtig Angst bekam sie vor ihm. Es war allein die Schuld dieser Oriana, der gewiss nichts Böses zugestoßen war, die allen Männern den Kopf verdrehte und ihnen den Verstand vernebelte. Für das Blut in der Küche gab es mit Sicherheit eine einfache Erklärung. Bald würde sie unversehrt in Maloja auftauchen und mit einer abenteuerlichen Geschichte aufwarten. Luigia hütete sich, ihre Vermutung auszusprechen. Am Ende machte sie sich dadurch für die Polizei erst recht verdächtig. Vielleicht war genau das die Absicht dieses falschen Luders. Ein Blitzschlag sollte sie treffen!

Es war wie ein Fluch. Giovanni konnte gar nicht weit genug in die Höhe steigen, dass er ihn nicht einholte. Nirgendwo war er vor Anfeindungen sicher. Dem Fremden ohne Pass schob man alles Böse in die Schuhe. Nichts hatte sich geändert seit Mailand. Für Menschen wie ihn gab es keinen Frieden, gab es keinen Schutz. Doch nun war eine Grenze überschritten worden. Die Polizei verdächtigte Luigia. Das sanfteste und liebenswerteste Geschöpf auf Gottes Erden! Die Mutter seiner vier Kinder! Die Frau, die unvorstellbare Entbehrungen und Mühen auf sich nahm, um an seiner Seite leben zu können! Die Liebe seines Lebens!

Er trommelte mit den Fäusten gegen die Wände, fegte in der Küche mit den Handkanten das Geschirr von den Regalen. Schellend zerbarsten die Teller und Tassen auf dem Steinboden. Mit schwerem Tritt stapfte er in den Wohnsalon, riss die Gemälde aus den Halterungen, schleuderte die Stühle durch den Raum und schlug gegen das Holz an den Wänden, bis seine Fingerknöchel brannten wie Feuer. Erst als Blut quoll, fühlte er den Schmerz, kam er zur Besinnung und hielt inne. Er musste etwas unternehmen, sich wehren und seine Familie beschützen.

Nachdem er sich gereinigt hatte, packte er die schwarze Tasche mit dem Nötigsten und stürmte vor den Augen seiner entsetzten Familie aus dem Chalet.

»Du willst doch jetzt nicht in die Berge?«, rief Luigia ihm hinterher.

»Nein, nicht in die Berge will ich«, krächzte er im Laufschritt. »Ich verspreche, den Kriminalfall aufzuklären und die Ehre der Familie wiederherzustellen. Du hattest recht, der Commissario kann uns nicht leiden. Verzeih, dass ich dir nicht geglaubt habe.«

»Giovanni, bleib hier! Leg dich nicht mit den Behörden an. Ich bitte dich!«

»Versperr das Haus und lass niemanden hinein, bis ich wieder zurück bin. Auch nicht die Polizei!« Giovanni riss die Stalltüren auf und verschwand in der Dunkelheit.

»Er wird doch nichts Unüberlegtes tun?« Luigia klatschte die Hände zusammen.

»Soll ich ihm hinterher?«, fragte Gio.

Sie schüttelte den Kopf. »Es hat keinen Sinn. Niemand könnte ihn in diesem Zustand aufhalten. Selbst der Teufel nicht.«

»Er hat Oriana nichts getan. Die Polizei tut dem Meister unrecht.«

»Selbstverständlich, Gio. Niemals könnte er einem Gottesgeschöpf ein Leid zufügen.«

»Nacktheit ist im Auge des Künstlers nur die Darstellung von Natürlichkeit. Er hat Oriana beim Malen nicht als Frau gesehen.«

Gio hatte leise gesprochen, wohl mehr zu sich selbst, seine Worte trafen sie jedoch wie ein Stich mitten ins Herz.

»Was sagst du da?« Luigia fuhr herum. »Giovanni hat Oriana nackt gemalt?«

Mit schmalen Lippen starrte er zu Boden.

»Sag es mir auf der Stelle: Hat Giovanni Oriana nackt gemalt?«

Sein Schweigen war ihr Antwort genug.

»Wo ist dieses Bild?«, presste Luigia hervor. »Zeig es mir!«

»Aber, Signora, bitte regen Sie sich nicht auf.«

»Ich rege mich auf, so viel ich will. Zeig es mir. Sofort!«

»Im Atelier.« Gio kräuselte die Brauen.

»Dort war ich gestern. Es wäre mir aufgefallen.«

Gio zuckte mit den Schultern.

»Aha!« Sie stemmte die Arme in die Seiten. »Er hat es also vor mir versteckt. Ihr beide habt es vor mir versteckt. Wie demütigend!«

»Signora, es war keine böse Absicht.«

»Sie ist seine Geliebte, nicht wahr?« Luigia würgte an den aufsteigenden Tränen, ließ Gio stehen und querte das Chalet.

An der Tür zum Atelier fischte sie den Schlüssel unter der Matte hervor und öffnete die Tür.

Rasend suchte sie nach dem Bild der Sünde. Luigia schnaufte vor Wut. Wie hätte sie ahnen können, dass nicht die Magd hinter ihrem Rücken zu ihrer schärfsten Konkurrentin wurde, sondern diese Landstreicherin mit dem Körper eines Engels und der Seele einer Teufelin? Oriana, das Liebchen des alten Käsers. Ha! Nur Gott wusste, für wen sie noch die Beine breit gemacht hatte! Wie ein Schleier fiel es von ihren Augen. Oriana ähnelte in ihrer Wildheit Giovanni. Wie er war auch sie heimatlos. Überall auf der Welt eine Fremde. Das war es, was die beiden verband. Zwei verlorene Seelen hatten sich gefunden. Erneut stach eine panische Furcht wie eine Messerschneide in ihr Fleisch.

Ich werde ihn an diese Schlange verlieren! Luigia atmete schwer. Eine Betrogene, eine Ausgestoßene war sie. Sie warf Bilderrahmen, Bücher, Malutensilien und Leinwände mit den Ellenbogen zur Seite. Mit dem Fuß schleuderte sie die Malfläschchen, Kübel, Pinsel, all das Zeug auf dem Boden im hohen Bogen durch den Raum, bis sie in der hintersten Ecke zwischen Krimskrams, schmutzigen Fetzen und stinkenden Terpentinflaschen einen mit Backpapier schlampig verhüllten Rahmen entdeckte. Versteckt! Vor ihr! Zu gut wussten die Männer also, wie sehr das Bild sie verletzen würde. Und dennoch hatte Giovanni dieses Mädchen gemalt. Nackt! Tränen perlten über ihre Wangen.

Zittrig zupfte sie das Papier zur Seite. Oh ja! Das war sie! Oriana! Ein erster Entwurf, ohne Zweifel. Flüchtige Linien, nicht ausgearbeitet, wenig Farbe. Giovanni würde es in mehreren Schritten verändern. Zwischen die Linien mussten Komplementärfarben, auf der Palette gemischt. Erst nach und nach würde es sich zu einem unverkennbaren Werk von Giovanni Segantini verwandeln. Der Prozess dauerte oft Wochen, Monate oder in seltenen Fällen auch Jahre. Und dennoch war ihm bereits in diesem frühen Stadium die Darstellung eines unvergleichlich schönen, geschmeidigen und straffen Körpers an der Schwelle vom Mädchen zur Frau gelungen. Mit verschwommenem Blick betrachtete Luigia die Wiese im Hintergrund, das Wasser des Tümpels, die Bank aus Stein. Ja, sie kannte die Stelle auf der Moorwiese. Luigia stutzte.

»Aber was ist das?« Sie trat näher. »Eine Schlange im Wasser! Wie treffend!«

Nach Luft schnappend klopfte sie mit der flachen Hand an jene Stelle auf der Brust, wo ihr Herz heftig schlug. In diesem Moment nahe am Überschnappen kroch eine wehmütige Erinnerung in ihr hoch. Langsam beruhigte sich der Herzschlag.

Welch ein traumhaft schöner Sommertag damals in Mailand, als der Freund ihres Bruders, ein noch unbekannter österreichischer Künstler, darum bat, sie im Schatten des elterlichen Rosengartens malen zu dürfen. Sittsam in ein cremefarbenes Seidenkleid vom besten Schneider der Stadt gekleidet und stets unter Beobachtung der Familie. Vom ersten Augenblick an hatte sie sich magisch zu dem hochgewachsenen Mann mit den kräftigen Händen und dunklen, fast schwarzen Augen hingezogen gefühlt. Stunde um Stunde, die sie unter den Rosen für ihn Modell gesessen hatte, war eine bis dahin schlummernde Leidenschaft erwacht, die sie nicht für möglich gehalten hätte.

Luigia seufzte. Wie scheu sie damals gewesen war, wie ängstlich. Das Bild nahm später einen Ehrenplatz in ihrem Mädchenzimmer ein. Niemand durfte es sehen, bis auf sie und die Familie. Luigia ballte die Hände zu Fäusten. Das Gemälde mit Oriana würde von vielen Menschen betrachtet werden. Womöglich von Seiner Majestät, dem österreichischen Kaiser Allerhöchstselbst!

Wütend hechelte sie nach Luft. Diese Person hatte sich ihrer Kleider entledigt und sich in der von der Sonne durchfluteten freien Natur präsentiert wie eine ... Ach, sie wollte den widerlichen Gedanken nicht zu Ende führen und schloss mit mahlenden Kiefern die Augen. Zweifelsohne hatte Oriana ihrem Giovanni ein Schauspiel vorgeführt. Er hielt sie für eine Heilige. War er blind geworden? Fest biss sie die Zahnreihen aufeinander. Bis es knirschte. Nein! Die Atemluft zischte durch ihre Lippen. Dieses Bild würde der Agent nirgendwo außer in schäbigen Spelunken an geifernde Männer verkaufen können. Wie alt war Oriana? War sie nicht minderjährig? Giovanni wäre nicht der erste Künstler, den man wegen Moralverletzung ins Gefängnis steckte. Sie musste ihrem verblendeten Liebsten die Schande ersparen!

Luigia griff nach dem ersten Messer, das sie in dem Tohuwabohu finden konnte, und schnitt in das verhasste Motiv, zerstörte das makellose Antlitz von Oriana und den perfekten Körper. Sie hörte erst auf, als die aufgespannte Leinwand in Fetzen aus dem Rahmen hing.

27

St. Moritz, September 1894

In St. Moritz ließ Giovanni die Kutsche nahe der Stadtmauer stehen, band die Pferde mittels Strick am Halfter an einem Balken fest, versorgte die Tiere aus dem Brunnen hinter der steinernen Kirche mit Wasser und machte sich zu Fuß auf die Suche nach dem Mädchen mit den rotbraunen Haaren. Sie hatte hier in einer Schenke gearbeitet. Man musste sie kennen. Oriana war viel zu auffallend, um übersehen zu werden. Zuerst fragte er Passanten vor dem schiefen Turm der alten Kirche gegenüber dem imposanten Hotel »Kulm« nach Oriana. Doch weder dort noch in den umliegenden Restaurants, auch nicht auf dem gut besuchten Platz vor dem Sauerbrunnen mit seinem nach Schwefel stinkenden Heilwasser kannte jemand eine Schankbedienung, die seiner Beschreibung entsprach. Oriana hatte ihm einen Bären aufgebunden. Vermutlich hatte sie nie als Kellnerin in St. Moritz gearbeitet. Dennoch gab er die Hoffnung nicht auf und schaute sich weiter um.

Giovanni verließ das Ortszentrum am Ufer des Sees und spazierte Richtung Süden auf die Berge zu. Es war, als lenkte ihn eine innere Stimme von den Villen für die Aristokratie fort zu einer unscheinbaren Straße. An einem vorspringenden Felsen lehnte ein Holzgebäude mit einem Schornstein, aus dem dunkler Rauch stieg. An der Tür hing ein vergilbtes Schild mit der Aufschrift: *»Benvenuti al Osteria del Vino – La verità è nel vino«.* Willkommen in der Weinschenke – Im Wein liegt die Wahrheit.

Giovanni straffte sich und trat ein.

Der Wirt war ein griesgrämiger Geselle, der die Frage nach dem gesuchten Mädchen erst beantworten wollte, nachdem sich Giovanni an die Theke gesetzt und einen Krug Bier bestellt hatte.

»Immer wenn sie Geld braucht, kommt sie und spült die Gläser und die Teller«, brummte der Mann, »dann verschwindet sie wieder, Gott weiß, wohin.« Er pfiff durch die Lücke zwischen seinen Schneidezähnen. »Sie ist ein Luder. Eine Zigeunerin. Eine Wilde. Aber vor allem ist sie eine Lügnerin.« Er wusste wenig Gutes über Oriana zu berichten und schwor, sie aus dem Wirtshaus zu jagen, würde sie jemals wiederauftauchen.

»Kam es vor, dass sie bei einem Gast, nun ja, über Nacht geblieben ist? Sie verstehen, Signore?«, fragte Giovanni.

Der Wirt lachte dunkel. »Sie ist mit jedem mitgegangen, der ein wenig nach Geld gerochen hat. Bis die Kerle gemerkt haben, dass sie ihnen nachts die Scheine aus den Taschen zieht. Nicht erst einmal habe ich sie deshalb hinausgeworfen. Und da bin ich nicht der Einzige. In den feinen Lokalen der Altstadt darf sie sich schon lange nicht mehr blicken lassen.« Er zuckte mit den Schultern. »Doch sie hat auch etwas Besonderes. Na ja, Sie wissen schon, was ich meine, Signore.«

»Sie können mir nicht sagen, wo ich sie finden kann, oder?«

Der Mann schüttelte den Kopf. »Mädchen wie Oriana können überall sein. Möchten der Signore vielleicht etwas essen?«

»Nein danke. Ich muss weiter.« Giovanni griff in die Tasche und legte eine Münze auf den Tisch. »*Arrivederci*, Signore.«

»Was wollen Sie von dem Mädchen?«, zeigte sich der Wirt plötzlich interessiert. »Hat es Ihnen auch Geld gestohlen?«

Er winkte ab. »Ich bin bildender Künstler, und Oriana ist mein Modell. Weiter nichts.«

»Weiter nichts?« Der Wirt grinste.

Giovanni konnte die schmutzigen Gedanken erahnen und wandte sich angewidert ab, als eine knöcherne Hand nach seinem Arm fasste. Erschrocken fuhr er herum. Den dürren Gast mit dem kahlen Kopf hatte er zuvor nicht bemerkt. Er musste in dem hintersten Eck gesessen und das Gespräch belauscht haben.

»Du suchst Oriana?«, flüsterte der Mann.

Giovanni nickte.

»Oriana ist im Grunde ihrer Seele nicht schlecht.« Die kahle Stirn des Mannes legte sich in Fältchen. »Eine Glücksuchende wie viele. Die Umgebung hier war nichts für sie, Signore. Suchen Sie bei den feinen und reichen Leuten. Dort wird sie sein.«

»Ha, bei den feinen und reichen Leuten.« Der Wirt schnalzte mit der Zunge. »Da fällt mir ein, von der Hauptstadt Chur hat sie geschwärmt, die kleine Zigeunerin.« Er zog die Lippen hoch und bleckte die klaffenden Schneidezähne.

Giovanni griff sich mit verabschiedender Geste an den Hut und war froh, als er draußen auf der Straße wieder frische Bergluft atmen konnte. Ein nach Schnaps und Männerschweiß stinkender Holzschuppen war in der Tat nicht der richtige Ort für ein Mädchen wie Oriana.

28

Maloja, September 1894

»Gio, bitte hilf mir. Ich habe etwas Schreckliches getan!«

Luigia stand in der offenen Tür zur Kammer des jungen Mannes und wischte sich mit dem Handrücken die Tränen der Verzweiflung von den Wangen.

»Was ist geschehen, Signora?«

»Komm und sieh es dir an.« Luigia drängte Gio zum Atelier. »Es tut mir so schrecklich leid. Giovanni wird seine Gründe gehabt haben, Oriana ohne Kleider zu malen. Ich habe kein Recht, ihn dafür zu verurteilen.« Sie bekam vor Erregung kaum Luft.

»Oh nein!« Er schlug die Hände vor den Mund. »Es ist völlig zerstört!«

»Ich möchte, dass du es genauso malst, verstehst du? Du musst es kopieren. Bitte hilf mir! Giovanni darf nie davon erfahren.«

»Ich soll das Bild kopieren? Ist das Ihr Ernst, Signora?« Gio riss die Augen auf. »Das ist unmöglich.«

»Bitte, du musst es versuchen. Es ist nur ein Entwurf. Keine reife Ausarbeitung. Flüchtige Pinselstriche. Du weißt doch, dass Giovanni seine Entwürfe mehrmals verändert. Das Meisterliche und Unvergleichliche entsteht erst später. Du schaffst das, hast schon so viel von ihm gelernt. Er wird es nicht einmal bemerken. Hier.«

Luigia griff zu einem dicken Pinsel, tauchte die Borsten in den Kübel mit der Aufschrift »Leim«, drehte den Rahmen auf den Rücken und kleisterte den Klebstoff auf die Rückseite der zerfetzten Leinwand. Aus einem Bogen Karton schnitt sie die passende Größe und drückte ihn auf den Leim. Sie drehte den Rahmen erneut und fügte das zerschnittene Bild wie bei einem Puzzle durch sorgfältiges Schieben der einzelnen Teile Kante an Kante zusammen, bevor der Klebstoff trocknen konnte. Abschließend pustete sie Luft über das Bild.

»Sieh her.« Sie hielt den Rahmen hoch.

»Signora, ich war dabei, als Giovanni es gemalt hat. Ich kenne das Motiv. Trotzdem.« Gio kratzte sich am Kopf. »Ich weiß nicht.«

»Ich sagte doch, dass es mir leidtut, Gio.« Luigia atmete schwer und ließ mit einem tiefen Seufzer die Schultern sinken. »Ich habe die Beherrschung verloren.«

Gio wand sich sichtlich. »Ich werde es versuchen, wenngleich ich es als Vertrauensbruch an meinem Lehrmeister betrachte.«

»Das werde ich dir nie vergessen.« Luigia beugte sich vor und küsste den jungen Mann auf beide Wangen. Wie schmal er geworden war. Der Kummer um Oriana war ihm anzusehen.

Errötend blickte er zu Boden.

»Kannst du mich ein bisschen verstehen, Gio? Nur ein kleines bisschen, mein Junge?«

»Ich denke schon, Signora.« Gio zog die Mundwinkel hoch.

Endlich griff er zu dem weißen Mantel am Haken an der Wand, warf ihn über und schlug die zu langen Ärmel hoch. Er setzte sich auf den Hocker vor die Staffelei, nahm einen Bleistift und skizzierte auf einer der gespannten Leinwände, die Giovanni immer auf Vorrat hatte, mit flinken Strichen die Landschaft, den Tümpel und das rothaarige Mädchen.

Luigia blickte über seine Schulter. »Wunderbar machst du das. Er wird den Unterschied nicht bemerken. Und vergiss die Schlange im Tümpel nicht.«

Sie klopfte ihm aufmunternd über den Rücken und verließ das Atelier.

Im Salon öffnete sie die Tür einen Spalt und sah Professore Boldoni und die Kinder mit aufgeschlagenen Heften am Tisch sitzen. Die Schreibfedern kratzten über Papier. Fingal hob den Kopf und spitzte die Ohren. Da blickte auch Gottardo auf. Sie lächelte und zog die Tür sanft zu. Zufrieden ging sie in die Küche und half Sofia und Baba bei der Zubereitung des Mittagessens. Es gab Eintopf mit Karotten, Kartoffeln, Kohl, Pastinaken und etwas Gerste. Mit allem, was noch vorrätig war. Fleisch war teuer, und die Grubicy-Brüder hatten schon lange kein Geld mehr aus Mailand geschickt. Ausgerechnet heute wollte auch der Professore zum Essen bleiben. Hoffentlich reichte es. Luigia presste die Lippen aufeinander.

Nach dem einfachen Mahl, das Boldoni glücklicherweise lobte, verabschiedeten sich der Hauslehrer, die Köchin und ihr Sohn. Baba servierte im Salon Tee mit Keksen. Die Söhne lasen in Büchern, und Bianca wiegte ihre Dirndlpuppe im Arm. Gio entschuldigte sich und kehrte zurück ins Atelier, um weiterzuarbeiten, wie er vorgab.

Luigia dachte mit aufsteigender Nervosität an das von ihrer Hand zerstörte Bild und hoffte, Gio wäre als Maler so gut, wie Giovanni immer behauptete. Sie setzte sich aufs Sofa, um bei einer Tasse Tee zur Ruhe zu kommen, da klopfte jemand heftig draußen gegen die Tür. Als sie öffnete, standen der Major, sein kleiner Gehilfe und drei Landjäger in Uniformen und Bewaffnung vor ihr.

Der Major lüftete den Hut und hielt ein Schreiben mit einem Stempel des eidgenössischen Gerichts hoch. »Wir werden dieses Haus durchsuchen, Signora Bugatti, und möchten auf der Stelle mit Signore Segantini sprechen.«

»Da haben die Herrschaften leider Pech.« Luigia bemühte sich um eine ruhige und gefasste Stimme. »Signore Segantini ist abgereist. Weder weiß ich, wohin, noch, wann er zurückkehren wird. Ich bedaure.«

»Das ist in der Tat bedauerlich. Sehr bedauerlich. Und es ist gegen die polizeilichen Anweisungen.«

»Was glauben denn die Commissari, in unserem Haus zu finden?«

Der Major gab den drei Landjägern ein Zeichen. Zackig

marschierten sie an Luigia vorbei in das Innere des Chalets. »Männer, fangt oben an.«

Die schweren Stiefel stapften die Stufen hoch.

Luigia atmete tief durch. Sie musste Ruhe bewahren, wenngleich sie am liebsten aus der Küche ein Messer geholt und die Bande mit gezückter Klinge davongejagt hätte.

»Wir suchen nach Signorina Petresko«, sagte der Major, »ein Verbrechen gegen ihr Leben wird immer wahrscheinlicher.« Mit grimmiger Miene faltete er das Schreiben und steckte es zurück in die Brusttasche. »Beten Sie zu Gott, dass wir sie lebend finden und nicht abgestochen wie Ihren Nachbarn, den Käser.«

Luigia schnappte nach Luft. »Wir haben nichts damit zu tun.«

»Das werden wir herausfinden, Signora Bugatti. Im Übrigen hat man uns zugetragen, dass die finanzielle Situation in diesem Haus äußerst angespannt sein soll.« Der Major räusperte sich. »Oder hat Signore Segantini etwa nicht in Sankt Moritz um Geld gebettelt?«

»Wer behauptet das?« Luigia ballte die Hände zu Fäusten.

»War Ihr Gefährte beim Gemeindepräsidenten wegen finanzieller Unterstützung oder nicht, Signora Bugatti?« Die Augen des Majors wurden schmal.

Sie fühlte sich bedroht wie nie zuvor.

»Wir haben keinen Grund zu betteln!«, empörte sie sich zurückweichend. »Seine Majestät, der Kaiser von Österreich Allerhöchstselbst, kauft Giovannis Bilder. Sie beleidigen uns, Commissario.« Ihre Worte gaben ihr Kraft. Luigia reckte das Kinn.

Der Major wollte offenbar nicht weiter mit ihr streiten und drängte mit verkniffenem Mund an ihr vorbei. Hinter ihm der Gehilfe mit gesenktem Haupt.

Luigia folgte den Männern zum Salon. Als die Beamten die Tür öffneten, blickten ihnen die Kinder und Baba erschrocken entgegen. Fingal knurrte leise.

»Guten Abend!«, rief der Major mit der Hand am Hut. »Dies ist eine polizeiliche Aktion. Wir müssen uns überall umsehen.«

Als der Rüde hochsprang und knurrte, zog Baba den Hund nach draußen. »Kommt, Kinder. Wir gehen Luft schnappen.«

»Was erlauben Sie sich!« Luigia war außer sich. »Sie verstören meine Familie.«

»Es tut mir leid, aber wir müssen unsere Arbeit machen, Signora.«

Vor ihren entsetzten Augen durchstöberten der Major und sein Gehilfe die Räume im Erdgeschoss, öffneten die Schubläden und Schränke, während im Obergeschoss die Uniformierten polterten.

»Ich werde mich beschweren!«, rief Luigia. »Ich werde mich beschweren!«

»Tun Sie, was Sie nicht lassen können. Wir machen nur unsere Arbeit!«, rief der Major aus dem Salon.

Nach etwa zehn Minuten stiegen die Landjäger die Treppe abwärts.

»Nichts gefunden, Major«, sagte einer.

Nun musste Luigia die Männer ins Atelier begleiten, wo Gio offenbar mit der Kopie des zerstörten Bildes gerade fertig geworden war. Sie war überrascht, wie sehr es dem Entwurf von Giovanni glich.

»Wer sind Sie, und was machen Sie hier?«, fragte ein Landjäger schroff.

»Mein Name ist Gio Giacometti, ich bin Schüler von Signore Segantini.«

»Ein Schüler. Aha.«

Die Uniformierten zeigten wenig Interesse an dem jungen Mann, gingen weiter, warfen dabei Malutensilien zur Seite. Die Stiefelsohlen stießen gegen Kübel, Rahmen und Leinwände.

»Sie suchen nach Oriana«, flüsterte Luigia Gio zu und deutete auf seinen weißen Mantel. »Zieh ihn aus und verhüll damit die beiden Bilder. Besser, sie sehen sie nicht.«

Gerade als Gio den Mantel abstreifte, traten der Major und sein Gehilfe durch die offene Tür.

»Was haben wir denn da?« Der Major schob Gio zur Seite und blieb vor den Leinwänden stehen. Seine Augen wanderten zwischen dem gekleisterten und dem frisch gemalten Bild hin und her. »Ist das nicht unsere gesuchte Person? Oh, là, là. Die Signorina trägt keine Kleider. Sehr interessant. Und was ist mit diesem Gemälde geschehen?« Er deutete auf den Originalentwurf.

»Es war der Hund!«, rief Gio. »Er ist ungestüm manches Mal.«

»Der Hund ist ungestüm manches Mal. Soso.« Der Major ließ den Blick kreisen, bevor er mit einem Ruck den Arm emporstreckte. »Männer, hört her!«

Gio und Luigia standen wie erstarrt.

»Dieses Bild mit der gesuchten Person soll der Hund zerrissen haben.« Der Major zeigte auf das geklebte Gemälde. »Schauen wir einmal genauer hin.« Er trat an die Staffelei heran. »Ich denke, da hat sich jemand rasend vor Wut mit einem scharfen Messer an der Signorina auf dem Gemälde vergriffen und das Abbild stellvertretend für die Schöne aus Fleisch und Blut zerstört. Verletzter Stolz und Zurückweisung sind häufige Motive für Verbrechen. Wir nehmen den jungen Mann mit.«

»Aber nein!«, rief Gio. »Sie irren sich!«

»Sie haben das von Signore Segantini gemalte Bild zerstört, und nun fürchten Sie den Zorn Ihres Lehrmeisters und versuchen, es zu kopieren.« Der Major packte Gio am Kragen. »Wo ist Oriana Petresko? Was haben Sie mit der Zigeunerin gemacht?«

»Sie ist keine Zigeunerin, Commissario.«

»Ach, das weiß der Signore Schüler also ganz genau. Ist ja rührend. Zigeunerinnen sollen leicht zu haben sein. Die Leidenschaft liegt ihnen im wilden Blut, richtig?«

»Sie ist nicht so eine. Ich liebe sie. Wir lieben uns.«

»Das macht Sie für uns noch verdächtiger. Abführen!«

Luigia stand wie gelähmt mit dem Rücken an der Wand. Wie konnte sie Gio zu Hilfe kommen, ohne sich selbst oder Giovanni in Schwierigkeiten zu bringen? Wenn sie mit der Wahrheit herausrückte und gestand, das Bild in rasender Eifersucht zerschnitten zu haben, würde man womöglich sie an Gios Stelle abführen. Den Major hielt sie zu allem fähig. Aus ihr unerfindlichen Gründen schien er sie und Giovanni zu hassen. Was würde aus den Kindern? In beschwörender Gestik drückte sie den Zeigefinger an die Lippen und bedeutete Gio zu schweigen. Sie würde ihm helfen. Doch zuvor musste sie mit Giovanni sprechen. Hoffentlich kehrte er rasch zurück.

Die Landjäger durchsuchten jedes Eck im Chalet, die Stallungen und die Wirtschaftsräume. Ohne Erfolg. Oriana blieb verschwunden.

29

Chur, September 1894

Die Passstraße führte nach Norden direkt auf die Hauptstadt von Graubünden zu. Chur war eine alte und reich bevölkerte Stadt, eingeschlossen von Wald und Bergen. Giovanni überlegte, wo er mit der Suche nach Oriana beginnen sollte. In St. Moritz gab es nur einige wenige Hotels, hier, schien es, konnte man sie nicht mehr zählen. Zu viele Menschen, zu viel Trubel für seinen Geschmack. Je näher er die Kutsche auf die Kathedrale im Zentrum zusteuerte, desto dichter wurde es, und an den Roben der eleganten Menschen glänzten Gold und Edelstein. Von den Fenstern der prunkvollen Fassaden quollen farbenprächtige Blumenblütenfontänen, Musik von Posaunen, Trompeten und Tschinellen drang an sein Ohr. In Chur wurden, wie es schien, fröhliche Feste gefeiert.

Giovanni zog an den Zügeln und brachte das Gefährt zum Stehen. Mit dem Seil band er die Pferde an einem Balken fest und machte sich zu einem Rundgang auf. Er kam an Tischen vorbei, die sich vor duftenden Spezialitäten aus der Region bogen. Rohwurst, Bündner Trockenfleisch und Mehlspeisen wie den Tatsch, der Giovanni in Geschmack und Konsistenz an den Kaiserschmarren aus Österreich erinnerte. Allein es fehlten ihm Zeit und Gusto.

Er ging suchend weiter bis zu einer Gruppe bunt gekleideter Gaukler, die mit Grimassen Kunststücke vorführten, und am Hauptplatz spielte eine kleine Kapelle auf. Der Platz davor war mit Bändern umgrenzt, im inneren Kreis wurde getanzt. Giovanni blieb stehen und beobachtete die fliegenden Röcke der Frauen.

Und dann, er konnte sein Glück kaum fassen, entdeckte er unter den Tanzenden eine junge Frau von zarter Gestalt mit hochgesteckten rotbraunen Haaren. Sie hing in den Armen eines älteren Mannes. Giovanni trat näher und musterte das ungleiche Paar.

Oriana trug ein neues Kleid, zumindest hatte er es nie zuvor an ihr gesehen. Es war aus einem hell geblümten Stoff geschneidert, wirkte in der Mitte von einem Mieder gestützt und unterschied sich sehr von der Garderobe, die sie in Maloja getragen hatte. Oriana hatte sich von einem wilden Mädchen in eine elegante Dame verwandelt.

»*Scusi*, Signore«, fragte er einen Mann neben sich, »kennen Sie vielleicht den älteren Herrn an der Seite der jungen Frau in dem geblümten Kleid?«

»Das ist Graf Frederic de Renesse aus Belgien, Signore«, antwortete der Angesprochene. »Seit dem Tod seiner Frau lebt er zurückgezogen in Zürich. Gelegentlich kommt er auf einen Besuch zu uns nach Chur. Die junge Frau kenne ich bedauerlicherweise nicht. Ein bezauberndes Geschöpf.«

»Graf Renesse!« Giovanni riss die Augen auf. »Der Mann, der in Maloja ein Paradies für den reichen Adel erschaffen wollte? Hat er sich nicht nach dem finanziellen Ruin in den Tod gestürzt?«

»Ach, erzählt man sich das im schönen Maloja?« Der Mann zog die Mundwinkel hoch. »Mit dem Projekt hat sich Renesse übernommen, das ist wohl richtig. Der schlaue Graf aber hat den Ruin vorausgesehen und rechtzeitig alle Bauwerke an einen Investor verkauft. Wie ich gehört habe, soll der neue Besitzer keine glückliche Hand haben. Das ›Kursaal‹-Hotel ist geschlossen. Habe ich recht, mein Herr?«

»Das kann ich bestätigen, Signore. Der riesige Kasten soll umgebaut werden. Ich wohne nicht weit entfernt. Viel Bautätigkeit habe ich dort nicht bemerken können.«

»Ja, solch ein Projekt ist immer ein finanzielles Abenteuer, nicht wahr?«

»Sie sagen es.« Giovanni dachte wehmütig an seine Pläne für die Weltausstellung in Paris. Er sollte diese Geschichte hier rasch zu Ende bringen und sich endlich mit voller Kraft seiner Arbeit als Künstler widmen.

Entschlossen betrat er den runden Platz, und obwohl er das Tanzen nie richtig gelernt hatte, trat er kühn vor den Grafen und bat um dessen Partnerin. Der Adelige wich sichtlich irritiert zur Seite. In der Miene von Oriana bemerkte Giovanni eine Sekunde des Schreckens, als sie ihn erkannte. Doch sie fasste sich rasch und reichte ihm galant die Hand zum Kuss.

»Signore Segantini, welch eine Überraschung, Sie hier in Chur zu treffen.« Sie lächelte dem Grafen zu, hob die Arme und nahm vor Giovanni die Tanzhaltung ein.

Der schnelle Walzer hatte geendet, und Giovanni war froh, als das nächste Stück deutlich langsamer angestimmt wurde. Der Dreivierteltakt wechselte zu einem Zweivierteltakt. Giovanni legte die Hände an Orianas Hüften.

»Sie haben mich also gefunden«, begann sie nach ein paar Sekunden des Schweigens. »Ich hätte es wissen müssen. Sie denken wie ich. Wir sind uns im Wesen sehr ähnlich, Signore Segantini. Wie ich kämpfen auch Sie für Ihre Freiheit. Sie ist uns beiden das Wichtigste.«

»Das bezweifle ich«, erwiderte Giovanni kühl. »Ich pflege meine Freunde nicht anzulügen und auch nicht ohne Erklärung von der Bildfläche zu verschwinden und ein Chaos zu hinterlassen.«

»Ich soll ein Chaos hinterlassen haben, Signore?« Oriana zog die schön geschwungenen Brauen hoch.

»Was sollte diese Vortäuschung eines Überfalls mit dem Blut auf dem Küchenboden? Und wo sind die Kühe von Emilio geblieben?«

»Vortäuschung eines Überfalls?« Oriana verdrehte die Augen. »Emilio hat von Anfang an geprahlt, er habe viel Geld gespart. Das war gelogen. Das ganze Haus habe ich durchsucht, aber keinen nennenswerten Geldbetrag finden können. Ist das Erklärung genug für die Unordnung, Signore? Die Kühe habe ich zu anderen auf eine Weide getrieben. Emilio besaß sehr schöne Exemplare, mit hellem Fell und weißen Flecken, und sie geben reichlich Milch. Irgendjemand wird sich freuen über die wundersame Vermehrung auf der Weide.« Sie dehnte ihren Rücken. »Ich bin kein Unmensch, Signore. Alles was ich will, ist ein angemessenes Leben in Freiheit.«

»Und der Blutfleck auf dem Küchenboden?«

»Der stammt von einer kleinen Verletzung am Tag meiner Abreise. Ich habe mich geschnitten.« Sie löste sich aus der Tanzhaltung und zeigte ihm ein Pflaster am Daumen. »Ich bin sehr ungeschickt bei der Hausarbeit, Signore. Wissen Sie, wie viel Blut aus der tiefen Wunde an einer Fingerkuppe fließen kann?«

»Was ist wirklich mit Emilio passiert? Warst du im Haus, als er starb?«

Ein dunkler Schatten huschte über ihre Wangen. Ob sie ihm wieder nur etwas vorspielte? War sie wirklich das durchtriebene Luder, als das der Wirt in St. Moritz sie beschrieb? Hatte er sich derart in ihr getäuscht?

»Es war ein Unfall, Signore. Das müssen Sie mir glauben.«

»Ein Unfall? Das viele Blut. Es sah aus wie nach einer Schlachtung.« Er zog ihren Arm hoch, zwang sie in eine Drehung.

»Ach, was Sie nicht sagen. Waren Sie dabei?« Ihr Haar flog, ihre Augen funkelten. »Wie können Sie beurteilen, was Sie nicht gesehen haben? Der Hochmut ist Ihre größte Schwäche, Signore.«

Giovanni geriet für einen Moment aus dem Takt. Sein rechter Fuß trat auf ihre Zehenspitzen. »*Scusi*, Signorina.«

»Emilio hat mich an jenem Abend zur Rede gestellt.« Oriana drückte ihre Hüfte an die seine.

Der langsame Rhythmus hatte es in sich.

»Der alte Mann hat tatsächlich geglaubt, ich wäre seinetwegen nach Maloja gekommen. In diese gottverlassene Gegend.« Sie lachte schrill. »Natürlich wollte ich etwas von dem Geld, mit dem er immer angegeben hat. Überall habe ich es gesucht.

In jeder Lade, hinter jedem Schrank. In jeder Dose, sogar im Käseschuppen unter dem Holz für die Feuerstelle. Immer wieder. Vergebens. An jenem verhängnisvollen Abend hat er mich bei der Suche ertappt. Zufällig lag ein Küchenmesser in meiner Hand. Er war so wütend, hat geschrien und getobt, da ist er gestolpert und auf mich gefallen. Aus seinem Bauch spritzte unglaublich viel Blut. Niemand hätte ihn retten können.« Eine Falte bildete sich zwischen ihren Brauen. »In Panik bin ich in den Wald gelaufen. Die ganze Nacht habe ich mich verkrochen. Wohl ähnlich wie Ihre kleine Tochter, Signore.« Sie seufzte. »Was hätten Sie an meiner Stelle getan?«

Giovanni antwortete nicht.

»Ich brauchte das Geld. Es wäre alles umsonst gewesen. Da bin ich wieder zurück, um weiterzusuchen. Aber da hatte man Emilio bereits gefunden, und die Polizei schnüffelte herum. Ich musste mir etwas ausdenken, um Zeit zu gewinnen, und ich brauchte ein Alibi für die Tatzeit.«

»Du hast also von Anfang an der Polizei und meiner Familie Theater vorgespielt, Oriana.« Der Tanz ging wohl bald seinem Ende zu. »Wenn es ein Unfall gewesen ist, hättest du dich stellen müssen und kein falsches Alibi erfinden dürfen. Das war Betrug.«

Oriana verzog den Mund. »›Betrug‹ ist ein hartes Wort. Hätte man einer wie mir geglaubt?« Sie lachte spitz, löste die Hand aus der seinen und drehte sich. »Ein Stammgast in der Weinschenke verehrt mich seit Langem. Er war sofort bereit, für eine Nacht mit mir die Polizei anzulügen, wenn es sein musste.« Sie zwinkerte ihm zu. »Die Nacht wird ihm unvergessen bleiben, Signore.«

»Dass ich deinetwegen des Mordes verdächtigt werde, scheint dich nicht im Geringsten zu kümmern.« Die letzten Takte. Giovanni riss sie grob an sich. Ihr Körper fühlte sich heiß an und roch nach einem teuren Parfüm. »Du bist mir etwas schuldig.«

Oriana warf ihm einen erstaunten Blick zu. »Niemand

würde Sie jemals eines Verbrechens beschuldigen, Signore. Sie sind ein berühmter Mann. Der Kaiser von Österreich ist Ihr Mäzen.« Sie machte einen Schritt zurück und wiegte ihre Hüften.

Seine Hand drückte die ihre fest.

»Weißt du, dass sie nach deiner Leiche suchen?«, zischte er. »Nicht nur, dass die Polizei mich, den staatenlosen Künstler, des Mordes aus Eifersucht an Emilio Vito verdächtigt, auch Luigia ist nach deinem Verschwinden ins Fadenkreuz geraten.«

»Hören Sie, Signore.« Oriana entriss ihre Hand der seinen. »Erzählen Sie meinetwegen der Polizei, dass Sie mich hier in Chur mit dem Grafen getroffen haben, wenn es Ihre Ehre rettet. Ich habe keine Angst mehr. Der Graf wird mich beschützen. Und machen Sie sich keine Gedanken um Emilios Tod. Er wird bald vergessen sein.«

»Nein«, erwiderte Giovanni barsch, »du musst mit mir kommen und berichten, was wirklich geschehen ist.« Der Tanz war zu Ende. Die Musik verstummte. Die Paare lösten sich voneinander. »Du musst alles aufklären. Unschuldige werden deinetwegen im Gefängnis landen.«

Oriana schüttelte den Kopf. »Niemand wird mir glauben.«

»Erzähle, wie du den tot geglaubten Grafen aufgespürt hast«, drängte Giovanni. »Ich werde dir glauben.« Schon sah er aus den Augenwinkeln den Mann näher kommen.

»Es war ein glücklicher Zufall.« Ihr Mund rückte dem seinen wieder näher. Er spürte ihren heißen Atem auf den Lippen. »Ich habe die erste Postkutsche genommen und bin in Chur ausgestiegen. Dort ließ ich mich am Hauptplatz in einem Kaffeehaus nieder. Neben mir saß ein älterer Herr und rauchte eine Zigarre. Ich erkannte ihn. In Emilios Haus hängt eine Fotografie von dem Grafen, und ich habe ein ausgezeichnetes Gedächtnis für Gesichter. Es war nicht schwer, auf mich aufmerksam zu machen.«

»Signore!« Der Graf blieb vor Giovanni stehen und musterte ihn forschenden Blickes.

»Ach bitte, reisen wir doch schon heute ab. Chur ist so furchtbar langweilig.« Oriana legte dem Grafen die Hände auf die Schultern.

Giovanni wandte sich ab und verließ die Tanzfläche. Im Gehen hörte er, wie die Kapelle wieder einen Dreivierteltakt anstimmte. In der Menge sah er das hell geblümte Kleid von Oriana im Walzertakt über die Tanzfläche wirbeln. Der alte Graf war ein erstaunlich guter und rasanter Tänzer.

Nachdenklich kehrte er zurück zu seinen Pferden. Dass er so rasch die Wahrheit herausfinden würde, hätte er nicht erwartet. Oder war es am Ende gar nicht die Wahrheit? Giovanni zuckte mit den Schultern. Es interessierte ihn nicht mehr. Er hatte genug von den Geschichten anderer Leute. Genug von Lügen und von durchtriebenen Frauen wie Oriana. Sie irrte sich gewaltig, wenn sie dachte, er und sie wären sich ähnlich. Sie war eine Betrügerin. Er ein Künstler. Die Freiheit, die sie meinte, war nicht die seine. Energischen Schrittes suchte Giovanni das Postamt von Chur auf und gab ein Telegramm an das Polizeikommissariat von St. Moritz auf.

»Kommen Sie unverzüglich nach Chur. Oriana Petresko lebt, und sie kennt die Wahrheit über Signore Vitos Tod.«

30

Maloja, September 1894

Nach einer Nacht in einem Gasthof brach Giovanni früh auf. Der Rückweg über den Pass verlangte viel ab von Pferd und Mensch. Ein scharfer Nordwind fegte über die Bergrücken der Alpen. Immer wieder musste Giovanni Pausen einlegen und zwischen den Felsen Schutz suchen. Gegen zwei Uhr nachmittags erreichte er das Bergelltal im Engadin. Das letzte steile Stück die Passstraße hoch bis nach Maloja schleppten sich die Pferde im Schritttempo.

Giovanni stieg wie gerädert vom Kutschbock, klopfte den Tieren tröstend über die Flanken und rief nach Jakob. Der junge Mann erschien sofort.

»Bitte kümmere dich um die erschöpften Freiberger. Sie brauchen Wasser, Heu und viel Ruhe.«

»Schön, dass Sie zurück sind, Meister. Die Signora wird sich freuen.«

»Das hoffe ich sehr.« Giovanni drehte sich noch einmal zu seinem braven Knecht um. »Ach, ich fürchte, sie brauchen auch neue Hufe.«

»Sehr wohl, Signore.«

In der Küche stand Sofia am Fenster und polierte mit einem Tuch eine gläserne Vase. Sie fuhr herum, als er eintrat. Beinahe wäre ihr das Glas aus der Hand gerutscht.

»*Allegra*, Signore!«

»*Allegra*, Sofia. Wo ist meine Familie?«

»Die Kinder sind mit Baba in den Wald, um Reisig für den Ofen zu sammeln. Die Signora liegt oben in der Kammer und ruht sich aus.«

»Was ist denn mit ihr? Sie wird doch nicht schon wieder krank sein?«

»Nichts Schlimmes. Nur ein kleiner Schwächeanfall, Signore. Dottore Bernhard war bei ihr und hat Bettruhe verordnet.«

Giovanni sprang die Treppen hoch. Er hatte ihr zu viel zugemutet die letzten Wochen. Aber nun würde es besser werden. Das Schlimmste war überstanden.

Als er die Tür zu ihrer Kammer öffnete, erschrak Giovanni über ihre Blässe. Ihr Gesicht hob sich kaum vom Weiß des Lakens ab. Schweiß stand auf ihrer Stirn, obwohl es im schattigen Zimmer kühl war.

Vorsichtig schlich er näher. Dennoch knarzten die Holzbretter unter seinen Schritten. Luigia blinzelte, wandte den Kopf, und als sie ihn sah, riss sie die Augen auf.

»Giovanni? Du bist zurück!« Sie streckte die Arme nach ihm aus.

»Ja, mein Schatz. Alles wird gut. Ich habe Oriana gefunden. Sie ist wohlauf, wie wir es wohl beide vermutet haben. Die Unordnung, das Blut in ihrem Haus, die verschwundenen Kühe. Es war allein ihr Werk.«

»Oriana hat uns die ganze Zeit etwas vorgespielt, ich wusste es.« Ihre Stimme klang schwach. »War sie es, die Emilio getötet hat? Wegen des ersparten Geldes?«

Giovanni zuckte mit den Schultern. »Es ist Sache der Polizei, das herauszufinden. Geld habe sie keines finden können, sagte sie mir, und dass es ein Unfall gewesen sein soll. Emilio sei in das Messer gefallen.«

»Glaubst du ihr? Sie hat uns die ganze Zeit angelogen, Liebster.«

Giovanni nahm Luigia in den Arm. Wie schmal sie geworden war! »Du solltest nicht mehr an sie denken. Es ist vorbei. Ruh dich aus, mein Schatz, meine geliebte Luigia. Du bist das Schönste und Liebste, das ich hab.«

»Giovanni«, sie stemmte sich auf die Ellenbogen, »es ist nicht vorbei, solange wir nicht alles in Ordnung bringen. Gio ist gestern von der Polizei festgenommen worden. Sie haben ihn nach Sankt Moritz gebracht, weil sie denken, er habe Oriana aus Eifersucht etwas angetan.«

Giovanni fuhr hoch. »Was für ein Unsinn!«

»Ach, Giovanni, es ist alles so verworren. So kompliziert. Ich kann nicht mehr.« Mit einem Seufzer sank sie aufs Kissen.

»Ich kümmere mich um Gio. Sie werden ihn freilassen. Es gibt keine tote Oriana.«

»Liebster Giovanni, ich muss dir noch etwas beichten.« Luigia griff nach seiner Hand. »Die Frauen, die du malst auf deinen Bildern, sie quälen mich, und da habe ich etwas getan …«

»Liebste«, unterbrach Giovanni sie, »du brauchst dich nicht zu quälen. Diese Frauen sind nur Modelle, sie bedeuten mir nichts.«

»Früher hast du immer Baba in der Graubündner Tracht gemalt, Giovanni. Auf den neuen Bildern sind die Frauen so anders. Angefangen hat es mit diesem kahlen Baum im Schnee.«

»›Die bösen Mütter‹.« Giovanni hob die Brauen. »Das ist Irene.«

»Irene«, wiederholte Luigia traurig, »die Frau aus deinen Träumen. Liebst du sie?«

»Oh nein. Ich hasse sie, vielmehr *hasste* ich sie. Irene Segantini war meine Halbschwester. Eine Tochter meines Vaters aus früherer Ehe.«

»Deine Halbschwester?« Luigia blieb der Mund offen stehen. »Warum hast du mir nie von ihr erzählt?«

»Weil ich Angst hatte, dich zu verstören. Du bist mit mir gegangen, obwohl ich ein Niemand war, ein Staatenloser. Ich wollte dich nicht mit meiner dunklen Vergangenheit belasten.«

»*Prego*, erzähl mir alles, von Anfang an.«

»Luigia … ich«, stotterte er, »nicht jetzt … Es … drängt mich nach Sankt Moritz, um Gio zu helfen.« Giovanni zog die Hand zurück.

Luigia hielt ihn fest. »Giovanni, bitte. Rede endlich mit mir.«

»Also schön.« Er streichelte ihren Handrücken. »Seit ich denken kann, habe ich mich nach jemandem gesehnt, dem ich vertrauen kann, und dann doch immer die Nähe zu einem anderen Menschen gefürchtet.«

»Du hast Angst, verletzt zu werden. Das verstehe ich. Aber ich bin nicht irgendwer. Mir kannst du vertrauen, *mio caro*.«

Giovanni senkte den Blick. »Nach dem frühen Tod meiner Mutter, sie war eine Girardi di Castello aus italienischem Landadel, verfiel mein Vater, ein einfacher Mann, dem Alkohol. Schließlich brachte er mich aus Tirol zu meiner Halbschwester Irene nach Mailand. Sie schlug mich und führte vor meinen Augen ein sündiges Leben. In meiner kindlichen Verzweiflung wusste ich mir nicht anders zu helfen, als den Priester im Dom um Hilfe zu bitten. Doch auch der Priester war ein Geliebter meiner unersättlichen Schwester.«

»Nein!«

»Brühwarm hat er ihr von meinen Klagen erzählt. Da wurde es noch schlimmer. Täglich sagte sie, ich sei an ihrem Elend und auch am Tod meiner Mutter schuld. Dann verunglückte mein Vater tödlich, und Irene hat mich davongejagt. Nicht nur das. Sie hat auch die Behörden in Innsbruck veranlasst, meine österreichische Staatszugehörigkeit zu annullieren, ohne die italienische für mich zu beantragen. Ihr habe ich zu verdanken, dass ich kein Heimatrecht und keinen Pass besitze.«

»Oh, mein lieber, unglücklicher Giovanni.« Sie umarmte ihn.

»Man griff mich auf«, fuhr er fort, »steckte mich in eine Besserungsanstalt. Auch dort gab es Priester. Solche, die hübschen Knaben manchmal näherkamen, als es die liebendste Mutter tun würde.«

Luigia fasste nach seinen Händen. »Hättest du mir nur früher von deinen schlimmen Erlebnissen erzählt. Ich hätte dich getröstet.«

»Irene ist tot.« Giovanni atmete schwer. »Mit ihrem Tod ist auch der Hass in meinem Herzen erloschen. Ich bin befreit.« Er lächelte. »Luigia, wenn dir diese weiße Kirche in Maloja so viel bedeutet, begleite ich dich am nächsten Sonntag dorthin.«

»Zu Pater Constantini? Wirklich? Mit den Kindern? Zu einer Heiligen Messe? *Che bello!*«

»Dein Kummer blieb mir nicht verborgen.« Giovanni drückte sie fest an sich. »Wenn du glaubst, dass unsere Kinder Kontakt zu den Kindern der Umgebung brauchen, und wenn du glaubst, dass man uns erst Respekt entgegenbringen wird, wenn wir uns in einer Kirche zeigen, dann werde ich an deiner Seite in diesem Gotteshaus vor dem Altar auf die Knie gehen. Nicht nur das. Wir werden den Priester und die Menschen in Maloja zu uns einladen. Wir veranstalten ein Fest mit gutem Essen, Trinken und Musik, und ich führe sie durchs Atelier. Ich zeige ihnen meine Bilder. Was meinst du?«

»Wunderbar, lieber Giovanni. Nur, wie sollen wir ein solches Fest bezahlen? Das letzte Geld aus Mailand ist beinahe verbraucht.«

»Sei unbesorgt. Ich erwarte eine Nachricht aus Mailand von den Brüdern. Sie werden mir viel Geld schicken.«

»Du erwartest wichtige Post? Oh nein, wie gedankenlos von mir!« Erschrocken fuhr sie hoch. »Auf der Kommode im Flur liegt ein Kuvert für dich. Vielleicht ist es die Post, die du erwartest. Die Kutsche hat es heute früh gebracht.«

Giovanni sprang hoch, eilte polternd nach unten und kehrte nach wenigen Minuten mit dem Umschlag zurück. Mit zittrigen Fingern öffnete er ihn und nahm den Brief heraus.

»Ja«, sagte er freudig, »das ist die Unterschrift von Vittore, und es liegen Lire bei. Bitte lies vor.«

»›*Caro* Giovanni‹«, begann Luigia, »›ich habe gute Nachricht. Der österreichische Kaiserhof wird dein Gemälde mit den bösen Müttern kaufen. Man ließ uns wissen, Seine Hoheit Kaiser Franz Joseph soll vernarrt sein in dieses Bild und verlange nach weiteren dieser Art. Giovanni, mein Freund, damit könnten wir die Ausstellung in Wien retten. Signore Gustav Klimt ist diesbezüglich bereits mit mir in Kontakt getreten. Seine Künstlerfreunde in Wien würden sich freuen, mit dir gemeinsam etwas auf die Beine zu stellen. Diesem Brief lege ich einen kleinen Vorschuss bei. Vielleicht überdenkst du dein Projekt für die Weltausstellung in Paris. Es kann durchaus ein Alpenpanorama sein, *mio amico*. Aber kleiner, bescheidener. Dein Genie bedarf keiner Staffage aus Menschen und Tieren in einem Pavillon. Male und überlasse alles Weitere mir, deinem Agenten. Du bist auf dem besten Wege zu großer Berühmtheit. Ciao, tuo Vittore.‹«

Giovanni drückte den Brief an seine Brust. Endlich positive Nachrichten. Vittore hatte gute Arbeit geleistet. Wenn Paris den großen Durchbruch nicht brachte, dann eben Wien. Er sollte nicht nur Luigia, er sollte auch seinem Agenten mehr Vertrauen entgegenbringen.

»Liebste«, sagte er zärtlich. »Ich bin voller Tatendrang.« Er zog ihre Hände an die Lippen und küsste ihre Fingerspitzen. »Wenn es dir wieder besser geht und du das Bett verlassen kannst, würdest du mir Modell stehen?«

»Du willst mich malen, Giovanni? Mich unscheinbare Frau?« Sie strahlte.

»Für das dritte Bild aus der neuen Serie, für die sich der Kaiserhof von Österreich interessiert, brauche ich ein weibliches Modell mit reiner Seele, mit Augen, unergründlich wie ein tiefer Bergsee, und mit einer zarten Gestalt. Einzig du kannst mir dafür Modell stehen, liebste Luigia.«

31

Maloja, Anfang Oktober 1894

Luigia saß im Atelier auf einem Stuhl und blickte nachdenklich auf die bemalte Leinwand im Hintergrund. Ein nacktes Mädchen beugte sich über einen Tümpel, in dem sich eine Schlange wand. Der Entwurf wirkte unverändert. Wie es schien, war ihm bislang nicht aufgefallen, dass es eine Kopie des Schülers war. Luigia lächelte in sich hinein. Vielleicht hatte Giovanni auch das Interesse an dem Motiv verloren und würde das Bild niemals fertigstellen.

Ihre Eifersucht auf Oriana war an jenem Tag verflogen, als die eidgenössische Polizei sie in Chur festgenommen hatte. Graf Renesse hatte ihr unverzüglich einen Rechtsbeistand zur Seite gestellt. Es ging das Gerücht um, eine Anklage wegen Mordes sei äußerst fragwürdig.

Wenn sie auch keine Mörderin war, eine Betrügerin war sie allemal. Luigia spürte keinen Groll mehr gegen diese junge Frau.

Das Haus von Emilio war inzwischen an einen Großunternehmer aus St. Moritz verkauft worden. Dieser Tage würde es zu einem Hotel umgebaut werden. Für Städter, die ihre Freizeit auf dem Land verbringen wollten. Im Keller des Anwesens hatte man eine Menge Käselaibe gefunden. Weil der Großunternehmer keine Verwendung dafür hatte, brachten die Arbeiter den Käse in das nächstgelegene Haus. Ihre Kinder würden noch lange Freude daran haben.

Das mondäne Kurhotel in Maloja sollte noch vor dem Winter wiedereröffnet werden. Viele gebildete und kunstinteressierte Menschen würden das traumhafte Engadiner Tal besuchen und gewiss auch zu Giovanni ins Atelier kommen. Ihr Liebster war als Künstler weit über Österreich bekannt geworden. In Holland, in Deutschland, am meisten in Italien schätzte man seine Kunst sehr. Luigia freute sich auf neue Gesichter, auf interessante Gespräche.

Gio war nach seiner Entlassung aus dem Polizeigewahrsam unverzüglich zu seinen Eltern nach Mailand gereist. Vielleicht würde er nächstes Jahr wieder für einige Zeit bei ihnen wohnen und arbeiten. Oriana hatte ihm das Herz gebrochen, doch er würde sich von dem Schmerz erholen. Ewiglich würde Luigia ihm für seine Hilfe und Loyalität dankbar sein.

Sie dachte an den bevorstehenden Besuch des berühmten Malers Gustav Klimt. Der Künstler aus Wien würde einige seiner Stoffmuster mit nach Maloja bringen. Sie stellte sich die fröhlichen und bequemen Kleider vor, die sie sich daraus schneidern würde.

Nach wie vor wurden ihre vier Kinder von Professore Boldoni unterrichtet. Inzwischen trug er einen langen Bart, der bis zur Brust hinabfiel und ihn wild aussehen ließ. Auch Bianca war noch in Maloja. Giovanni hatte eingewilligt, die Sache mit dem Hochbegabteninternat zu überdenken. Luigia durfte also weiter hoffen, die Tochter noch länger bei sich zu behalten. Generell entwickelten sich die Dinge zum Guten. Ihre Kinder hatten hervorragende Schulnoten und Kontakt zu den anderen Kindern der Umgebung gefunden. Der Besuch der sonntäglichen Messen bei Pater Constantini in der schönen weißen Kirche mit dem roten Turm war zu einer lieben Gewohnheit geworden.

Als sich die Tür zum Atelier leise öffnete, blickte sie erwartungsfroh hoch.

»Wie du Biancas Puppe im Arm hältst. Als wäre sie lebendig. Wird unsere Tochter nicht langsam zu alt für Kinderspielzeug?«

»Es ist ein Geschenk meiner Mutter, Giovanni. Bianca liebt diese Puppe. Lass sie noch eine Weile Kind sein.«

Er küsste sie auf den Mund, schob an ihrer Schulter den hauchdünnen Stoff der weiten Bluse nach unten und entblößte ihre linke Brust. Mit sanften Handstrichen nahm er ihr Haar an der Stirn zurück. Selig lächelnd setzte er sich auf den Schemel neben die Leinwand etwa fünf Meter von ihr entfernt, hob das Kinn, betrachtete sie mit leuchtenden Augen und griff zu Palette und Pinsel.

Auf dem Entwurf vor ihm schwebte eine wunderschöne Frau im weichen Geäst einer Birke. Das offene Haar umspielte ihre schmalen Schultern. Liebevoll umfasste sie das an der Brust liegende Kind.

»Ich nenne das Bild ›Engel des Lebens‹. Es ist das Gegenstück zu den ›Bösen Müttern‹ und schließt den Bogen zum Bild der ›Frucht der Liebe‹. Ein versöhnliches Ende, das dir sicher gefällt, meine Liebste.«

»Der Engel des Lebens als versöhnliches Ende.« Luigia hauchte mit der offenen Hand einen Kuss zu Giovanni. »Es klingt wundervoll und gefällt mir sehr.«

»In jedem guten Werk ist die Liebe, Luigia.« Zittrig legte er Palette und Pinsel zur Seite. »Die Kinder sind mit Jakob nach Sils zum Markt gefahren«, sagte er mit sanfter Stimme.

Sie schmunzelte. »Sofia und Baba sind auch nicht da. Das Chalet gehört uns allein, Liebster.«

»Verschieben wir die Arbeit auf später.« Er ging zu ihr und nahm ihr die Puppe ab.

Dann hob er Luigia hoch und trug sie aus dem Atelier ins Nebenzimmer, wo vor Kurzem noch Gio geschlafen hatte. Dort bettete er sie auf den frischen Laken.

Durch das offene Fenster zum Garten klang der Gesang der Amseln. Es war ungewöhnlich warm für Anfang Oktober. Luigia schmiegte sich an seine Brust.

»Liebster, machst du mit dem Quetschkasten, den ich dir geschenkt habe, eine Aufnahme von uns beiden? Ich möchte den Moment des Glücks festhalten.«

»Ein Foto kann nicht annähernd wiedergeben, was ich in dir sehe. Du bist das Schönste auf dieser Welt.«

Anhang

Personen

Giovanni Segantini wurde am 15. Jänner 1858 in Arco, Trentino, im Österreichischen Kaiserreich geboren. Nach dem frühen Tod seiner adeligen Mutter brachte ihn sein Vater zur Halbschwester Irene Segantini nach Mailand. Sie sorgte dafür, dass er die österreichische Staatszugehörigkeit verlor. Von 1865 bis 1880 wohnte er in Mailand und besuchte für kurze Zeit die Kunstakademie Brera. Segantini blieb bis zu seinem Tod staatenlos.

1880 zog er mit Luigia Bugatti in die Brianza, eine Landschaft zwischen Como und Lecco. Das Paar bekam vier Kinder, drei Söhne, Gottardo, Alberto und Mario, und die Tochter Bianca. Mit ihnen lebte die Magd und Kinderfrau Barbara Uffer, genannt Baba. Giovanni nannte seine Gefährtin Luigia liebevoll »Bice«. Ich habe mich entschieden, die Anrede »Luigia« zu belassen, da »Bice« und »Baba« ähnlich klingen und es beim Lesen zu Verwechslungen kommen könnte.

1886 übersiedelte die Familie nach Savognin, im August 1894 nach Maloja. Der Hauslehrer Professore Boldoni und der Dottore Oscar Bernhard unterstützten die Familie, der Hund Fingal immer an ihrer Seite.

Nach einer Begegnung mit Gustav Klimt in Mailand lernte Segantini 1894 den jungen Maler Giovanni Giacometti kennen. Es entwickelten sich eine tiefe Freundschaft und ein befruchtender künstlerischer Austausch.

Am 28. September 1899 starb Giovanni Segantini an einer akuten Blinddarmentzündung im Alter von einundvierzig Jahren auf dem Schafberg bei Maloja.

Amalia Bugatti und Carlo Bugatti, Mutter und Bruder von Luigia, lebten in Mailand. Ebenso wie Vittore und Alberto Grubicy. Der belgische Graf Frederic de Renesse wollte in

Maloja am Silsersee ein Paradies für die Aristokratie errichten. Das Projekt endete im Konkurs.

Oriana Petresko, der Nachbar Emilio Vito und alle weiteren Nebenfiguren sowie die Kriminalhandlung sind fiktiv.

Gemälde und Entwürfe von Giovanni Segantini, die in diesem Roman Erwähnung finden

»Die bösen Mütter«, 1894, angekauft von Kaiser Franz Joseph I., heute im Besitz der »Österreichischen Galerie Wien«.

»Der Engel des Lebens«, 1894, im Besitz der »Galleria d'Arte Moderna«, Mailand.

»Die Eitelkeit« oder »Die Quelle des Bösen«, 1897, im Besitz des Kunsthauses Zürich. In dem Roman habe ich mir die Freiheit genommen, den Künstler einen Entwurf zu diesem Gemälde bereits 1894 anfertigen zu lassen.

»Pavillon für das Engadiner Panorama«, Kohle auf Papier, im Besitz des »Segantini Museum«, St. Moritz. Geplant für die Pariser Weltausstellung 1900. Das Projekt scheiterte an der Finanzierung.

Während meiner Tätigkeit in der Direktion der »Österreichischen Galerie« im Schloss Belvedere, Wien, lernte ich das Gemälde der »Bösen Mütter« und andere Werke von Giovanni Segantini kennen. Seine Kunst zog mich in den Bann. »Die bösen Mütter« ist Bestandteil der ständigen Ausstellung im Oberen Belvedere, Wien.

Zwölf Jahre brauchte diese Geschichte von der Idee 2010 bis zur Veröffentlichung 2022. Ein Jahrzehnt lag sie in einer Schublade, bis ich mich 2020 zur Überarbeitung entschloss. Manches braucht seine Zeit.

Danksagung

Bedanken möchte ich mich bei der »Maloja Tourist Information«, insbesondere bei Jean-Claude Pelli. Herr Pelli übermittelte mir bei den Recherchen zu diesem Roman im Jahr 2010 Informationen zu den Kirchen in Maloja und den von Graf Renesse erbauten Gebäuden.

Bedanken möchte ich mich bei Nadine Buranaseda für die wunderbare Zusammenarbeit beim Lektorat und beim Emons Verlag für die Veröffentlichung dieses Romans.

Bedanken möchte ich mich bei meiner Großcousine Michaela Ulrich, die mir als Testleserin wertvolle Hilfe leistete.

Bedanken möchte ich mich bei den »Österreichischen KrimiautorInnen (A. I. E. P.)« und bei den »Mörderischen Schwestern«. Ohne euch wäre vieles nicht entstanden.

Folgende Werke haben mir als Quelle gedient:

Scheib, Asta: »Das Schönste, was ich sah«, Hamburg 2009

Segantini, Bianca: »Giovanni Segantini. Aus Schriften und Briefen. Da Scritti E Lettere«, Hg. Gioconda Leykauf-Segantini, Maloja 2015

Servaes, Franz: »Giovanni Segantini. Sein Leben und sein Werk«, Leipzig 1920

Christine Neumeyer
DER OFFIZIER DER KAISERIN
Broschur, 272 Seiten
ISBN 978-3-89425-641-8

Wir schreiben das Jahr 1898: Schloss Hof liegt alt und vergessen im österreichischen Marchfeld. Während in Wien das fünfzigjährige Regierungsjubiläum Franz Josephs I. gefeiert wird, obwohl im Umland die Rebellion rumort, ist das Leben hier noch ruhig und urtümlich. Als der Kaiser beschließt, das Jagdschloss ans Militär zu verpachten, wird das Leben von Dienstmädchen Irmi ordentlich aufgewirbelt. Denn außer einer Gruppe fescher Offiziere kündigt auch Kaiserin Sisi ihren Besuch an. Grund genug für ein rauschendes Fest. Doch am nächsten Morgen wird die Leiche eines der Offiziere gefunden. Der geheime Polizeiagent Johann Pospischil wird aus Wien entsandt, um zu ermitteln – und kommt einem Skandal auf die Spur, der bis in die vornehmsten Adelshäuser reicht.

grafit